新潮文庫

夜の私は昼の私をいつも裏切る

草凪　優著

9015

目次

夜の私は昼の私をいつも裏切る

第一章　危ない橋

ふたりの出会いは事故のようなものだった。

出口の見えないコーナーにアクセル全開で突っこんでいったら、向こうからも猛スピードでクルマが突っこんできて正面衝突、そんな感じだ。

どちらの車体もぐちゃぐちゃに潰《つぶ》れ、原型を留めていないほどの大クラッシュ。それが恋ならば、あるいは気《き》の利いたメタファーになったかもしれない。

出会う前と後でお互いにすっかり人が変わってしまうのが、恋というものだから。

しかし、出会ったのは心ではなく、体だった。

体だけだった。

人に誇れる愛情ではなく、ひた隠したい肉欲によって、ふたりは分かちがたく結ばれてしまったのである。

尾形弘樹《おがたひろき》が二宮麻理子《にのみやまりこ》と初めて寝たのは、ゴールデンウィーク明けの五月半ば、西新宿にある高層ホテルでのことだった。

街路樹にまぶしい新緑が芽吹き、風薫《かお》るさわやかな気候だったけれど、最大十六日間もあった超大型連休の直後とあって、街は虚脱状態に陥っているようだった。

高層ホテルの四十二階に位置するバーで、尾形と麻理子は肩を並べていた。

カウンター席の正面はガラス張りになっていて、昼と夜の境界がパノラマ状に見渡せた。ヴァイオレットの空と、オレンジに燃える地平線と、地上に灯《とも》った無数の灯り。空が夜の色に染まっていくにつれ、地上の灯りは増殖し、星屑《ほしくず》のようにひしめきあいながら煌《きら》めいて、銀河にも似た夜景を出現させる。実に見事なショーである。

ただし、その見物料まで料金に含まれているらしく、軽く飲んだだけで二、三万はとられそうだった。麻理子のリクエストなのでしかたがない。なんとか経費で落とすしかないな、と尾形は平静を装《よそお》った表情の下で考えていた。

「なにこれ？　甘すぎ」

麻理子はギムレットのグラスに口をつけるなり、唇をへの字に曲げて舌を出した。

三十一歳なのに、そんな表情はどこか少女じみている。

「すいません、ちょっと……」

尾形は溜息《ためいき》をこらえてバーテンに声をかけた。

「悪いけど、彼女のお酒、もう少し甘さを抑えてつくり直してもらえるかな」

「砂糖抜きでいい。ギムレットって、本当は砂糖なんて入れないんだから」

その日の麻理子は、ひどく機嫌が悪かった。

いや、尾形の前ではいつだって不機嫌きわまりなく、この二、三カ月ほど、彼女のご機嫌をとることが哀《かな》しいかな仕事の一環になってしまっている。

麻理子は、尾形が勤めているWEBデザイン会社のクライアントだった。正確に言えば、首都圏に二十店舗あまりの居酒屋チェーンを展開している、二宮フーズという会社の社長夫人である。

美大を卒業したとかでデザインに一家言あるらしく、尾形の会社が二宮フーズから請け負って制作しているる宣伝用のWEBサイトになんのかんのと口出ししてきた。今日も会社の会議室でみっちり二時間、ダメ出しをされたばかりだった。

店のコンセプトに合っていない、色づかいが下品、使い勝手がいまひとつ……普通なら、社長の奥方がそんなことを言ってくることはない。ましてや夜景の見えるバーで接待するなんて考えられない。一昨年課長に昇進して現場から離れたとはいえ、尾形はそれほど暇ではないし、経費の締めつけは厳しくなる一方なのだ。

ただ、相手はかなり大口のクライアントなのでそうも言っていられなかった。二宮フーズが展開しているチェーン店舗は、大手のファミリーレストランのようにすべてが規格化されているわけではなく、和風、コリアン風、イタリアン風など、一つひとつがバラバラで個性的。その全店舗のWEBサイトを個別に制作・運営しているので、取引高の嵩《かさ》も張るというわけである。

むろん、だからといって会社の名刺も持たない社長夫人が単身取引会社に乗りこんできて仕事に口出しをすることが、常識の範疇《はんちゅう》であるとは言えない。なにより、そんな愚行を平然と見過ごしている社長の見識を疑わざるを得ないが、これには苦笑を誘うような理由があった。

麻理子は一年ほど前に嫁に入ったばかりの、後妻なのである。

社長の二宮日出雄は五十六歳だから、実に二十五歳も年下。

そして、金持ちの後妻の多くがそうであるように、すさまじい美人だった。

ファッションモデルのような小顔に、彫刻刀で削りだしたような端整な目鼻立ち。とくにアーモンド形をした、高貴な猫のような眼が印象的だ。肌の色は新雪に似てどこまでも白く、反対に、つぶらな瞳《ひとみ》と背中まであるストレートの長い髪は深い漆黒に艶《つや》めいている。

初夏らしい花柄のワンピースに包まれた体は細かった。身長が百五十センチそこそこと小柄なので、スタイルまではモデルのようにとは言えないが、全体の均整はとれている。背の低い女に長いスカートは似合わないという持論の持ち主なのか、あるいは脚線美によほど自信があるのか、膝《ひざ》を隠したスカートを穿《は》いているのを見たことがない。今日のワンピースも太腿《ふともも》を三分の一ほど露出していたが、たとえ後者の理由であったとしても、文句のつけようがないほどセクシーだ。

要するに、それほどの美貌《びぼう》をもつ二十五歳年下の新妻に、二宮社長はぞっこんなのである。あなたの会社のWEBサイトいまいちね、わたしがもっとカッコよくしてあげる、とピロートークでささやかれれば、彼女の力不足に気づきつつも言いなりにならずにいられなかったのだろう。

よくある話といえばよくある話であり、他人事《ひとごと》なら笑い話だ。しかし、当事者になってみると笑えなかった。美大を出ていようがいまいが、麻理子のデザインに関する知識は素人《しろうと》の域を出ず、ひとりよがりなセンスばかりを主張して予算や納期にこれっぽっちも気遣いがない。現場は振りまわされるだけ振りまわされ、延びる一方の作業時間に、部下からは激しいブーイング。経費節減のために残業を減らせという社命にも背くことになり、まったく頭が痛かった。

「ねえ、尾形さん」

バーテンがつくり直したギムレットで舌を濡《ぬ》らした麻理子は、すっかり夜の帳《とばり》がおりた景色を眺めながらつぶやいた。

「ゴールデンウィークはなにしてました?」

「ええっと……ずっと家にいましたよ。本を読んだり、録画してあった映画を観《み》たり」

「家族サービスは?」

「いやあ……」

尾形は苦笑した。

「うちは子ナシのDINKSなんで、とくには……妻はセレクトショップのマネージャーをやってましてね。連休中はかき入れ時だから、びっちり働いてましたし」

「じゃあ、放っておかれたんだ?」

「ハハッ、ひとりでのんびりできて、かえってよかったですけど」

なにが気に入らなかったのか、麻理子はキッと睨《にら》んできた。

「わたしは沖縄に行ってたの。夫とふたりで」

「ほう、いいですね。楽しかったでしょう?」

「全然」

「どうして？」

「だって、あの人ずーっと仕事で外に出てて、わたしホテルにひとりぼっちだもん。楽しいわけないいじゃない」

頰をふくらませ、唇を尖《とが》らせる麻理子を見て、なるほど、いつにも増して不機嫌な理由はそれだったのか、と尾形は合点《がてん》がいった。

若い後妻にとことん甘い二宮社長であるが、業界では「ブルドーザー」と渾名《あだな》されるほどの辣腕《らつわん》で知られている、仕事熱心な男だった。おそらく、次に沖縄風居酒屋の出店でも考えており、現地調査に熱中しすぎてしまったのだろう。おかげで、置き去りにされた新妻はおかんむり、というわけらしい。

「だからわたし、ちょっとね……」

麻理子はグラスに残っていたギムレットを一気に飲み干した。

「あの人に復讐《ふくしゅう》したい気分なの」

尾形は軽く驚いて麻理子を見たが、すぐに視線を逸《そ》らした。こちらを見つめ返す目力《めぢから》が強すぎて、気圧《けお》されてしまったからである。

「ハハッ、復讐とは穏やかじゃないですねえ」

「べつに毒を飲ませようとか、クルマのブレーキを壊しちゃうとか、そういうんじゃないのよ。もっと優雅な復讐。スイートリベンジ」

「……どういう意味です？」

尾形が首をかしげると、麻理子は意味ありげに微笑《ほほえ》んで、視線を夜景に戻した。

「あのね……ここから先は、もう少しリラックスして話したいな。お部屋とって、そこで飲み直しません？」

「部屋？　このホテルの？」

尾形は眉《まゆ》をひそめた。

麻理子の横顔には、同じことを二度も言わせないでと書いてあった。唇を真一文字に引き結び、意地でも張っているかのように、煌めく夜景から眼をそらさなかった。

尾形は今年で四十一歳になった。

大学時代、コンピュータ関係の専門学校にダブルスクールし、グラフィックデザイナーの職についたのを皮切りに、インターネットの興隆とともにサラリーマン人生を歩んできた。数度の転職を含め紆余《うよ》曲折はあったものの、新しい分野に創生期から立ち会えたので、それなりに刺激的な毎日だったと言っていい。

ひとつ年下の妻と結婚したのは二十九歳のときだから、連れ添って十二年になる。その間、浮気の経験はなかった。若いころからモテるタイプではなかったし、最近ではすっかり男として枯れてしまった自覚がある。四十路《よそじ》に入ったばかりでなにを達観しているのだという向きもあろうが、もう色恋に惑わされることなく生きていけると思うと、それはそれで妙にさっぱりした気分であることも、また事実だった。

そんな尾形だから、麻理子がベッドに誘ってきているなんて微塵《みじん》も考えなかった。相手は大口クライアントの社長夫人なので、努めて考えないようにしたと言ってもいい。いずれにしろ、純粋に酒を飲むだけのつもりでホテルの部屋でふたりきりになったと言ったら、四十一の男としてあまりにも無邪気すぎるだろうか。

「日付が変わる前に帰れば、あの人はなにも言わないから……」

バーから部屋に移ると、麻理子は窓際《まどぎわ》のソファではなく、パーテーションの奥に鎮座しているツインベッドのひとつに腰かけた。カーテンを開ければひろがっているはずの夜景には、もう見向きもしない。

「尾形さんのこと、男として好きでも嫌いでもないけど、少し憂《う》さを晴らしたいのよ。なんだかすごく虫の居所が悪くてね。沖縄で夫に放っておかれたことだけじゃなくて、無性に苛々《いらいら》して……言ってる意味、わかりますよね？」

結婚指輪の光る左手で、ベッドカヴァーを舐《な》めるように撫《な》でた。

「いや、奥さん……」

彼女の言っていた優雅な復讐が浮気を意味していたのだとようやく気づき、尾形の心臓は早鐘を打ちだした。当たり前だが、そんな復讐の片棒を担《かつ》ぐわけにはいかなかった。

「お酒ならとことん付き合いますよ。ワインでもとりましょうか?」

高級ホテルのルームサーヴィスでワインなどとったら、目の玉が飛びだすような勘定になるだろう。経費で落とせるわけがないから、完全に自腹だ。それでも、麻理子の願いを叶《かな》えるよりはずっとマシに違いない。

浮気の相手をしたことが二宮社長の知るところになれば、ただではすまない。仕事を引きあげられ、会社は馘《くび》。馘の理由を妻が知れば、即刻三下り半だ。

「もう一度言いますね……」

麻理子がゆっくりとこちらを向いた。黄昏《たそがれ》の色に似たダークオレンジの間接照明の中で、猫のような眼が妖《あや》しく輝いている。

「尾形さんのことは好きでも嫌いでもない。でも……恥をかかされたら、嫌いになっちゃうかもしれない。わたし、嫌いな人とはお仕事できませんから」

まっすぐに眼を見て言われた。浮気に付き合わなければ付き合わないで、仕事は引きあげられ、その責任を負わなければならないらしい。自分の無邪気さを呪《のろ》っても、もう遅かった。

麻理子がベッドから立ちあがって近づいてくる。金縛りに遭ったように動けない尾形に身を寄せ、ネクタイをいじりながら口許《くちもと》に小悪魔的な笑みをこぼす。

「ふふっ、あんまり悪い女を演じさせないでくださいよぉ。心配しなくても誰にも言わないし、今夜だけでいいの……ね」

「……奥さん、よくこういうことを？」

尾形がかろうじて出した声は、情けないほど上ずっていた。

「ううん、初めて」

麻理子は首を振り、

「だから脚が震えてる。手のひらだって汗びっしょり。あの人、ものすごく嫉妬《しっと》深いしね。バレたら確実に家から追いだされると思うし。それは困るから絶対内緒。信じてくれないかもしれないけど……わたし、あの人のこと、心から愛しているの」

じゃあなぜ、と問おうとする尾形を制するように、麻理子は眉根を寄せ、ピンク色の唇を差しだしてきた。

尾形の背筋はぞくっと震えた。

元々美形のうえ、普段から不機嫌なところしか見ていないせいもあるだろう。口づけをねだる表情が、悩ましすぎた。据え膳《ぜん》と呼ぶにはあまりにもリスキーであるにもかかわらず、口づけを与えずにはいられないほどに。

「……うんんっ」

唇を重ねると麻理子は満足そうに鼻奥でうめき、すかさず舌をからめてきた。

まずいぞまずいと、と尾形は胸底で繰りかえした。

それでも、舌を吸いかえしてしまう。

麻理子の舌はひどく甘かった。これならギムレットに砂糖は必要ないかもしれない、と柄にもなくロマンチックな想念が頭をよぎる。

麻理子はキスをしながら眼を閉じない女だった。

気怠《けだる》げに瞼《まぶた》を半分落とした自分の顔が、たまらなくエロティックであることを知っているかのように。潤《うる》んだ瞳はどこまでも挑発的で、青白い光を放ちながらまるで値踏みをするようにこちらを見ている。

尾形は身をよじりたくなるほどの欲情を覚えてしまった。

近ごろ妻とはほとんどセックスレスで、旅行に行ったときなど、特別なシチュエーションがなければ体を重ねることはない。そのときも、妻の献身的な口腔愛撫《こうこうあいぶ》によってようやく硬くなる有様なのに、キスだけで痛いくらいに勃起《ぼっき》している。

だがそれは、ごく普通の、健康的な欲情とは遠くかけ離れたものだった。妻を抱くときの欲情が愛に満ちた、どこかまろやかでふくよかなものであるとするならば、いま勃起をうながしているそれは、もっとギザギザした、鋭い棘《とげ》の集合体のようなものであり、劣情と呼んだほうが正確かもしれない。

麻理子は掛け値なしの美人であると同時に、最低な女だった。

他人様の仕事に横から口を挟むだけでは飽きたらず、欲求不満を解消するために下請け会社の男を誘う性悪で、おまけに断れば仕事を引きあげるというのだから、大企業のパワハラ上司も裸足で逃げだす傲慢《ごうまん》さだろう。

それに対する怒りが、欲情をどこまでも鋭く尖《とが》らせる。

男と女の営みに不可欠であるはずの愛情や敬意や慈《いつく》しみを欠落させたまま、この女を組み伏せたい、おのが男根でよがり泣かせてやりたいという欲求だけが、怖いくらいに大きくなっていった。

取引先の社長夫人を寝取るという、危険な橋を渡っているスリルが、そんな気持ちに拍車をかける。

どうせもう後戻りはできなかった。たとえ逃げだしたところで、安全地帯はどこにもない。「誰にも言わない」「今夜だけ」という麻理子の言葉を、赤ん坊のように信じるしかないのだ。

「……あんっ」

花柄のワンピースの上から乳房に触れると、麻理子は一瞬、キスをといた。尾形はその唇を追いかけてキスを続けながら、やわやわと乳房を揉《も》んだ。細身の体にしては、意外なほど存在感のあるふくらみだった。着瘦《きや》せするタイプなのかもしれない。すぐにこの眼で確認したくなった。

背中のホックをはずし、ファスナーをさげていく。

果物の皮を剝《む》くようにワンピースを脱がせた瞬間、尾形は息を吞《の》んだ。

驚いたことが三つある。

皮を剝かれた果実が白い果肉をさらけだすように、麻理子の肌は白かった。これほど美しい肌の女を見たのは初めてかもしれない。

そして予想通り、服を脱いだらスタイルに対する印象が変わった。ただ細いだけでなく、バストとヒップには女らしいヴォリュームがあり、とくにハーフカップブラからはみ出した柔らかそうな乳肉と、太腿の肉づきが眼を惹《ひ》いた。

さらに下着だ。淡いピンクのシルク製で、つやつやと気品のある光沢を放ちながらブラジャーが胸を包み、ショーツが股間《こかん》にぴっちりと食いこんでいる。そのうえ、腰に巻かれたガーターベルトで、セパレートタイプのストッキングを吊《つ》っていた。

「まいったな……」

尾形は高ぶる息をはずませた。

「こんなセクシーな下着、映画や雑誌でしか見たことがない」

「そう？　普通でしょ」

麻理子はツンと鼻をもちあげて答えたが、尾形から眼をそらし、桜色に上気した頬をひきつらせた。尾形のたぎる視線を素肌に感じたせいだろう。自分からベッドに誘ってきたくせに、羞《は》じらい深さは人並みにあるらしい。

「こっちへ……」

尾形は麻理子の手をとって部屋の奥へ進んだ。ベッドカヴァーを乱暴に剝《は》がし、糊《のり》の利《き》いた白いシーツの上にうながす。

「四つん這《ば》いになるんだ」

「えっ？」

麻理子は眉をひそめたが、尾形がそれより険しい表情で睨みかえし、

「早く」

と急《せ》かすと、

「いきなりワンちゃんの格好？　恥ずかしいな、もう……」

唇を尖らせながら、両手と両膝をシーツについた。つやつやと輝く淡いピンクのフルバックショーツに包まれたヒップを、尾形に向かって突きだしてきた。

桃のような尻だった。

三十路の人妻にしては驚くほど張りがある。

四つん這いになったせいで丸みが際立ち、そこから太腿に流れる女らしいカーブが、たまらなく扇情的だった。服を着ていたときの小柄で細身の印象から、トランジスタグラマーな雰囲気に一変した。

そのうえ、セパレートタイプのストッキングが、肉づきのいい太腿に妖艶《ようえん》な色香を与えていた。爪先《つまさき》から太腿の半分あたりまでを包みこんでいる、ナチュラルカラーの極薄ナイロン。太腿がいちばん太くなったところは、レースの花模様で飾られている。そこからこぼれた柔らかそうな白い肉が、匂《にお》いたつような色香を放つ。

ふるいつきたくなるボディだった。

どうせ……と尾形は胸底でつぶやいた。

危ない橋を渡るしかないなら、こちらも存分に楽しませてもらわなければ損である。逸《はや》る気持ちを懸命に抑えて、自分も服を脱いだ。こみあげてくる興奮に動悸《どうき》を乱しながら、ブリーフ一枚になってベッドにあがっていった。

「尾形さんって……」

四つん這いの麻理子が、首をひねって咎《とが》めるようにつぶやいた。

「意外に変態だったんですね、驚いちゃう」

「変態？　まさか」

尾形は自分の性癖がノーマルであることを、四十一歳になるいままで一度として疑ったことがない。

麻理子の本心は、いつまで焦《じ》らすの？　といったところだろう。ベッドにあがった尾形は、もう十分以上もショーツに包まれた尻の双丘だけを撫でまわしている。

四つん這いで突きだされた桃尻と、つるつるしたシルクの生地が織りなす、悩殺的なハーモニーに取り憑《つ》かれていた。両手で撫でまわしていると、ただそれだけでうっとりしてしまう。呑みくだしても呑みくだしても、口の中に生唾《なまつば》があふれてきて往生する。

「なんだか……見えないのに、尾形さんの視線、すごく感じちゃう……」

麻理子が、早く脱がしてと急かすように尻を振った。まだ愛撫らしい愛撫も施していないのに、ショーツの股布《またぬの》にシミが浮かんでいる。二枚布になっているはずなのに外までシミが浮かんでくるなんて、内側はよほど濡《ぬ》れているに違いない。

いいかげん先に進んだほうがよさそうだった。

ブリーフの中で痛いくらいに勃起したイチモツも、それを求めている。

かといって、すぐに下着を奪ってしまうのはいかにも惜しかった。甘いキャンディの包み紙のように魅惑的なこのランジェリーを、もうしばらく眺めていたい。

ショーツと尻丘の間に、両の手のひらをすべりこませた。

尻の素肌はなめらかなのにしっとりし、空気をパンパンに入れたゴム鞠《まり》のように張りつめている。

「んんんんっ……」

麻理子がくぐもった声をもらす。尾形が生尻に触れたことでショーツの生地がずりあがり、桃割れに股布が食いこんだからである。

尾形はふと悪戯《いたずら》心が働き、フルバックのショーツをTバック状にまとめて引っ張りあげ、ぐいぐいと食いこませてみた。傑作だった。桃割れに食いこんだショーツは、ふんどしじみた卑猥《ひわい》な滑稽《こっけい》さを放ち、せっかくの美尻を台無しにした。

「んんんっ……あああっ……」

四つん這いの麻理子が身をよじって振り返る。シルクの生地がミシミシいうほど痛烈な食いこみに焦《あせ》って、唇をわななかせている。

「ふふっ、気持ちよさそうですね？」

尾形は意地悪く言い放った。

「こんなことされちゃってるのに、感じてるんですか？」

「ああっ、いやっ……」

麻理子は戸惑いつつも、興奮しているようだった。身のよじり方がどんどん艶《つや》っぽく、切羽つまったものになっていく。尾形が、クイッ、クイッ、とリズミカルにショーツを引っ張りあげてやると、剝きだしになった尻の双丘をみずから揺らしはじめた。

「やだっ……き、気持ちいい……んんんっ……」

喜悦を嚙《か》みしめるように悶《もだ》える麻理子の横顔は、ねっとりした朱色に染まっていった。首筋には汗が浮かんでいる。腋《わき》の下はもっとだろう。四つん這いの肢体をくねらせるほどに、女体の発情を示す甘ったるい汗の匂いが濃くなっていく。

匂いは汗のものだけではない。

ショーツが食いこんでいる尻の桃割れからは、発酵しすぎたヨーグルトのような、獣じみた発情の芳香がむんむんと漂ってきている。

見た目も大変なことになっていた。

ほとんど細い紐《ひも》状によじれてしまった股布は、その両脇《わき》から繊毛がちょろちょろと顔をのぞかせていた。麻理子が性器を突きだすような勢いで尻を高々ともちあげると、細紐と化したシルクの布が女の割れ目にぴったりと嵌《はま》りこみ、割れ目のまわりのアーモンド色にくすんだ地肌すら露《あら》わになった。

尾形はくんくんと鼻を鳴らしつつ、尻の桃割れに顔を近づけていった。湿り気を帯びた発情のフェロモンを存分に嗅《か》ぎまわしてから、満を持して舌を伸ばしていく。

「んんんっ！」

麻理子がくすぐったそうに身をよじる。舌はアーモンド色の地肌をとらえたが、肝心な割れ目の奥が紐状の股布に隠されているから、もどかしいらしい。

尾形は、ショーツの食いこんだ女の割れ目を、下から上に何度も舐《な》めた。

すでに蜜壺《みつつぼ》の漏らした粘液をたっぷりと吸いこんだシルクの生地は、唾液《だえき》まで染《し》みこまされて、みるみるどす黒く変色していった。アーモンド色の地肌も、ねろっ、ねろっ、と舌が往復するたびに卑猥な光沢を帯びていく。

「そんなに……そんなに焦らさないで……」

もどかしいばかりの愛撫に根をあげた麻理子が、可愛《かわい》らしい哀願口調でささやいてきたが、そう言われるとなおさら焦らしてやりたくなる。

尾形は自分でも不思議でしようがなかった。まるで自分の体を他人に乗っ取られてしまったかのように、スケべったらしく、破廉恥《はれんち》に振る舞わずにはいられない。

それでいいのだ、と胸底でつぶやく。

元より自分から望んだ情事ではない。いっそ他人を演じるように大胆になり、欲望全開で責めてやればいい。

ショーツをわずかに片側にずらした。

剝きだしにしたのは、女の割れ目ではなく、薄紅色にすぼまったアヌスだった。細かい皺《しわ》がキュッと口を閉じているその部分を、尾形はねろねろと舐めまわしていった。

「ひいっ！　そんなところっ……」

麻理子が悲鳴をあげたけれど、かわまずに舌を躍らせ、細かい皺を一本一本伸ばすように舐めていく。妻にはけっしてできない愛撫だった。性的にごくノーマルな妻が、尻の穴を舐められて悦《よろこ》ぶわけがないし、嫌悪《けんお》することがわかっているからだ。

には、尾形は妻を愛しすぎている。

だが、眼の前の女は違った。

「いやっ、やめてっ！　くすぐったいっ……」

排泄器官《はいせつ》を舐めまわされる屈辱に悶える姿がひどくそそった。彼女には愛など微塵《みじん》も感じていない。ただ恥をかかせ、屈服させたい対象だった。

しかも、やめてと言うわりに、麻理子は感じているようだった。細紐と化したショーツの奥から漂ってくる、淫《みだ》らな熱気がその証拠だ。

尾形はアヌスを舐めまわしながら、指先でショーツを探った。こんもりと盛りあがった恥丘の裾《すそ》野、そこにあるはずのクリトリスを指先でぐりぐりといじりたてた。

「あああっ……はぁあああっ……」

女の急所を刺激され、声音に妖《あや》しい色香が混じる。むっちりした太腿《ふともも》をぶるぶると震わせて、ガーターベルトの巻かれた腰をしきりにくねらせる。

「ふふっ、もっと他のところも舐めてほしいですか？」

尾形は高ぶる声でささやいた。

「どこを舐めてほしいか言ってくださいよ。そうしたら舐めてあげますから」

振り返った麻理子が、キッと眼を吊りあげて睨んでくる。そんなこと言えるわけないでしょうという表情で、歯を食いしばる。

尾形はぞくぞくしてしまった。美しい女が恥にまみれながら怒った顔をすると、これほどエロティックになるものなのか。ブリーフの中に閉じこめたイチモツがはちきれんばかりに硬くなり、熱い粘液をどっと噴きこぼした。

「くぅうっ……」

麻理子があわてて、振り返っていた顔を前に戻した。

尾形がショーツを脱がしにかかったからだ。さすがに眼を吊りあげて睨みつけながら恥部を露わにされるのは、滑稽だと思ったのだろう。

尾形はそんな女心をあざ笑うように、じりっ、じりっ、と尻の双丘からショーツをめくりおろしていった。ガーターストラップの上から穿《は》かれていたので、ガーターベルトとストッキングを着けたまま着脱可能だった。女の割れ目に深々と嵌りこんだ紐状のショーツを、かさぶたを剝がすように剝がした。

「あああっ……」

密封されていた性器に新鮮な空気を浴び、麻理子があえぐ。

尾形は桃割れをのぞきこんだ。

ところが、気取り倒した間接照明がかなり暗く、肝心な部分をつぶさに観察することができない。苛立ちが、枕元《まくらもと》のテーブルスタンドをつかませた。乱暴にランプシェードをはずし、煌々《こうこう》と光を放つ裸電球を麻理子の尻に近づけた。

「ああっ、やめてっ……」

羞じらいたくなる気持ちがよくわかるほど、桃割れの奥に咲いた麻理子の女の花は濡れていた。紐状にした股布をしつこく食いこませたせいで、ぴったりと口を閉じているはずのアーモンドピンクの花びらが口を開き、三十一歳にしては清らかすぎる薄桃色の粘膜から、よだれじみた発情のエキスをしとどに垂らしていた。

「見ないで、そんなにっ……」

そう言われれば言われるほど、もっとよく見てやりたくなる。右手の親指と人差し指をくにゃくにゃした花びらに添え、輪ゴムをひろげるようにぐいっとくつろげた。薔薇《ばら》の蕾《つぼみ》さながらに薄桃色の肉ひだが幾重にも渦を巻いている蜜壺は、透明な粘液だけでなく、練乳状の本気汁まで滲《にじ》ませて、淫らがましくひくひくと収縮していた。

なんということだろう。

尾形の頭は真っ白になった。

このあとは尻の桃割れにむしゃぶりつき、じゅるじゅると恥ずかしい音をたててクンニリングスをしてやろうとか、そのあとは足元に跪《ひざまず》かせて男根をたっぷりとしゃぶってもらおうとか、その流れでシックスナインをするのもいいかもしれないなどと考えていた段取りが、一瞬にして吹き飛んでしまった。

二本の指に触れている弾力の強い花びらが、ひろげた奥から滲み出ている濃厚な本気汁が、ねっとりと湿り気を帯びていくばかりの発情のフェロモンが、そして、ぴちぴちと新鮮そうで、どこまでも清らかな色艶の薄桃色の粘膜が、勃起《ぼっき》の芯《しん》に火をつけた。

欲しくなった。

一刻も早く眼の前の女と性器を繋《つな》げ、腰を振りたてたいという抗《あらが》いがたい欲望の前に、いてもたってもいられなくなってしまった。

「すごいですね、奥さん。美人っていうのは、オマ×コまでこんなに綺麗《きれい》なんだ」

猥褻《わいせつ》な言葉を浴びせられ、麻理子がもう一度振り返って睨《にら》みつけてくる。

尾形は膝立《ひざだ》ちになり、その眼に見せつけるようにしてブリーフをめくりさげた。

ぶうんっと唸《うな》りをあげて反り返った男根が、赤黒く燃え狂う鬼の形相で天井を睨みつける。麻理子のことを笑えないほど大量の我慢汁で亀頭《きとう》を濡れ光らせ、釣りあげられたばかりの魚のようにビクビクと臍《へそ》を叩《たた》く。

あまりに勇壮な勃《た》ちっぷりに、麻理子は吊りあげていた眼を丸くしてから、長い睫《まつ》毛《げ》を伏せた。

尾形は自分でも驚いていた。まるで二十代に戻った気分だった。いや、これほどの角度で勃起したのは、日に何度となく自慰に耽《ふけ》っていた十代半ば以来かもしれない。

「奥さん……」

いきり勃つペニスを握りしめ、麻理子の尻に腰を寄せた。

「いきなり入れますよ、いいですね？」

「くううっ……」

ぬるぬるに濡れた女の割れ目を亀頭でなぞりあげると、四つん這いの肢体が震えた。もっとじっくり愛撫《あいぶ》に時間をかけてほしいと言われるかもしれないという不安もあったが、杞憂《きゆう》に終わった。結合したくて辛抱しきれなくなっているのは、彼女も同様らしい。四つん這いの肢体が震えているのは、挿入を待ち望む期待感の表われだ。

「いきますよ」

はちきれんばかりに硬くなったものを、ぐっと割れ目に沈みこませていく。角度を合わせると、ガーターベルトを両手でつかんだ。その下に隠れていたウエストは驚くほど細く、まるで男が後ろからつかむために誂《あつら》えられたようにくびれていた。

「んんんっ……んんんんっ……」

後ろからでも、麻理子が息を呑《の》んでいるのがよくわかった。肉と肉とを馴染《なじ》ませながら入ってくるペニスの動きに神経を集中させ、奥まで挿入される衝撃を受けとめるために、四つん這いの肢体をこわばらせている。

尾形も息ができなかった。

亀頭を埋めこんだだけで、尋常ではない名器であることが察せられた。熱い嬉《うれ》し涙を漏らしながらぴたぴたと吸いついてくる肉ひだに、圧倒されてしまいそうだ。

「あぁうううぅーっ！」

ずんっ、と最奥まで突きあげると、麻理子は両腕を突っ張って腰を反らせた。突っ張った両腕も、肩も背中も太腿も、ガクガク、ブルブルと震えている。

尾形はまだ息が継げなかった。

いったいなんという結合感だろう。小柄な女は蜜壺も小さいのだろうか。挿入しただけで、これほどきっちり女体を貫いているという実感を覚えたことは、いままでに一度もない。いや、サイズの問題というより、男根と女膣《ちつ》の形状がぴったりと一致しているようだった。そうとでも考えなければ、これほどの一体感が生まれるはずがない。

「むむっ……むむむっ……」

尾形は挿入したまま動くことができなかった。鏡を見なくとも、自分の顔が真っ赤に茹《ゆ》だっていくのがはっきりわかった。

麻理子の様子もおかしかった。長い黒髪を振り乱して首を振っているのに、四つん這《ば》いの肢体は硬直したように動かない。動けないという感じだった。全身をこわばらせたまま、甘ったるい匂いのする汗の粒を背中にびっしりと浮かびあがらせた。

そして、本人の意志とは関係なく、男根を咥《くわ》えこんだ蜜壺がひくひくと収縮し、痛烈に食い締めてくる。奥から、じわっ、じわっ、と熱い蜜があふれ、その刺激を受けたペニスが、鋼鉄のように硬くなっていく。

尾形は戦慄《せんりつ》していた。快楽と隣りあわせに、はっきりと恐怖を感じていた。ただ結合しただけで、お互いすさまじく興奮しているのは間違いない。これで動きだしたら、いったいどうなってしまうのだろう。

それでも動かずにはいられなかった。

小さく腰をひねると、クチュッとこすれた性器と性器が快感を生み、それが静謐《せいひつ》な湖面に小石が投げこまれたような波紋となって、頭の先から爪先《つまさき》までをビリビリと痺《しび》れさせた。

「あぁううっ！」

麻理子が鋭い悲鳴を放つ。いままでもらしていた声音とはまったく質の違う、獣じみた、人間離れしたとさえ言っていい、痛切な咆吼《ほうこう》だった。

そして、咆吼とともに丸みを帯びた桃尻を振った。

再び性器と性器がクチュッとこすれ、それが律動の呼び水となった。

先ほどとは逆に、動かずにいることが怖くなった。もっと激しい快感が欲しいと全身の細胞がいっせいに唱和し、尾形はむさぼるようなピストン運動を開始した。

「ああっ……あああっ……はぁあああっ……」

悶える麻理子は、すさまじい美女だった。

せっかくこれほどの女とまぐわえるのだから、じっくり楽しみたい、と挿入直前まで思っていた。幸か不幸か四十路を迎え、若いころのように射精の快感だけを遮二無二追い求めることはなくなっていたし、体力を失ったかわりに技術と余裕を蓄えられたので、高慢な社長夫人を翻弄《ほんろう》してやろうとも思っていた。

それがどうだ。

気がつけば渾身《こんしん》のストロークを休むことなく連打して、麻理子の桃尻をパンパンッ、パンパンッ、とはじいていた。若いころでさえ、これほどがっついた、欲望剝《む》きだしの貪欲《どんよく》な腰振りはしたことがないかもしれない。

勢いよく最奥を突きあげ、凶暴に張りだしたカリ首で肉ひだを逆撫《さかな》でにする。搔《か》きだした蜜があっという間にお互いの陰毛をびしょ濡《ぬ》れにし、玉袋の裏まで垂れてくる。

たまらなかった。

ぎゅっと眼をつぶると、眼尻から熱い涙があふれた。歓喜の涙だった。ピストン運動をしながら涙を流した経験など、尾形にはなかった。あまりの快感に、頭がおかしくなってしまいそうだ。

「はぁああっ……はぁあああっ……はぁあああっ……」

麻理子の悲鳴も、一足飛びに切羽つまっていく。四つん這いの肢体を、骨が軋《きし》むほどくねらせて、歓喜の悲鳴を絞りだしている。

尾形は連打をとめて腰をグラインドさせた。

さすがに延々と打ちこんでいるわけにはいかない。

それでも、こみあげてくる欲情は切実になっていくばかりだった。

射精がしたいというより、麻理子とひとつになりたかった。すでになっているにもかかわらず、もっと体を密着させ、身をよじりあわせ、一体感を分かちあいたくてたまらない。

腰をつかんでいた両手を、胸元にすべらせた。

ずちゅっ、ぐちゅっ、と汁気を増した蜜壺を猛《たけ》り勃つペニスで攪拌《かくはん》しながら、まだブラジャーに包まれたままの乳房を揉《も》んだ。すぐにブラ越しでは我慢できなくなり、背中のホックをはずした。カップの下から両手をすべりこませると、搗《つ》きたての餅《もち》のように柔らかい乳肉と、いやらしいくらい尖《とが》りきった乳首が迎えてくれた。

「ああぁっ……あああぁっ……」

麻理子が悶《もだ》える。乳房への愛撫に身をよじりながら、尾形のグラインドを受けとめるように桃尻を揺らめかせる。肉と肉とがこすれあうたびに、麻理子の体の中心に電気のような快美感が走り抜けていくのが、眼に見えるようだった。もちろん、尾形だって同様だ。ほんのわずかな摩擦でさえ、痺れるような快美感が体の芯を走り抜ける。連打を休んでいる途中なのに、性器と性器が呼びあって、奥へ奥へと引きずりこまれていく。

「むううっ……むううっ……」

尾形はみなぎった男根で蜜壺を掻き混ぜながら、汗にまみれた麻理子の背中に顔を押しつけた。鼻をこすりつけ、頬ずりし、甘ったるい匂《にお》いのする汗を舌で拭《ぬぐ》いとった。まるで快感の海に溺れているようだった。

これが体の相性というやつなのだろうか。

これほどの快感を与えてくれるものがセックスなら、いままでしてきたものはいったいなんだったのだろう。

麻理子が息をはずませながら振り返った。端整な美貌《びぼう》をくしゃくしゃにし、動揺に歪《ゆが》みきった眼を向けてくる。

「こ、こんなの……」

いまにもよだれを垂らしそうな唇で言った。

「こんなの初めて……ねえ、どうして？　どうしてこんなにいいの？　わ、わたし……うんんっ！」

尾形は首をひねっている麻理子の唇に、唇を重ねた。ぬるりと舌を差しだすと、麻理子はうれしそうにネチャネチャと舌をからめ、男根を咥えこんだ尻を振りたてた。まるで餌《えさ》を与えられてちぎれんばかりに尻尾《しっぽ》を振る、仔犬《こいぬ》のように。

けれども、口づけを与えたのは、麻理子の言葉を肯定するためではなかった。逆に言葉を奪うためだ。これほどの歓喜に満ちた性交の経験は、尾形にしても初めてだった。だが、それを言葉にされることに本能的な恐怖を覚えたのである。

「はっ、はぁああうううううーっ！」

雑念を振り払うように再び連打を開始すると、麻理子は振り返っていられなくなり、淫《みだ》らな嬌声《きょうせい》をホテルの部屋中に響かせた。手放しのよがり方だった。尾形は夢中で腰を使い、四つん這いの肢体を後ろから突きまくった。煮えたぎる欲望のエキスを噴射するまで、頭をからっぽにしてただひたすらに肉の悦《よろこ》びを追い求め、口から垂れたよだれが糸を引いていることさえ気づかないほどだった。

あれはたしかに事故だった。

麻理子という女とぶつかったことで、それまでの自分がぐちゃぐちゃに潰《つぶ》れ、まるで別の物体になってしまった実感が、たしかにあった。

第二章　赤い糸

「……課長？　尾形課長？」

部下の佐藤春美に呼ばれる声で、尾形は我に返った。

「んっ？　なんだい」

「これ、午後の会議の資料です。大丈夫ですか？　眼を開けたまま寝てるみたいな感じでしたけど」

「いや、すまん。最近ちょっと疲れ気味でね……」

尾形はプリントの束を受けとると、目頭を押さえて頭を振った。

たしかにぼんやりしていた。心ここにあらずの状態と言ってよく、見慣れているはずのオフィスの景色もデスクの様子も、なんだか妙によそよそしく感じられる。会議の資料に眼を落とせば、読み進めるのにいつもの倍の労力がかかる。

ぼんやりしているのは、いまが初めてではなかった。

原因ははっきりしている。

ひと月前、クライアントの社長夫人と体を重ねるというあやまちを犯して以来ずっと、気がつけば意識が現実から乖離《かいり》しているという状態が続いていた。

あってはならないあやまちを犯してしまったから、だけが理由ではない。

勤め人の立場が揺らぎそうな恐怖とか、妻に対する罪悪感とか、そういったものもあるにはあったが、それより遥《はる》かに大きな衝撃が、ひと月の時間が経過してなお、体のいちばん深いところを鈍く痺《しび》れさせていた。

二宮麻理子の抱き心地は、筆舌に尽くしがたいものがあった。

三十一歳の人妻、どこまでも白い肌と、熟れごろを迎えた小柄なボディ。

気持ちがいいとか激しい快感とか、そういった安易な言葉だけでは語り尽くせないなにかがあり、セックスに対する考え方を根底から覆《くつがえ》されてしまった感じだった。

体の相性がいい、と言ってしまえばそれまでかもしれない。しかし、相性がいい女と体を重ねることがあれほどまでに衝撃的な刺激に満ちて、甘美な幸福感にあふれていたとは、まったく予想外の、想像を絶した体験だった。

尾形は結婚十二年になる妻と、いまでもとても仲がいい。

子供のいないDINKSだから、いつまでも恋人同士のような関係でいたいと思い、それは半ば実現されている。夫婦でデートという言葉を使うのはいささか照れるけれど、月に一度はたいていい連れだって映画や食事に行くし、夏にはバカンスに出かけている。年相応に収入が増えていくにつれ、いいレストランに足を運べるようになったし、旅行だって近場のドライブから海外に変わっていった。ふたりで過ごせるそんな時間を、お互いが大切に思い、生活の潤《うるお》いとしていることは間違いなかった。

だが、セックスだけは話が別だ。

セックスで興奮を共有できる間柄では、すでにない。楽しい時間をともに過ごし、笑顔を交わす頻度が増えれば増えるほど、妻を欲望の対象とする気持ちが薄らいでいくことを、実感せずにはいられなかった。

あれは一年ほど前、グアム旅行のときのことだ。

窓から一面の海を見渡せるリゾートホテルに滞在し、お互い慣れないマリンスポーツに挑戦したりして、楽しい時間を過ごしたのだが、滞在中一度も体を重ねなかった。自宅の寝室で夫婦生活を営む回数が減っていても、旅行に出ればかならず抱きあうというのが恒例化していたのに、尾形が誘うこともなく、妻が身を寄せてくることもなかった。

男と女として終わってしまったという諦観《ていかん》を、帰りの飛行機の中でしみじみと嚙《か》みしめたことをよく覚えている。

けれどもそれは、けっして不快な感覚でなかった。肉欲に支配されていた生ぐさい関係から解放され、一段高いレベルにあがったような爽快感《そうかいかん》さえあった。

どこの夫婦だって、いつまでもセックスをしているわけではないだろう。人生のパートナーとはなにも、セックスのパートナーだけを指すわけでもあるまい。友達のような、兄妹《きょうだい》のような夫婦だって、それはそれで居心地がいいに違いない。むろん、セックスレスになったからといって、尾形には外に女をつくる気など毛頭なかった。

麻理子に出会うまでは。

あの夜――牝犬《めすいぬ》のような四つん這いになった麻理子に後ろから挑みかかり、会心の射精を遂げたあと、尾形はベッドに仰向けになって、一時間近く動けなかった。放出の余韻がそれほど長く続いた記憶はいままでない。口もきけないほどの放心状態で、自分が誰かもわからなくなっていた。

麻理子も似たようなものだった。

お互い眠りに落ちることもなく、呆然《ぼうぜん》と眼を見開いて天井を見つめていた。呼吸が整い、汗が乾いても、体の芯《しん》に生々しく残った恍惚《こうこつ》の余韻に酔い痴《し》れるのをやめることができなかった。

昔読んだ麻薬中毒者の手記に、「壁を見ているだけで充足する」という言葉があった。喩《たと》えて言えばそんな感じで、あまりの快感にいかれてしまった神経が、空白の時間すら満ち足りたものへと豹変《ひょうへん》させてしまったようだった。

驚くべきことに、射精を遂げてからもずっと、尾形のペニスは勃起《ぼっき》しつづけていた。

だが、もう一度挑みかかるには、時間が足りなかった。

麻理子には夫があり、破ることができない門限があった。

余韻の一時間を過ごしたことで、お互いいささかの理性は取り戻していた。

麻理子は覚束《おぼつか》ない足取りでシャワーを浴びにいった。一時間の間、尾形が勃起しつづけたように、麻理子も発情のエキスを漏らしつづけていたらしい。触って確認したわけではないが、ベッドをおりるために体を動かした瞬間、両脚の間から獣じみた牝の匂《にお》いが濃密さを増して漂ってきた。

尾形もシャワーを浴び、お互いにまったく口もきかないまま、そそくさと服を着けてホテルを出た。

異常だった。

たとえ愛情で結ばれたセックスでなかったとしても、よかったとか素敵だったとか、ありがとうとかさようならさえ言わずに別れる男女は異常である。売春婦と客だって、それくらいの言葉のやりとりはするだろう。言葉によって補われ、誤魔化される必要のない肉の悦《よろこ》びというものがこの世に存在するなら、尾形と麻理子が体験したセックスはそういう種類のものだったのかもしれない。

もう一度彼女を抱きたかった。

素晴らしい体験には、それを記憶のなかで愛《め》でておくだけで満足できるものと、そうでないものがある。セックスは後者の代表だ。知ってしまった快楽の味が、狂おしい渇きを生む。再び味わってみたいという、切実な焦燥感を生じさせる。

バックスタイルだけではなく、正常位も騎乗位も座位も立位も、知りうる限りの体位を駆使して麻理子と繋《つな》がってみたかった。

フェラチオやクンニリングスだって、そうだ。お互いの性器がふやけるほど、舐《な》めたり舐められたりしてみたい。肌をこすりつけ、淫《みだ》らな汗を溶かしあい、身をよじりあって、再びあの、我を失うような恍惚を分かちあってみたい。

しかし。

彼女はクライアントの社長夫人で、尾形にだって妻がある。一度限りのあやまちにしてしまうしかない相手だった。いくら考えてもそれ以外の選択肢はなく、けれども体はこのひと月あまり、彼女を求めて悶々《もんもん》とし、妻に隠れて自慰までしてしまう有様だった。四十路《よそじ》を過ぎてひとり欲望を処理する自分に絶望的な羞恥心《しゅうちしん》を覚えつつ、それでもどうにか、彼女に連絡してしまうことだけは耐えていた。

デスクの電話が鳴った。

「……はい」

受話器を取ると、

「二宮フーズの奥様からお電話です」

佐藤春美が内線で言った。口調に少し、皮肉な笑いが含まれていた。クレーマーである麻理子に辟易《へきえき》していない人間は課内にいなかったので、またお守りで大変ですね、という意味の笑いである。かつての尾形なら、まあそう言うな、という苦笑を返しもした。だが、そんな余裕もないままに、無言で電話を切り替えた。

「はい、尾形です」

電話の向こうで麻理子がごくりと生唾《なまつば》を呑《の》みこんだのが、はっきりとわかった。あの夜以来、彼女と話をするのは初めてだった。

「……二宮です。どうもご無沙汰《ぶさた》しています」

「いえ、こちらこそ……」

「あの……お仕事の件で……ちょっとご相談したいことがあるんですけど……」

こわばった声を絞りだすようにして、麻理子は言った。いつもの高慢な口調ではなく、よそよそしさの中に緊張を隠しきれない。

嘘《うそ》だ、と尾形は直感した。

彼女がしたいのは、仕事の相談などではない。会ってはいけない、避けなければいけない、ともうひとりの自分が叫び、緊急事態を知らせるサイレンの音さえ聞こえてきそうだった。それでも、仕事を口実にされれば、会わないわけにはいかない。

「早急に、でしょうか?」

「ええ、できれば」

「わかりました」

尾形はその日の夜に時間をつくることを約束し、電話を切った。

夕方五時、まだ仕事をしている部下たちを残して尾形はオフィスを出た。

麻理子と会うために予約した店は、隅田川沿いに位置する老舗《しにせ》の鰻割烹《うなぎかっぽう》店だった。彼女のような華やかな美女をもてなすにはいささか年寄りじみた趣味の店だが、二名からでも個室を用意してくれるし、広い庭に面した静謐《せいひつ》な雰囲気なので、心を落ち着けて面会ができるだろうと思ったのである。

地下鉄で浅草まで行き、地上に出ると傘を差した。関東地方は数日前に梅雨入りしたばかりで、朝から鬱陶《うっとう》しい雨が降りつづいていた。

とはいえ、雨の浅草は悪くなかった。昭和レトロな街並が雨に滲《にじ》み、隅田川にかかった赤い吾妻橋《あづまばし》が濡《ぬ》れそぼる様子は情緒にあふれ、浮ついた気持ちをどこかじっとりとした、湿り気を帯びたものへと変えてくれるようだった。

二度とあやまちを犯してはいけない――。

麻理子の電話を受けてから半日の間、胸底で呪文《じゅもん》のように繰りかえしていた。

ひと月が経《た》ってなお肉体に深く刻印された恍惚の記憶が彼女の体を求めていたけれど、欲望のままに振る舞ってしまえば、待っているのは地獄だけだろう。自分だけではなく妻も、麻理子も麻理子の夫である二宮社長も、すべてを地獄に堕《お》とすことになる。

目的の店は吾妻橋を渡ってすぐのところだった。しかし、約束の六時まで、まだ三十分以上もある。

心をもっと湿らせるために、吾妻橋の手前を左に折れ、隅田公園を散歩することにした。徳川吉宗のはからいで植えられたという桜で有名なところだが、梅雨のこの時期は、雨の中で咲き誇るあじさいが綺麗《きれい》だった。鬱蒼《うっそう》と緑が茂った桜並木の下、遊歩道に沿ってあじさいの咲く花壇が並んでいる。

モノクロに煙る雨の夕暮れに、青紫色のあじさいは美しく映えていた。

足元は土で、おろしたての靴が泥にまみれていくのが気になったけれど、どんどん公園の奥へと進んでしまい、花壇を眺めるのをやめることができなかった。

あじさいには赤と青があるが、青い花のほうが断然いい。

いかにも梅雨という風情《ふぜい》があるし、雨の中にたたずむ様がとても凜々《りり》しく、にもかかわらず毒々しいほどの色香がある。

と。

行く手で赤い傘を差した女が、熱心にあじさいに見入っていた。顔は見えなかったけれど、小柄な体をあじさいによく似たヴァイオレットブルーのワンピースに包んでいる。

胸がざわめいた。

気配に振り返った女は、麻理子だった。

端整な小顔を蒼白に染め、高貴な猫のようなアーモンド形の眼を虚《うつ》ろに泳がせていた。

お互いぎこちなく会釈《えしやく》を交わし、

「奥さんも……早めに着いて時間潰《つぶ》しでしたか?」

尾形はひきつった顔で声をかけた。

麻理子は曖昧《あいまい》に首をかしげると、花壇に視線を戻し、

「わたし、あじさいの花って大っ嫌い……」

虚ろな眼のまま、横顔でつぶやいた。

「だって花言葉が〝移り気〟とか〝浮気〟なのよ。そんな花、どうしてみんなありがたがるんだろう」

「意外、ですね」

尾形は動悸《どうき》を乱しながら、平静を装《よそお》ってつぶやいた。

「あじさいの花は好きかと思ってました」

「どういう意味？」

麻理子が眉《まゆ》をひそめて睨《にら》んでくる。

「浮気者ってことかしら？　わたし、この前みたいなことしたのって生まれて初めてなんだけどな。結婚する前だって、好きな人としか付き合ったことないし、付き合ってる人がいるときは、浮気なんてしたことないし」

「いや、べつに花言葉のことじゃなくて、熱心に見入ってたから……」

口ごもった尾形は、全身が泡立っていくのを感じていた。

彼女の台詞《せりふ》に心が動かされたわけではない。

雨の中、あじさいの花よりも美しくたたずむ麻理子の姿に、見とれてしまったのだ。彼女と分かちあった筆舌に尽くしがたい恍惚の記憶が、全身の細胞をざわめかせ、体中の血液を沸騰《ふっとう》させていく。

麻理子が歩きだした。

尾形もあとに続く。

麻理子の靴はクリーム色に金の飾りがついたハイヒールで、高価なブランド品らしい官能的な輝きを放っていたが、泥にまみれていくことを気にする素振りはない。

尾形ももう、靴のことなど気にしていなかった。

あじさいだって見ていなかった。

刻一刻とあたりが暗くなり、夜に近づいていく景色の中、まるで拗《す》ねた少女のように、片脚ずつ投げだして歩く麻理子に、意識のすべては奪われていた。

くっきりと体の線を出すワンピースが強調している、丸みを帯びたヒップ。あの夜、夢中になって後ろから突いた白い桃尻《ももじり》が、脳裏をかすめる。尻肉が腰にあたる生々しい感触まで思いだすと、尾形は歩きながら勃起《ぼっき》してしまった。

「長かったなあ、このひと月……」

麻理子は赤い傘をくるくるとまわしながらつぶやいた。

「時間が経てば忘れられるかと思って連絡するのを我慢してたけど……どうしても……忘れられなかった……」

話の行く手に不安を覚え、尾形は身構えた。やはり彼女の話は、仕事についてではなかったのだ。

「あれから奥さんとセックスしました？」

「えっ……」

尾形が絶句して立ちどまると、

麻理子も立ちどまり、挑むような眼を向けてきた。

「わたしは……した」

「あの人、精力絶倫に見えるけど、さすがに年だから週に一回くらいしか求めてこないの……でも、あなたに抱かれた次の日かな、我慢できなくなって、自分から誘って……」

燃えあがる熱いジェラシーが、尾形の体を震わせた。自分でも戸惑ってしまうほど、感情が揺れる。

「わたしから誘うのは珍しいから、あの人はちょっと喜んでたけど……よせばよかった……わかってたのにね……尾形さんもそうじゃないですか？　奥さんを抱いて、がつかりしませんでしたか？」
きれぎれにささやかれる麻理子の言葉に、胸がしたたかにえぐられていく。
尾形はあれから、妻を抱いていなかった。
正直に言えば、毎日毎晩のように、抱いてしまいたいという欲望に身をよじってい
た。しかし、抱いてしまえばどうなるかわかっていたので、みじめな自慰に耽《ふけ》ること
を選択したのだ。抱けば妻とのセックスに失望してしまうことは、火を見るより明ら
かだった。愛する妻の体に失望するに違いないと確信していながら、どうして抱くこ
とができようか。
麻理子が階段をのぼっていく。
いったん堤防にあがってから、その下にある、川に面した遊歩道へとおりていく。
雨で水かさを増した隅田川は、いつもの穏やかさを忘れたように性急に流れ、脆《ぜい》
弱《じゃく》な柵《さく》の向こうで飛沫《しぶき》を跳ねさせていた。おかげで散歩者はもちろん、あたりに居住
するホームレスの姿さえ見えない。
麻理子が赤い傘をたたんだ。
雨が弱まったわけではなく、むしろ川風によって横から吹きかかってくるので、端
整な白い小顔と長い黒髪、そしてヴァイオレットブルーのワンピースが、あっという

間に濡《ぬ》れていく。

いったいなにをしているのだろうと、尾形は内心で首をかしげた。言葉をかけられなかったのは、雨に打たれた麻理子が美しすぎたからだ。美しく、凛《りん》として、にもかかわらず、毒々しいまでの色香を匂《にお》わせている、三十一歳の人妻。痛いくらいに勃起しきった男の部分がずきずきと熱く疼《うず》き、呼吸も瞬《まばた》きも忘れてしまう。

「……濡れちゃった」

やがて麻理子は、両手でスカートをひろげて悪戯《いたずら》っぽく笑った。自分で傘をたたんだくせに、どうしてくれるの？　という表情で顎《あご》をもちあげ、尾形に次の行動を急《せ》かす。

濡れてしまったのは、顔や髪や服だけではない――まるでそう言いたげだった。

いや、事実そうなのだろう。

スカートの中の女の部分が、あふれる発情のエキスによってびしょ濡れになり、薄桃色の肉ひだをつやつやと輝かせているに違いない。

言葉にされずとも、眼や指で確かめずとも、尾形にははっきりとわかった。体の相性が抜群にいいということは、そんな以心伝心すら可能にしてしまうものなのだろうか。

「赤い糸ってあるでしょう？」

麻理子が不意に、芝居がかった態度で左手をかざした。あたりはすっかり夜の闇《やみ》に包まれていた。薬指に嵌《はま》った結婚指輪が、遠い外灯の光を浴びてキラリと光る。

「運命の相手と結ばれた赤い糸……わたし、このひと月、ずっと考えてたんですけどね……赤い糸ってもしかしたら、人には二本ついてるのかもしれないって……」

指輪をしていない右手もかざした。

「心についた赤い糸と、体についた赤い糸。もちろん、二本とも同じ相手と繋《つな》がっていれば問題ないし、そういう人が大半なのかもしれないけど……わたしは違ったみたい……心が繋がってる人と、体が繋がってる人が……」

尾形は息を呑んで、雨に濡れた麻理子を見つめていた。

長い黒髪も顔もワンピースも一秒ごとにずぶ濡れになっていったが、妖《あや》しく細められたアーモンド形の眼だけは、雨ではなく、はっきりと欲情によって潤《うる》んでいた。

麻理子は誘っていた。

この疼く体をなんとかしてくれと、全身全霊をこめて訴えかけていた。

「尾形さんは？　どうです？」

「いや、それは……」

この性悪女めっ！　と罵《ののし》ることができれば、どれだけ楽だったろう。

尾形にだって、麻理子の言葉の意味がわからないではなかった。いや逆に、わかりすぎるほどよくわかる。

しかし、だからといって再びあやまちを犯し、この関係にのめりこんでいいということにはならない。いつかまわりに知られたとき、彼女は夫に「人には赤い糸が二本……」と言えるのだろうか。不貞を知れば泣くに違いない尾形の妻は、そんなメルヘンチックな屁理屈《へりくつ》で涙を呑んでくれるのか。

降りしきる雨が夜を艶《つや》やかにきらめかせる。

風が強く吹いた。

麻理子の長い黒髪が、銀色の雨水をしたたらせながら夜の闇に舞う。

「風邪ひくぞ……」

尾形は麻理子の頭上に傘を差しだした。

麻理子は尾形の手から傘を奪って、自分の傘と同じように折りたたんでしまった。

尾形の全身にも、横殴りの雨が浴びせられた。風邪などひきそうにない、と思った。

六月の生ぬるい雨は冷気で体温を奪うことなく、逆に熱気を運んできて発汗をうながした。雨に打たれれば打たれるほど、スーツの内側に熱気がこもり、蒸気すら発してしまいそうだった。

まるで——と胸底でつぶやく。

降りしきる雨が、体の奥でくすぶっていた欲情の熾火《おきび》にブスブスと音をたてさせているようだ。

麻理子が身を寄せてくる。

尾形は動けないまま、雨粒のついた長い睫毛《まつげ》や頬、果実のように赤い唇に視線を奪われた。心臓が爆発しそうなほど早鐘を打ちだす。まずいぞまずいぞ、ともうひとりの自分が懸命に声をあげている。

「鰻屋さんの予約……」

びしょ濡れになったお互いの服を見て、麻理子は勝ち誇った顔で言った。

「キャンセルしたほうがいいんじゃないですか？」

「どうして……」

「だって、服を乾かさないと、座敷にあげてくれないですよ。ううん、このままじゃうちにも帰れない」

尾形は言葉を返せなかった。いまならまだ間に合う、傘を取り返して差すべきだと思っても、体が金縛りにあったように動かない。

麻理子は最低な女だった。

高慢で性悪で計算高く、自分の美しさと、それが異性に与える圧倒的な威力を熟知していた。せつなげに眉根《まゆね》を寄せ、口づけをねだるように唇を半分開いた表情はどこまでもエロティックで、理性を狂わせるのに充分すぎてお釣りがくるほどだ。

尾形は唇を重ねてしまった。

甘い味わいに、蕩《とろ》けそうになった。このひと月、夢にまで見たキスの味。激しくなるばかりの雨に打たれながら小柄な体を抱きしめ、舌を吸いたてると、

「うんんっ……」

麻理子は満足げに鼻を鳴らし、細めた眼をねっとりと潤ませて熱っぽく舌を吸い返してきた。

浅草という街が歴史のある盛り場だからだろう。ラブホテルが連れこみ宿と呼ばれていた時代を彷彿《ほうふつ》とさせる、和風旅館がまだ存在していた。

ふたりきりになれるならどこでもよかった。

隅田公園を出た尾形と麻理子は、吾妻橋を渡らずに浅草の繁華街の路地裏にまわり、最初に眼についたそんな宿の門をくぐった。

路地裏とはいえ、まだ時間が早いので観光客や酔漢がちらほら歩いていた。彼らの眼には、相当滑稽《こっけい》なカップルに映ったに違いない。全身ずぶ濡れで手を握りあい、言葉も交わさずにギラギラと眼だけを血走らせて古ぼけた旅館の門を足早にくぐったのだから、欲情も発情も恥ずかしいほど剝《む》きだしだった。

部屋は荒《すさ》んでいた。

寒々とした蛍光灯に照らされた畳は毛羽立ち、襖《ふすま》は破れ、障子は黄ばんでいる。全体的に飴《あめ》色に煤《すす》けた雰囲気は、まるで昭和三十年代にタイムスリップしてしまったかのようだった。ダブルサイズの布団《ふとん》にはさすがに清潔な白いシーツが敷かれていたけれど、枕元《まくらもと》に置かれたガラス製の水差しと、ティッシュとは似て非なるごわついたチリ紙は、いまどきまだこんなものが存在していたのかと失笑を誘うほどだった。

しかし、お互いにそんなことは口にしなかった。

そう、ふたりに言葉は必要なかった。

部屋に通してくれた宿の人間が下がると、お互いがお互いにむしゃぶりつくような抱擁を交わした。ただそれだけで、尾形も麻理子も息をはずませた。大げさではなく、毟《むし》り取るようにして濡れた衣服を奪いあった。服を乾かすという名目で宿に入ったはずなのに、衣紋《えもん》掛けに掛けられることなく畳の上に脱ぎ散らかされていった。

ヴァイオレットブルーのワンピースの下に着けられていたのは、純白のランジェリーだった。シルク製のセクシャルなデザインで、やはり腰には揃《そろ》いのガーターベルトが巻かれていた。

尾形は麻理子の体を布団に横たえると、ガーターベルトをはずし、雨水を吸って妖《あや》しく輝いているセパレートタイプのストッキングを、果物の薄皮を剝《は》がすように脱がしていった。

動悸《どうき》が乱れる。

乱れすぎて胸が痛い。

白い下着を着け、白いシーツに横たわってなお、麻理子の素肌は燦然《さんぜん》と雪色に輝いていた。もちろん、ただの白さでは下着やシーツのほうが上なのだが、布地とは違う透明感があり、雨と汗に濡れ光る肌の色は、遥《はる》かに上質で官能的だった。

麻理子のほうも尾形の服を脱がしていたので、気がつけばブリーフ一枚だった。

肌と肌を重ねるように抱きしめあった。

梅雨の湿気と興奮のせいで汗の噴きだした肌が、ぬるりと滑る。びしょ濡れのブラジャーを着けた女体というものは、こんなにもいやらしい抱き心地がするものなのかと、尾形は自分でも驚くほど興奮してしまった。

ブラジャーをはずした。

最初の情事ではじっくり拝むことができなかった麻理子の胸のふくらみは、たわわに実った極上の肉の果実だった。裾野《すその》にはたっぷりと量感があり、そのくせツンと上を向いている。燃えあがる炎のように赤い乳首の位置が、高いところにあるせいでよけいにそう見えた。

けれども、ふくらみを手のひらですくいあげ、このひと月忘れることができなかった搗《つ》きたての餅《もち》のような感触を味わうことはできなかった。

興奮しきった麻理子が、濡れた黒髪を振り乱し、尾形の下半身にむしゃぶりついてきたからである。

「ああっ、すごいっ……」

ブリーフを盛りあげている男のテントを両手で包み、まぶしげに眼を細めた。黒い瞳《ひとみ》を発情にねっとりと潤ませ、伸縮性の強いブリーフの生地越しに撫《な》でさする。

「すごく硬いっ……それに熱いっ……」

手指で撫でさするだけではなく、頰ずりまでしてきた。

「これが……これが尾形さんのものなのね……わたしを狂わせた……」

言いながらブリーフをめくりさげ、勃起しきった男根を取りだす。ぴっちりしたビキニブリーフに閉じこめられていた男の欲望器官は、唸《うな》りをあげて反り返った。肉竿《にくざお》に稲妻にも似た血管を浮かべ、先端から恥ずかしいほど大量の粘液を噴きこぼしていた。

　麻理子がすかさず根元に細指をからめてくる。

　尾形を仰向けに倒すと四つん這《ば》いになり、亀頭《きとう》に鼻を近づけて、牡《おす》の匂《にお》いを嗅《か》ぎまわした。眼つきが完全におかしくなっていた。高慢な社長夫人から、欲望だけに忠実に生きる獣の牝《めす》の表情になって、舌を伸ばしてくる。

「……っんんっ！」

　ねろり、と亀頭の裏側に舌が這い、

「むううっ……」

　尾形の腰はぐっと反り返った。唾液《だえき》をたっぷりとしたたらせた麻理子の舌は、つるつるしているのにまつわりつくような吸着力があり、たったのひと舐《な》めで尾形を虜《とりこ》にした。鏡を見なくても、自分の顔が真っ赤に染まっていくのがわかった。

「うんんっ……うんんんっ……」

　麻理子は舌を躍らせながら、上目遣いで尾形を見てきた。興奮に顔を上気させた男の姿に満足し、興奮もしたらしい。さらに大胆に舌を使い、あっという間にペニスの全長を唾液にまみれさせた。

「き、気持ちいいよ……」

尾形は震える声を絞りだした。体と体が赤い糸で結ばれているという麻理子の説を、信じる気持ちになってしまった。そうでなくては、舌で舐められているだけで感極まってしまいそうな、この状況を説明できない。生温い舌の感触がペニスの芯《しん》にまで染《し》みこんできて、全身をぶるぶると震わせ、目頭までを熱くさせる。

さらに、麻理子の舐め顔のいやらしさといったら、それだけで身をよじりたくなるほどだった。普段ツンと澄ましているだけに、眉根を寄せた表情が悩ましすぎる。口を開き、舌を伸ばすことで否応《いやおう》なく伸びてしまう鼻の下や、赤くふくらんだ小鼻から、ぞくぞくするような色香が匂ってくる。

「うんあっ……」

麻理子がペニスを咥《くわ》えこんだ。唾液にぬらぬらと濡れ光る赤黒い肉竿を、唇でぴっちりと包みこみ、しゃぶりあげてくる。ただでさえいやらしい舐め顔が、男根とのコントラストで悩殺的な卑猥《ひわい》さを帯びていく。

「むむむっ……」

身をよじるような快感に翻弄《ほんろう》され、尾形はじっとしていられなくなった。一方的に愛撫《あいぶ》されていることに耐えられなくなり、上体を起こして体勢を変えた。

「こっちへ……お尻を……」

麻理子の下肢を引き寄せて、横向きのシックスナインの体勢を整えた。妻との睦言《むつごと》で、こんなことをしたのはいったいどれくらい前だろう。妻とするのは激しく照れてしまうけれど、麻理子が相手なら話は別だった。

「ああっ、いやっ……」

両脚をM字に開かれ、激しく羞《は》じらうその姿に、たまらなく興奮をそそられてしまう。

麻理子の股間《こかん》にはまだ、シルク製の白いハイレグショーツがぴっちりと食いこんでいた。スカートの中に隠されていた部分なので、さすがに雨には濡れてはいない。けれども、汗はかいていた。シルクの生地がじっとりと湿り、股布《またぬの》に至っては汗だけではなく内側からあふれた熱い発情のエキスがコインサイズのシミをつくって、縦に割れた女性器の形状を生々しく浮かびあがらせていた。

「あああっ……」

剝ぎとるようにショーツを脱がすと、麻理子は羞じらいに身悶《みもだ》えた。純白のシルクの下から姿を現わした漆黒の繊毛は、優美な小判形に生え揃《そろ》い、女の部分が放つ熱気でしっとりとしていたけれど、逆立っていた。興奮のせいで逆立っているのだ。

「くぅうう……」

悶える両脚をあらためてM字に割りひろげ、麻理子の女の花を咲かせた。アーモンドピンクの花びらはすでにぬらぬらと濡れ光り、途轍《とてつ》もなく卑猥な色艶《いろつや》になっていた。それがぴったりと重なりあった縦筋からは、獣じみた匂いのする分泌液《ぶんぴつえき》がまるで涎《よだれ》のように滲《にじ》みだしている。

尾形は指を伸ばして、くつろげた。輪ゴムをひろげるようにぐいっと左右に割りひろげてやると、三十一歳の人妻にしては清らかすぎる薄桃色の粘膜が、嬉《うれ》し涙をしとどに漏らしながら指の間にこぼれた。

「ああっ……あああっ……」

ペニスを握りしめた麻理子は、けれどもフェラチオを行なうことを忘れて、尾形の顔を見ていた。いまにも襲いかかってこようとしている女の急所への愛撫に身構え、魅惑の猫眼をきりきりと細めていく。

「あうううっ！」

尾形が割れ目に唇を押しつけると、麻理子はのけぞって悲鳴をあげた。勃起しきった男のものを、崖《がけ》でつかんだ命綱のように握りしめながら、濡れた黒髪を振り乱して身も世もなくよがり泣いた。

「むううっ……むううっ……」

尾形は荒ぶる鼻息で湿った恥毛を揺らしながら、舌を躍らせた。アーモンドピンクの花びらの裏表や、清らかな薄桃色の粘膜を舐めまわしては、あふれる花蜜《はなみつ》をじゅるじゅると音をたてて啜《すす》りあげる。薔薇《ばら》の蕾《つぼみ》のように折り重なった肉ひだの間から、コンデンスミルクに似た本気汁が滲みだしてくる。

「あああっ……はぁあああっ……」

麻理子が悶える。白い喉《のど》を突きだし、汗にまみれた乳房を揺れはずませ、くびれた腰をくねらせる。横向きのシックスナインなので、片脚が宙に掲げられており、足指を折ったり反らせたり、男と女が放つ淫《みだ》らな熱気で湿った空気を掻《か》き毟《むし》るように動かしている。

「はぁあああっ……あああっ……んあああっ……」

やがて、一方的に責められていることに耐えられなくなったらしく、根元を握りしめたままだったペニスを口に含んだ。生温かい唾液のあふれた唇を、興奮に膨張しきった亀頭にすっぽりと被《かぶ》せた。口内でねろねろと舌をうごめかせ、亀頭とカリを舐めまわしてきた。

「むううっ……」

蕩けるような快感に、尾形は眩暈《めまい》を覚えた。

甘美な眩暈だった。

舐めて舐められるこの双方向愛撫に、これほど夢中になり、没頭したのは生まれて初めてかもしれない。

くにゃくにゃした花びらを口に含んでしゃぶりまわせば、亀頭をずぼずぼと吸いたてられる。舌先を尖《とが》らせて割れ目をほじれば、向こうもまた、舌先で鈴口をくすぐってくる。尾形が尻の桃割れをひろげ、蟻《あり》の門渡《とわた》りからアヌスに至るまで丁寧に舌を這わせてやると、麻理子もお返しとばかりに、男の排泄《はいせつ》器官を舐めまわしてきた。

それはもはや、熱狂と呼んでしまってかまわなかった。

ダブルサイズの布団の上で、お互いが上になったり下になったりしながら、疼《うず》く性器を舌と唇で愛しあった。尾形は麻理子のくびれた腰をしっかりと抱きしめ、肉づきよく張りつめた太腿《ふともも》の間に顔を埋めこんで、あとからあとからこんこんとあふれてくる発情のエキスで顔中をびしょ濡れにした。噴きだしたお互いの汗が天然のローションとなり、肌と肌をぬるぬると滑らせた。

たまらなかった。

尾形は太腿に顔を挟まれる感触に興奮し、弾力のある尻肉が歓喜にひきつる様に欲情を揺さぶられながら、薄桃色の粘膜がふやけるほどに舐めて舐めて舐めまくった。

麻理子もそうだった。

あふれるよだれを尾形の陰毛に垂らしながら、唇をスライドさせて硬直しきったペニスをしごきたて、休むことなく舌を使って亀頭とカリを責めたててくる。クリトリスを吸われる衝撃に汗まみれの五体をぶるぶると痙攣《けいれん》させながら、鼻息をはずませて裏筋に舌を這わせる。濡れた黒髪が太腿を撫でる冷たい感触が、気が遠くなりそうなほど心地よい。

「はぁううっ！」

やがて麻理子は、切羽つまった悲鳴をあげて、潤みに潤んだ黒い瞳を尾形に向けてきた。シックスナインは元の横向きの体勢に戻っていたので、お互いに性器を舐める顔を見ることができた。

「ね、ねえ、もうダメッ……」

長々とフェラチオを続けたせいで閉じることのできなくなった唇から、大量のよだれが糸を引いてシーツに垂れる。

「わたし、もう、イキそうっ……このままイッちゃいそうっ……」

「イケばいい」

尾形は、ひくひくといやらしく収縮する薄桃色の粘膜を指でいじりながらうなずいた。

「こっちも……こっちだってもう我慢できないよ……」

いくら刺激的な愛撫とはいえ、シックスナインはあくまで前戯、最初にこの体勢をとったときは、もちろん折を見て挿入するつもりだった。結合こそがメインイベントだと信じて疑っていなかった。

しかし、もはやそんなことを言っていられる状態ではなかった。

麻理子から言ってこなければ、尾形が先に哀願の言葉を口にしていただろう。

「このまま……このまま出させてくれ……口の中に……」

「ああっ、出してっ……」

麻理子が根元をしごきながら、潤んだ瞳を向けてくる。

「全部っ……全部飲んであげるから、お口に出してっ……たくさん出してっ……ああっ……」

「むううっ……」

再び亀頭を舐めしゃぶられ、尾形はぎゅっと眼を閉じた。眼尻《めじり》に歓喜の熱い涙が滲み、射精がひたひたと迫ってくる。

だが、じっとしているわけにはいかなかった。麻理子の腰を抱きしめ直し、包皮を完全に剝《む》ききってツンツンに尖《とが》りきったクリトリスを舌で転がした。血を噴きそうなほど赤く充血した女の急所中の急所を、ねちねち、ねちねち、と執拗《しつよう》に舐め転がし、絶頂に駆けあがるためのリズムを与えてやる。

「ぅんんっ……ぅんんんっ……」

麻理子も尾形の腰にしがみついてきた。肉竿の上をスライドする唇のピッチがぐんぐんあがり、いやらしすぎる口唇《こうしん》の動きで男の精を吸いだそうとする。

尾形も負けじと責めたてる。充血しきった真珠肉を舌先で嬲《なぶ》っては唇で吸いあげ、時に敏感な発情器官にもかかわらず甘嚙《あまが》みまでして、女体をぐんぐん追いつめていく。

「うんぐっ！　ぅんぐぅぅぅぅぅーっ！」

麻理子が悶え泣き、左右の太腿で尾形の顔をぎゅうっと締めあげてきた。そして次の瞬間、ビクンッ、ビクンッ、と五体を跳ねあげた。お互いがお互いの腰にしがみついていなければ布団《ふとん》の外にはじけ飛んでしまうような勢いで、絶頂に達したことを知らせてきた。

「むぅぅうっ！」

尾形も麻理子の顔を太腿で挟んだ。体のいちばん深いところでマグマが噴射するような爆発が起こり、煮えたぎる欲望のエキスを吐きだした。ペニスの芯が灼《や》けるような痛烈な快美感に身をよじりながら、ドクンッ、ドクンッ、と麻理子の口唇に男の精を注ぎこんでいった。

いや。

「うんぐっ……うんぐうううーっ！」

麻理子はみずからのオルガスムスに五体の肉という肉を躍らせながら、射精に暴れるペニスを吸いたててきた。尾形は悶絶した。こちらが吐きだす倍のスピードで白濁液が吸いだされ、ペニスの芯どころか、体の芯まで灼けついてしまいそうだった。激しく身をよじらずにはいられない歓喜の極みに、頭の中が真っ白になり、忘我の彼方《かなた》に連れ去られていった。

いったいなんということだろう。

麻理子の太腿に顔を挟まれ、女の割れ目をしつこく舐めまわしながら、尾形は泣いていた。耐え難いほどの快感に感極まってしまい、ドクンッ、ドクンッ、と欲望のエキスを吐きだしながら、声を殺して泣きじゃくっていた。

第三章　瞼《まぶた》の裏

タクシーを降りると、先ほどまで降りしきっていた雨があがっていた。

二宮麻理子は自宅の門を開け、玄関扉に鍵《かぎ》を差しこんだ。元々重厚な木製の扉だが、今夜はいつにも増して重く感じられる。

「すいません。遅くなりました……」

口の中でもごもご言いながら鍵をかけ直し、靴を脱いだ。広い家なので、玄関で声をあげても、どうせ奥まで届かない。

クリーム色のハイヒールは泥にまみれていた。お気に入りのシャネルの靴だったが、手入れする気力はなく、そのまま靴箱に押しこんでしまう。

中庭に面した長い廊下を、重い足を引きずりながら歩いた。

「すいません。遅くなりました……」

ダイニングキッチンの扉を少しだけ開け、もう一度同じ言葉を繰りかえす。ヴァイオレットブルーのワンピースは、夕刻雨に打たれたまままだ乾いていなかった。半身になって扉の陰に体を隠し、なるべく見えないようにする。

「本当に遅いわねえ、もう十一時じゃない」

布巾《ふきん》で皿を拭《ぬぐ》っていた義母のトキが、三白眼になって睨《にら》みつけてきた。来年は傘寿《さんじゅ》になる年だが、まだまだ元気だ。背中は丸まっているものの、炊事も掃除も洗濯も、毎日当たり前のようにこなしている。

「すいません。こんなに遅くなるつもりじゃなかったんです。仕事の打ち合わせが長引いてしまって……」

麻理子が言い訳すると、

「兄さんがとっくに帰ってきてるのに、どれだけ重要な仕事なわけ？」

ソファでテレビを観《み》ていた義妹の弥生《やよい》が、わざわざテレビのスイッチを切って嫌味を言ってきた。義妹といっても五十六歳の夫の妹なので、すでに五十路《いそじ》を過ぎている。三十一歳の麻理子よりはるか年上の、バツイチの出戻り小姑《こじゅうと》だ。

「そんなことしてる暇があるなら、少しは料理でも覚えなさいよ。まったく、いつまでお母さんとわたしに家事を全部押しつけているつもりなの？」

「……すいません」

やらせてくれないのはそっちじゃないか、と麻理子は内心でつぶやきながら頭をさげた。

このふたりに、なにを言ってもしかたがない。それはもうわかってる。麻理子は家事が苦手ではなかった。いっさい手出しをできないのは、うちにはうちの味があり、やり方があると、姑《しゅうとめ》と小姑がすべてを取り仕切っているせいだ。

「日出雄さんは書斎ですか？」

「いまお風呂《ふろ》」

弥生は退屈そうに答え、テレビのスイッチを入れ直した。

「なんにも世話を焼けないんだから、せめて背中でも流してあげたら」

「……失礼します」

麻理子は顔をそむけて受け流し、ダイニングキッチンをあとにした。

世田谷の閑静な住宅地にあるこの家は、広い中庭を有する豪奢《ごうしゃ》な一戸建てだけれど、麻理子にとってはあまり居心地のいい場所ではなかった。

同居している姑と小姑が、麻理子のことを蛇蝎《だかつ》のごとく嫌っているせいだ。嫁にきてもう一年が過ぎるというのに、いつまで経《た》っても「どうせ財産目当てで後妻に入ったんでしょ？」と言わんばかりなのだ。

そうではない、年の差は二十五歳と離れているけれど、心から彼を愛しているのだと、何度説明してもわかってもらえない。わかってもらうチャンスすら与えてくれない。

もちろん、そうなることは予想できたことだった。

姑や小姑でなくとも、首都圏に二十以上の居酒屋チェーンを経営する実業家、二宮日出雄の後妻に入ることを知った誰もが、「財産目当て？」という顔をした。そういう眼を向けてこない人のほうが珍しかった。人にどう思われてもかまわないタイプの麻理子はいちいち反論しなかったが、一緒に住んでいる身内にまでいつまでも陰険な態度をとられるのは、やはり堪《こた》える。疲れる。息がつまってやりきれなくなる。

「……ふうっ」

寝室に入ってドアを閉めると、ようやく人心地がつけた。

底意地の悪い姑や小姑でも、さすがに夫婦の寝室までは入ってこない。キングサイズのダブルベッドが占拠しているこの部屋だけは、麻理子が掃除をし、ベッドのシーツを替え、窓辺に花を飾っている。

ヴァイオレットブルーのワンピースを脱いだ。

ブラジャーもショーツもガーターベルトも、すべてが湿っぽい生乾きだった。

しかし、すぐに脱ぎ去ることができない。

生乾きの下着を着けていることが、妙な高揚感を運んでくる。あの男の——尾形弘樹のぬくもりがそこに残っているような気がして、素肌が火照《ほて》ってしまう。

（ごめんなさい、あなた……）

浮気相手のぬくもりを嚙《か》みしめながらも、罪悪感に胸が痛んだ。いつも夫婦で寝ている広々としたダブルベッドの存在が、感情の揺らぎに拍車をかけた。

麻理子が日出雄と知りあったのは二年ほど前のことだ。麻理子は当時、派遣社員として大手食品メーカーの受付嬢をしていた。

日出雄はそのメーカーと取引があり、いつも自社の役員や秘書などを引き連れてやってきていた。

ある日、取り巻きに囲まれてエレベーターから降りてきた日出雄は、受付に麻理子が座っていることを確認すると、まっすぐに近づいてきた。初対面ではなかったが、取り次ぎを求めてくるのは取り巻きの人なので、直接話したことはなかった。日出雄の表情からは、次に会ったらかならずそうしようと前もって決めていたような、断固たる覚悟がうかがえた。

「突然で申し訳ない。結婚を前提にお付き合いしていただけないだろうか？」

真顔で切りだした日出雄に取り巻きたちはあわてふためき、麻理子の隣に座っていた同僚の受付嬢は椅子《いす》から跳びあがりそうになった。

もちろん、麻理子自身も眼を丸くして息を呑《の》んだ。頰も赤くなっていたはずだ。

しかし、すぐに気を取り直して名刺の裏に携帯電話の番号を書いて渡し、

「いまは業務中ですので、私用でしたらこちらにお電話ください」

と涼しい顔で言ってのけた。

そんな対応に、取り巻きや同僚の受付嬢は、なおさら仰天したようだった。

麻理子の美しさは社の内外を問わず知れ渡っていた。

長い黒髪に抜けるように白い肌、高貴な猫のようなアーモンド型の眼をもつ、小柄な美人受付嬢――そんな評判はしかし、容姿はとびきりでも、けっして落ちない冷淡な女という評判とセットになっていた。

実際、誘いなら数えきれないほど受けていたけれど、ひとつとしてまともに応じたことはない。おかげで、男嫌いのレズなのではないか、それとも金で愛人に囲われているのか、などというありがたくもない噂《うわさ》まで立てられていた。

対する日出雄の額は禿《は》げあがり、耳の上や後頭部に残った髪も白髪まじりで、ダブルのスーツでも窮屈そうなほど恰幅《かっぷく》がよかった。お世辞にも容姿端麗ではなかったし、やり手の実業家らしく、一般的な五十代半ばの男よりギラギラと脂《あぶら》ぎっているのが、

野卑な印象まで与えていた。

そんなふたりが、満更でもないやりとりをしたから、まわりは仰天したのである。

「……いいの、麻理子？　あんな人に電話番号渡しちゃって」

日出雄が取り巻きを連れて立ち去ると、同僚の受付嬢がすかさず耳打ちしてきた。心配している顔をしつつも、やっぱりお金目当て？　という好奇心が瞳《ひとみ》の奥でチラついていた。

麻理子はそれには気づかないふりをして、

「だって悪いじゃない。みんなの前で堂々と『結婚を前提に』とまで言ってくれたのに、門前払いにしちゃったら」

やはり涼しい顔で受け流した。

日出雄のことを、男として意識していたわけではない。あまたいる出入り業者のひとりであり、とりたてて関心を惹《ひ》かれたことだってない。

しかし、デートに誘われたら断らないだろうと思った。

（だって、結婚を前提ってことは、いま独身ってことよね？　別れたのか死別したのかわからないけど……）

麻理子は父親を早くに亡《な》くしたせいもあって、父親ほど年の離れた男が好みだった。

有り体に言えば、ファザーコンプレックスなところがあった。

他の男からの誘いに応じなかったのは、だからレズでも愛人でもなく、単に誘ってくる相手が同世代の若い男ばかりだったからに過ぎない。

なにしろ中高生のころは、サッカー部のキャプテンや野球部のエースに熱をあげているクラスメイトを尻目《しりめ》に、定年間際《まぎわ》の校長先生に憧《あこが》れていた。

社会人になってからも、年齢の近い男しか参加しない合コンなどには眼も向けず、男嫌いなどとまわりにささやかれながら、五、六十代の役員からの秘密の誘いにはこっそり応じたこともある。

三十の声が近づいてきてさすがに発展性のない不倫の恋から足は洗ったものの、それらの経験はひとつの結論を導きだした。自分は自分よりずっと年上――できれば二十歳以上――が好みであるだけでなく、そういう男との恋愛でないと満足できない体質をしているらしい、ということだ。

第一に、年の離れた男はわがままを許してくれる。

麻理子は自分がひどくわがままであることを知っていたし、わがままに振る舞える瞬間に至福を感じてしまう、性格の悪い女であるということも自覚していた。

女のわがままを許容するためには男に余裕が必要だ。経験、社会的地位、経済力……あらゆる意味で余裕がなくては、女はわがままでいられない。

二番目に、年の離れた男はセックスがいい。

女子大生時代、一度だけ同い年の男と付き合ったことがある。容姿もよく、まわりに気配りができ、バイタリティあふれる性格を尊敬してもいたが、ベッドでの身勝手さには辟易《へきえき》した。自分が精を吐きだすことだけに夢中になって、女の気持ちなどそっちのけ。そういうセックスしかできないのは、若い男の致命的な欠点だった。

その点、年上の男たちは、いつだって麻理子が気持ちよくなることのほうに、情熱を傾けてくれた。盛りのついた牡犬《おすいぬ》みたいなセックスではなく、ゆったりとして身も心も包みこむようなやり方で抱いてくれた。

もちろん、日出雄も例外ではなかった。

三度のデートを経て鎌倉の別荘に招待され、体を重ねた。好色であることを隠さない日出雄のベッドテクは想像以上に練達で、麻理子を充分に満足させてくれるものだった。

それだけではなく、従業員数百人の会社の社長である彼は、社会的地位も経済力も、いままで付き合ったことのある男の中で群を抜いていたから、結婚しようと言われてためらう必要はどこにもなかったのである。

日出雄は麻理子との恋を最後の恋と決めているらしく、眼の中に入れても痛くないほど可愛《かわい》い、といつも言ってくれる。

麻理子はわがままな女だったが、甘えることが下手ではなかった。麻理子のような女に——一見ツンと澄ましている高慢な女にベッドで甘えられることが日出雄はことのほか好きだったから、ふたりが結ばれたのはある意味必然だったろう。財産目当てなどであるはずがなく、純粋な愛と呼ぶことになんの問題もないはずだった。

だから、姑や小姑との同居にも同意したのだ。

日出雄には身内の女にとことん甘いところがあり、若い後家である麻理子と軋轢《あつれき》があるとわかっていても、母親や妹に厳しく対応することができない。麻理子は覚悟のうえで嫁に入った。それだって、愛情がなければとてもできないことだろう。

それなのに……。

麻理子は生乾きの下着をのろのろと脱ぎながら、深い溜息《ためいき》をついた。

体の芯《しん》にはまだ、尾形が与えてくれた恍惚《こうこつ》の余韻が生々しく残っていた。体中の肌という肌に彼の手の痕《あと》がつき、乳首や両脚の間には舌の感触が刻みこまれているようだった。精液の味さえ、唇が忘れていない。

浅草の路地裏にある連れこみ宿のような和風旅館。その薄べったい煎餅布団《せんべいぶとん》の上で、ほんの一時間前まで行なわれていた、組んずほぐれつの燃えるような情事。

シックスナインで恍惚を分かちあった経験が、麻理子にはなかった。

フェラチオで射精に導いたり、クンニリングスでイカされてしまったことはあるけれど、あんなふうに、お互いがお互いの体にしがみつき、切迫した感じで同時に達したことはない。

そして尾形は、麻理子が精を吸い尽くしてもなお硬度を保ったままの男根で、女体をしたたかに貫いてきた。

麻理子は半狂乱になった。

いつもなら、オルガスムス直後に性感帯をいじられるとくすぐったくてしようがないのに、男根が一往復するたびに、ペロリ、ペロリ、と官能の皮を剝《む》かれていくようで、いままで経験したことがない峻烈《しゅんれつ》な快感に翻弄《ほんろう》され抜いた。

どうしてそれほど感じてしまうのか、まったく理解できなかった。

尾形とは、ただ肌が触れあうだけで体に電流が走り抜けるほど感じてしまう。テクニックだけを比べるなら日出雄のほうがうまいし、尾形のペニスがとりたてて長大なわけでもない。なにより尾形にはこれっぽっちも愛情など感じていない。

最初に彼を誘ったことに、さしたる意味があるわけではなかった。

誰でもいいから浮気をしたかっただけだ。

ゴールデンウィークに夫婦で訪れた沖縄旅行。そこで日出雄は仕事の下調べに夢中になるあまり、麻理子を放っておいた。現地の関係者に接待を受け、ホテルに帰ってくるのは毎晩深夜遅く。着ていたシャツに香水の匂《にお》いがついていたから、女のいる酒場で飲んでいたのは間違いなかった。

そこまでならまだ許せた。

最後の夜に帰ってきたとき、ブリーフを裏返しに穿《は》いていた。着替えを管理していたのは麻理子だったので、そういう現象が起こる理由は、外出の途中で下着を脱ぐようなことをしたということである。

飲み屋の女なのかソープ嬢なのかコールガールなのかはわからないが、二宮フーズと手を組み、東京に支店を出したい人間にしてみれば、オーナー社長に商売女をあてがうことなど、月並みな接待なのだろう。そしてそれを無下に断るほど、日出雄は野暮な人間でも、女遊びが嫌いなタイプでもなかった。

高鼾《たかいびき》をかいて寝ている日出雄をベッドに残し、麻理子は朝までバスルームに閉じこもって泣いていた。

多少の女遊びくらい眼をつぶれなくて、実業家の妻が務まるわけがない——そんなふうに自分を励ました。彼が接待を受ける側の人間であればこそ、麻理子は人よりずっと贅沢《ぜいたく》な暮らしを送らせてもらっているのだ。しがない勤め人と結婚していたら、こんなトラブルが起こらないかわりに、お金に汲々《きゅうきゅう》とした生活を余儀なくされていたかもしれない。

しかし。

いくら理屈で納得しようとしても、感情がおさまらなかった。逆に言えば、それほど日出雄を愛していたということにもなると思うが、麻理子はわがままなだけではなく、女としてのプライドが異常に高くて勝ち気な性格をしていた。自分でもいささかもてあましてしまうほどだったけれど、三十一年間付き合ってきた性格なのでこれからも付き合っていくしかない。

考えたすえ、自分も浮気することにした。

それで日出雄の不義は見逃してやり、いままで通りの生活に戻ろうと思った。

どうせ愛のないつまらないセックスだ。後悔だけがあとに残ることはわかりきっていたが、麻理子はむしろ後悔したかったのだ。ちょっとくらい女遊びをしていたって、やはり日出雄のほうがずっといいと思えれば、それでよかった。方便ではなく、夫のよさを再確認するための浮気だった。

それがまさか、自分から相手に再び連絡をとり、二度目の情事を求めてしまうことになるなんて、あってはならない完全に想定外の展開だった。

（なんだか、いつもと違う……）

生乾きの下着をすべて脱ぎおえた麻理子は、姿見の前に立っていた。鏡に映った自分の裸を見ていると、言いようのない違和感がこみあげてきた。

乳房の裾野《すその》にいつより張りがあり、乳首の位置が高く見える。腰のくびれもなんだか鋭い。気のせいかもしれないけれど、いつもよりずっと体を彩《いろど》る女らしいカーブが際立ち、セクシーな雰囲気がする。

麻理子は普段から鏡を見るのが好きだった。

新作の服に袖《そで》を通したり、買ったばかりのランジェリーを着けたときも鏡の前から動かないが、一糸纏《まと》わぬ裸も毎日のように映している。

贅肉がついていないか、肌が荒れていないか、そういったことをチェックする意味もあるけれど、たいがいはうっとりと見とれてしまう。雪のように白い肌も、背は低いけれど均整のとれたスタイルも、赤くて小さな乳首や優美な小判形に茂った恥毛に至るまで、自分の体ながら惚《ほ》れぼれしてしまう。

この体があったからこそ、性格にはいささか難があっても、男たちを夢中にすることができたのである。若いころからちやほやされ、望み通りの結婚ができて勝ち組の暮らしを手に入れられたのだ。

その体がいま、武器ではなく、障害になっていた。心は日出雄に捧《ささ》げているのに、捧げきっているのに、体は尾形を求めている。尾形の手指にいじられ、肌をこすりつけあい、男根で貫かれたいという痛切な欲望が、ほんの一時間ほど前に別れたばかりにもかかわらず、せつないまでにこみあげてくる。

（いけない……もう会っちゃいけない……）

麻理子は胸底で何度も繰りかえした。

昔読み囓《かじ》ったハードボイルド小説に「遊びのつもりなら二度にしておけ」という一文があった。遊びで女と寝る場合、一度きりだと淋《さび》しいし、三度抱いてしまうと情がわく。ゆえに「二度にしておけ」というのだ。

女である麻理子は、悪《あ》しき男根主義の身勝手な屁理屈《へりくつ》だと腹を立てたものだが、いまならその作家の言わんとすることが少しは理解できる。

次に尾形に会ったら、確実に情がわいてしまうだろうという予感があった。

そしてそれだけは、なにがあっても避けなければならない。いまの段階なら、尾形になんの感情ももっていない。ただ肉体的な快楽があるだけだ。心まで奪われないうちに、忘れてしまわなければならない。

「……うっくっ！」

いつもより張りのある胸のふくらみを左手で抱きしめ、ぎゅっと指を食いこませた。同時に右手を股間《こかん》を伸ばしていく。わずかに花びらを開いただけで、熱い花蜜《はなみつ》がねっとりと指にからみついてきた。

肉体的な快楽なら、自分で与えてやればいい。

麻理子は自慰が好きではなかった。嫌悪《けんお》していると言ってもいい。性欲は人並み以上にあるほうだと思うけれど、ひとり淋しくオルガスムスを迎えたあとの、虚《むな》しい気分に耐えられないのだ。

それでも、体の火照《ほて》りを鎮《しず》めるためには、他に方法がなかった。

情事の直後に、これほど欲情したことなどかつてない。満たされない欲情がくすぶっているのではなく、満たされてなお新鮮な欲情があとからあとからこみあげてきて、いても立ってもいられない感じなのだ。

部屋の照明をすべて消し、枕元《まくらもと》のスタンドの明かりだけにして、ベッドに仰向けに横たわった。

日出雄はしばらくこの部屋にやってこないはずだった。風呂《ふろ》あがりにビールを飲みながら、姑《しゅうとめ》や小姑《こじゅうと》と話をすることを日課にしているからである。いつもだいたい小一時間、その間に自分で自分の欲情を処理してしまえばい い。それからすぐに風呂に入れば、体にまつわりついた獣じみた牝《めす》の匂いを、夫に悟られることなく洗い流してしまえる。

「んんっ……くぅうう……」

左手で乳房を揉《も》みしだいた。むぎゅっ、むぎゅっ、と指を食いこませるたびに、肉のふくらみはいやらしくしこっていき、汗ばんだ素肌が手のひらに吸いついてくる。ふくらみの先端が熱くなり、ぷっくりと突起していく。

「ああっ……んんんーっ！」

指先がわずかに乳首に触れただけで悲鳴が迸《ほとばし》ってしまいそうになり、あわてて歯を食いしばった。触る前から突起してしまった乳首は敏感さもとびきりになっていて、もう一度恐るおそるつまんでみると、身をよじるような快美感が胸の奥まで染《し》みこんできて、ひとりベッドでじたばたした。

一方の右手は、Vの字に伸ばした両脚の付け根にあった。

ふっさりと茂った小判形の草むらを指で撫《な》でていた。ヴィーナスの丘のカーブをなぞるように撫でながら、じわり、じわり、と指を下に這《は》わせていく。

女の花はすでに興奮の坩堝《るつぼ》だった。花びらとそのまわりに茂った繊毛が、あふれる発情のエキスによって湿地帯をつくり、淫《みだ》らな熱気がねっとりと指にまとわりついてくる。

日出雄は夫婦の営みのとき、いきなりその部分に触ってきたりしない。触るか触らないかのフェザータッチで内腿《うちもも》を撫でながら、時折指先を割れ目にかすらせて、麻理子の反応をうかがう。いくぞいくぞと急所に意識を集中させておいて、実際には愛撫《あいぶ》を遠ざけていく。内腿をくすぐったり、お尻の肉を揉みしだいたり、膝小僧《ひざこぞう》を撫でまわしたりして、女体を執拗《しつよう》に焦《じ》らしながら、きわどいタイミングで濡《ぬ》れた花びらやクリトリスに刺激を与えてくる。

そうされると、もどかしさにうめいていた麻理子は、腰を跳ねあげて歓喜の悲鳴をあげる。みずから恥ずかしいほど脚を開いて、淫らな言葉遣いでいちばん感じる部分への愛撫をねだる。意地悪く焦らされながらも、そんなやりとりには愛に満ちたゆりかごに揺られているような幸福感があり、身も心もどこまでも解放されていった。

一方、尾形に愛撫されて、幸福感など覚えたことはない。四十一歳なので年相応に女体の扱いはわかっているようだったけれど、テクニックがとびきりあるわけでは決してない。

なのに感じてしまう。

日出雄の愛撫が暖かく包みこんでくるようなものなら、尾形のほうは冷たい電気ショックで体の内側をびりびりとさせるようなものだった。痺《しび》れるような刺激が、性感の中枢《ちゅうすう》を正確に、痛烈に、しつこいくらいに突いてきた。

（あぁっ、いやっ……）

思いだしたくないのに、麻理子の指の動きは尾形の指の動きをなぞってしまう。濡れた花びらをめくりあげ、ぴちぴちした貝肉質の粘膜を撫でさする。どこまでも熱く疼《うず》いている肉ひだを掻《か》き分けて、クリトリスを探りだす。包皮を剝《む》いては被《かぶ》せ、被せては剝き、花蜜を浴びてぬるぬるになった指先で転がすようにいじりたてる。

「くぅううっ！　んんんんーっ！」

麻理子は長い黒髪を振り乱して首を振った。

悔しかった。

尾形のことを考えると体は際限なく燃えていき、女の割れ目からはこんこんと発情のエキスがあふれてくる。クリトリスの感度も上がっていく一方で、怖いくらいに尖《とが》りきっていく。Vの字に伸ばした両脚をピーンと突っ張れば、早くも絶頂の予感に下腹の奥がざわめきだし、頭の中が真っ白になっていった。

(イッちゃっていいの？　あんな男を想像して、イッちゃって……)

胸底でつぶやきつつも、女陰をいじる指の動きはどんどん加速していくばかりだった。ねちゃねちゃと卑猥《ひわい》な音を寝室中に響かせ、淫らな汗で素肌を濡らす。あっという間に後戻りできないところまで切迫してしまい、アクメを受けとめるために、五体をぐっとこわばらせて身構えなくてはならなかった。

ところが。

そのとき扉が開いた。

日出雄だった。

バスローブに身を包み、禿《は》げあがった額から湯気をたてた夫が、部屋に入ってきたのである。

「おい、まだ寝て……」

言いかけた言葉が途切れ、ゴルフ焼けした顔がこわばる。息を呑《の》み、眼を見開き、凍りついたように固まってしまう。

麻理子もまた、動けなかった。

全身が金縛りに遭ったように硬直し、胸のふくらみをつかんでいる左手も、股間にあてがった右手も、自慰に耽《ふけ》っていた状態のまま動かすことができない。

「……どうしたんだ、いったい？」

日出雄はふっと笑って、部屋の扉を閉めた。笑顔がひどく不自然で、頬をピクピクと痙攣《けいれん》させていた。

「キミがこんなことしてるなんて、夢にも思わなかったな」

「ううっ……」

麻理子はあふれそうになる涙をこらえるために、唇を噛《か》みしめた。死にたくなるほどの恥辱だった。自分で自分を慰めているところを見られてしまうなんて、これ以上の女の恥があるだろうか。しかも相手は、愛も情もある夫である。

日出雄は近づいてくると、ベッドカヴァーの上で恥部をさらして仰向けになっている若妻の姿を、複雑な表情で見下ろしてきた。麻理子の金縛りはまだとけず、好奇心の熱を帯びた視線で素肌を嬲《なぶ》りまわされるのを、黙って受けとめることしかできない。

「よくするのかい？」

「……いいえ」

麻理子はかろうじて首を横に振った。顔の表面が火を噴きそうなほど赤くなり、くしゃくしゃに歪《ゆが》みきっていくのが、鏡を見ないでもわかった。

「本当かい？　欲情しちまったなら……僕が上にあがってくるのを待ってればよかったじゃないか」

日出雄は言葉の途中でハッとし、

「それともまさか、わざと見つかるようにやってたのかい？　もっと抱いてほしいってアピールするために……」

「ち、違います」

麻理子はあわてて首を振ったが、日出雄の言葉はとまらなかった。

「いいや、そうだ。そうに決まってる。夫婦生活は週に一度もあればいいなんて言っておいて、本当は満足できてなかったんだね」

「そうじゃない……」

「いいんだよ、麻理子」

日出雄はひどく哀《かな》しげな顔で溜息をつくと、ベッドに腰をおろし、Vの字に伸ばしている麻理子の脚を撫でてきた。

「僕だって、少なからず申し訳ないって思ってたんだ。五十路《いそじ》も半ばを過ぎると、さすがに毎晩はしんどくてね。若いキミを満足させてやることはできない。でも、まさかオナニーするほど欲求不満だったなんて……」

「だから、違うんです……」

麻理子は必死の形相で言葉を継いだ。

「欲求不満とかじゃなくて、悪戯《いたずら》心でちょっと体をいじってみただけで……」

「悪戯心?」

日出雄が眉《まゆ》をひそめて両脚の間をのぞきこんでくる。

「み、見ないでっ……」

麻理子の心臓は縮みあがった。

恥毛は手のひらで、女の割れ目は中指で隠されていたけれど、漏らしすぎた発情のエキスまでは隠しきれなかった。指先も内腿も、枕元のスタンドが放つ橙色《だいだいいろ》の光を浴びて、淫靡《いんび》に濡れ光っているはずだった。

「隠し立てはもうよしてくれ。僕たちは夫婦なんだよ」

日出雄はやれやれと首を振ると、ベッドから腰をあげ、麻理子の脚をつかんだ。Vの字に伸ばしていた両脚を、身も蓋《ふた》もないM字に割りひろげてきた。

「いやっ、やめてっ……」

悲鳴をあげても、金縛りはまだとけていない。関節を自由に曲げられる人形のように、麻理子は両脚をM字に開かれた状態で動けなくなった。股間を隠した右手だけが救いだったが、日出雄は無情にもそれを引き剥《は》がした。恥ずかしいほど淫らな粘液を分泌《ぶんぴつ》している女の花を、剝きだしにされてしまった。

「ああっ、いやあああっ……」

「こんなにぐしょぐしょに濡らしておいて、悪戯心もないもんだろう？　ああーん？」

哀しげにこわばっていた日出雄の顔が、みるみる興奮で上気していく。熱くたぎった眼で、M字開脚の中心をむさぼり眺めてくる。

（た、助けてっ……）

麻理子は胸底で泣き叫んだ。花びらがめくれ、露《あら》わになった粘膜が、夫の視線を感じて淫らに疼く。疼きながら、新鮮な粘液をとめどもなくあふれさせてしまう。白濁した本気汁まで滲《にじ》ませているかもしれない。クリトリスに至っては、みずから包皮を完全に剝ききるくらいに尖りきり、刺激を求めて震えている。

もはや日出雄は、麻理子が欲求不満で自慰に耽っていたことを、覆《くつがえ》しようがない真実として受けとめていることだろう。

ならばいっそ、と麻理子は歯軋《はぎし》りしながら思った。

バスローブを脱ぎ捨てて、この身にむしゃぶりついてほしい。こんなふうに、自分ばかりが恥部という恥部をさらしものにされ、自慰の残滓《ざんし》で汚れている器官を凝視されるのは、辱《はずかし》め以外のなにものでもない。

「抱いて、あなた……」

麻理子はせつなげに眉根を寄せてささやいた。

「本当は……本当は麻理子、少しだけ欲求不満だったの……でも、お仕事で忙しいあなたの負担になるのがいやだったから、自分で……しちゃって……でも本当は、あなたに抱かれたくてたまらなかったの……」

猫撫で声でささやき、唇をわななかせる。三十一歳にもなって、自分でも恥ずかしくなるほどのぶりっ子演技だったが、こういう振る舞いに日出雄はことのほか弱い。こうすればかならず、まぶしげに眼を細めてどんなわがままだってきいてくれる。

しかし。

この日の日出雄は甘くなかった。

「抱くのはかまわない……キミのそんな姿を見て、すっかり興奮してしまったからね。だが、その前に……」

たぎる視線で女の花を見つめながら、熱っぽくつぶやいた。

「これからもきっと、こういうことがあるはずだ。だとしたら、対応策を考えておいたほうがいい。キミが欲情して、僕が応《こた》えられないときの対応策を……またこういうときがやってきたときのことを……」

視線が女の花から麻理子の顔へと移った。

「このまま、オナニーをしてごらん」

「……えっ？」

麻理子の頬がひきつる。

「オナニーをして、そのままイクんだ。僕が見ててやる。ひとりでするより、そっちのほうが興奮するだろう？　キミがイクところ、見守っていてやるよ」

「そんな……」

麻理子は頬をひきつらせたまま、泣き笑いのような顔になった。おぞましさが震えとなって、ぞわぞわと背筋を這いあがっていく。

「なにを言ってるの、あなた。そんなこと……」

できるわけがないと続けようとした言葉を、日出雄は遮り、

「やるんだ」

太い眉を吊《つ》りあげた険しい表情で命じてきた。

麻理子は言葉を返せなかった。五十になっても六十になっても、男には子供じみたところがある。ベッドの中ではとくにそうで、下手に抵抗すると拗《す》ねられそうだった。子供は拗ねても可愛《かわい》げがあるが、五十男だと始末に負えない。

（やるしか……ないのね……）

暗色の諦観《ていかん》が身をすくませ、

「……そんなに見たいの？」

ねっとりと潤《うる》んだ上目遣いで見つめると、

「ああ」

日出雄は心底嬉《うれ》しそうにうなずいた。

「麻理子の恥ずかしいところ、この眼に焼きつけさせてくれ。恥ずかしいところを見れば見るほど、キミを自分のものにできた実感が得られそうだ」

「……わかりました」

麻理子は息を呑み、そっと瞼《まぶた》を閉じた。覚悟を決めた瞬間、不思議なくらいあっさりと金縛りはとけた。

右手をおずおずとM字開脚の中心に伸ばしていった。日出雄の視線に嬲られていたせいか、女の花は先ほどよりずっと熱い湿り気を放っていた。

「うっくっ……」

指の刺激に、腰をよじってしまう。発情のエキスをしたたらせながら指にからみついてくる肉ひだをまさぐると、背中が弓なりに反り返った。

「ううっ……くぅううっ……あああっ……」

ねちゃねちゃと音をたてて、粘膜をいじりたてていく。恥ずかしかった。愛する夫の前で、いや、愛する夫の前であるからこそ、こんなことはしたくなかった。拗ねられるのを承知のうえで、拒みつづけたほうがよかったかもしれない。

(これは罰よ……浮気なんかした罰なのよ……)

ねちねちと指を動かしながら胸底でつぶやき、必死に自分を励ました。

本当にこんなことはしたくなかった。

だが、一度始めてしまうと、もうダメだった。

先ほどアクメ寸前で刺激を中断した女の花は、いやらしいほどひくひくと収縮して、指の刺激を歓迎してきた。応えるように指の動きはどんどん淫らになっていき、こみあげる快感が五体をきつくこわばらせる。

「むううっ、すごいぞっ……」

日出雄が興奮に鼻息を荒げる。ベッドに両手をつき、M字に開いた両脚の間に鼻面《はなづら》を突っこむような勢いで、顔を近づけてくる。

「いやらしいっ……いやらしすぎる眺めだよ、麻理子っ……」

言葉とともに吐きだされた熱っぽい吐息が、敏感な内腿の肌を撫でまわした。

「い、言わないでっ……」

麻理子は赤く染まった細首をうねうねと振りながらも、指の動きをとめることができない。割れ目に沿って尺取り虫のように這わせ、肉の合わせ目を探る。痛いくらいに尖りきった官能のスイッチボタンを、ちょんと押すと、

「はっ、はぁあうううううーっ！」

獣じみた悲鳴が口から迸り、のけぞった総身がガクガクと震えた。

たまらなかった。

少し前の自分なら、自慰を披露するような変態性欲的な振る舞いに、これほど夢中にならなかったはずだ。日出雄のご機嫌を損ねないために行なうにしろ、あくまで嫌々指を動かしたに違いない。

それがどうだ。

夫の前だと言うのに、恥ずかしげもなく女の花をいじりまわし、ぬぷぬぷ穴まで穿《うが》

っている。肉ひだが貪欲《どんよく》に収縮して、指を奥へ奥へと引きずりこもうとする。クリトリスを指で転がせば、五体が妖《あや》しくくねりだし、口からいやらしい嬌声《きょうせい》があふれるのをこらえることができない。

尾形のせいだ――と思った。

あの男と分かちあった衝撃的な恍惚《こうこつ》が、この体を変えてしまったのだ。肉や細胞のレベルで、それまで眠っていた獣の本能を覚醒《かくせい》させ、性欲を無限大に解放してしまったに違いない。

そうとでも考えなければ、おかしかった。

恥辱にまみれ、女のプライドをズタズタにする振る舞いをしているにもかかわらず、どうしてこれほど気持ちいいのか、説明がつかない。気が遠くなるほどの快感が津波のように押し寄せてくるのか、理解できない。

「あああぁっ……も、もうダメッ……」

麻理子は震える声を絞りだした。

「も、もうイキそうっ……イッ、イッちゃいそうっ……」

「よーし、イクんだ」

日出雄がごくりと生唾《なまつば》を呑みこんだ。

「しっかり見ててやるから……思う存分……」

「はっ、はぁあうううううううーっ！」

麻理子は白い喉《のど》を突きだし、五体を激しくくねらせた。右手の中指をずぶずぶと蜜《みつ》壺《つぼ》に沈め、左手で乳房を揉《も》みしだきながら、体中の肉という肉を淫らがましく痙攣させた。

「イクイクイクッ……ま、麻理子イッちゃう……イッちゃいますぅ……イクウウウウウーッ！」

迫りくる恍惚で眼の前が真っ白になり、きつく反り返っていた腰がビクンッと跳ねた。体が意志の力では制御できなくなり、ただ蜜壺に咥《くわ》えこませた右手の中指だけがいままで以上に激しく動く。驚くほど深いところまで沈みこんで、ざらついた上壁までこすりたててしまう。

「おおっ、潮だっ！　潮を吹いてるぞ、麻理子っ！」

日出雄が熱っぽく叫んだ。両脚の間からなにかが吹きだしているのは、麻理子にもわかっていた。女の花に息がかかりそうなほど近づいていた日出雄の顔に、吹きだしたものがかかっていることも気配で察せられた。

しかし、どうすることもできない。

麻理子はただ、みずからの穴を指で穿ちながら愉悦に溺《おぼ》れるばかりだった。せつなげに眉根を寄せ、長い黒髪を振り乱して、こみあげてくる喜悦に五体の肉という肉を淫らに躍らせるだけだった。

しかし——。

「くぅうっ……くぅううううーっ！」

食いしばった歯列の間からこぼれる声は、どこまでも暗色の苦悶《くもん》に彩《いろど》られていた。夫の前で自慰を行ない、オルガスムスに達した恥辱のせいではない。

ぎゅっとつぶった瞼の裏に、尾形がいたからだ。

恍惚に身をよじりながらも、胸が張り裂けそうになる。

この衝撃的な快感をもたらしてくれたのは愛する夫ではなくて、たしかに尾形だった。心と心ではなく、体と体が赤い糸で結ばれた運命の男が、瞼の裏で興奮に顔をたぎらせながら、荒々しく息をはずませて麻理子のことを犯していた。

第四章　スピンアウト

キャバクラに来たのは久しぶりだった。

ソファに身を沈めた尾形弘樹は、落ち着かない気分で店内を見渡した。ダウンライトの薄暗い空間、ビートの利《き》いた賑々《にぎにぎ》しい音楽、そして、キャンディの包み紙のような色とりどりのドレスを纏《まと》って笑顔をはじけさせている女たち。

思った以上に若い女が多かった。

二十歳そこそこか、もしかしたら十代の子もいるかもしれない。誰もがみな、まぶしいほどの若々しさを誇示している。

「どうですか、課長？」

向かいのソファから、内村憲吾が得意げな笑顔を向けてきた。

「ここは値段のわりには女の子が粒ぞろいって評判なんです」

「まあ、そうかもな」

尾形がうなずいたタイミングで、黒服が女の子を連れてきて内村の隣にうながした。

内村はそれがキャバクラでの当然の流儀とばかりに、尾形との会話を打ち切って女の子のほうに身を乗りだしていく。この店にやってきたのは三人で、もうひとりの田尻《たじり》雅彦の隣にも「失礼しまーす」と女の子が腰をおろす。

ふたりとも会社の部下だった。内村が三十歳で、田尻が二十九歳。どちらも独身の遊びたい盛りだ。今日は週末の金曜日ということもあり、プロジェクトの進行確認を兼ねて居酒屋で飲んでいたのだが、「次はキャバに行きましょうよ。どうですか、課長も一緒に」と誘われたのである。

普段なら、尾形がその手の誘いに乗ることはない。「そうだな、たまには付き合うか」と答えると、誘ったふたりのほうが逆に驚いていたくらいだ。

ITバブルのころはスポンサー関係に誘われてキャバクラにもよく足を運んだけれど、不景気のいまはどこにもそんな余裕はない。それに、自腹を切って遊ぶには、四十一歳の尾形にはさして面白くない場所になってしまった。若い女の子たちと会話の接点が見つからなくなってしまったのだ。

なのになぜ、やってきてしまったのだろう？

天井でキラキラと輝くミラーボールの向こうに、二宮麻理子の顔がチラつく。

心と心ではなく、体と体が赤い糸で結ばれた、三十一歳の人妻……。

浅草の路地裏にある、薄汚い和風旅館で二度目の情事に溺《おぼ》れて以来、彼女とは会っていなかった。

向こうから連絡はないし、こちらからもしていない。今日こそ連絡してみようという切羽つまった気持ちにならなかった日もまた、皆無だった。

今年の梅雨はやけにあっさり明けてしまったけれど、それとは裏腹に、尾形の脳裏にはあの梅雨の日の出来事が——降りしきる雨の中で傘をたたんだ麻理子の姿が、鮮やかに焼きついて離れなかった。

あのとき雨に濡《ぬ》れてしまったヴァイオレットブルーのワンピースは、なにかを象徴していたのかもしれない。「濡れちゃった」とつぶやきながらスカートをひろげた麻理子の振る舞いには、取り返しがつかなくなるかもしれないふたりの道行きが暗示されているように思えてしかたなかった。

連絡をしないのは、お互いにわかっているからなのだ。

一度や二度なら、間違いやあやまちですむかもしれない——二度目の情事の前にも感じた恐怖がより生々しさを増して身に迫ってきた。三度寝てしまったら、それはもう、ひとつの関係である。どんな関係でもそうであろうが、とりわけ男女の関係はそれ自体自立した意志をもっていて、ふたりが望む方向に動いてくれるとは限らない。

お互いの家庭を壊してしまうほどの凶暴さを見せたら手に負えなくなる。

尾形は恐れていた。

体だけでなく、心まで彼女に浸食されてしまうことを。あるいは体の結びつきが心の結びつきを凌駕《りょうが》して、離れられなくなってしまうことを……。

麻理子もきっと、同じことを考え、恐れているはずだった。

連絡がないことがかえって、並々ならぬ緊張感を生じさせた。ふたりの間に横たわる沈黙が、息苦しくてしかたなかった。

珍しくキャバクラ遊びをしてみようなどと思いたったのは、そんな気分から少しでも離れたかったからかもしれない。にぎやかな場所に身を置くことで、麻理子にとらわれ、荒《すさ》んでいく一方の心を解放してやりたかった。

「たいへんお待たせいたしました。ユリアちゃんです」

黒服がようやく三人目の女の子を連れてきた。

「失礼します」

ユリアと紹介された女は、ぺこりと頭をさげると伏し目がちに尾形の隣に腰をおろした。

やけにヴォリュームのあるボディを、薔薇《ばら》の花びらのような質感をした深紅のロングドレスに包んでいた。砲弾状に迫《せ》りだしたバストと、丸々と豊満なヒップに息を呑《の》んでしまう。そのくせ、顔立ちはあどけなく、黒眼がちな表情はどこか無防備ですらある。いかにも当世のキャバクラ嬢らしく、栗色《くりいろ》の髪をアップに盛り、胸元でくるくると螺旋《らせん》を描いた巻き髪が可愛《かわい》らしい。

「ユリアです。よろしくお願いします」

にっこり笑って名刺を差しだされると、

「キミ、年いくつ？　もしかして十代かい？」

尾形は苦笑まじりに訊《たず》ねた。

「いちおう二十歳です。これでも大学三年ですから」

ユリアは大きな黒眼を輝かせて答えた。尾形が「本当かい？」というふうに顔をのぞきこむと、もぎたてのサクランボのような唇を尖《とが》らせ、

「本当ですって。お店には十八の子もいますけど、あたしは正真正銘の二十歳。今年成人式だったんですもん」

「そうか。悪かった」

尾形はもう一度苦笑した。二十歳の女がこれほど若く見えるのは、華やかなメイクや髪型のせいか、あるいはこちらが年を重ねてしまったから……。

「お酒、ウイスキーでいいですか?」

「ああ」

「水割り? ロック?」

「ロックで」

ユリアはロックグラスに氷を入れ、ハウスボトルのウイスキーを注いだ。深紅のドレスは胸ぐりが大きく開いていて、うつむくとくっきりした谷間が見えた。若い素肌はどこまでも瑞々《みずみず》しく輝き、肉の盛りあがり方がすごい。スリットからのぞいた太腿《ふともも》は、ラメの入ったストッキングに守られてなお悩殺的な肉感を伝えてくる。

「視線、感じちゃいますよ」

ユリアが上目遣いにチラと見てきて、

「あ、いや……ごめん」

尾形はあわてて眼をそらしたが、ユリアはロックグラスを差しだしながら、逆に尾形の顔をのぞきこんできた。

「ふふっ、べつにいいんですけどね。見られて嫌なタイプの人もいるけど、お客さんはそうじゃないから」

はにかんで白い歯をこぼした表情に、尾形の胸は複雑にざわめいた。水商売の女らしく、甘ったるい媚《こ》びを感じさせつつも、どこか清らかさが漂っている。それも若さがなせるわざだろうか。

（まいったな……）

前の席に着いたふたりの部下は、上司のことなどおかまいなしに、必死になって隣の女を口説いている。

かつては尾形も、キャバクラに来れば女を口説く素振りくらいはしたものだ。そういうところだと思っていたからだが、しかしいま、隣の女を口説く気にはとてもなれない。その場限りの疑似恋愛を楽しむことさえ尻込みしてしまう。

ユリアに魅力がないからではなかった。むしろ、顔もスタイルも相当レベルが高いほうだろう。それでも、なんだか週刊誌のグラビアモデルを眺めているような、自分とは違う世界に住む女の子のような気がしてしまい、眼福に酔い痴《し》れること以外にはできそうになかった。

「本当に帰っちゃうんですか、課長？」

キャバクラを出ると、内村が酔いに赤らんだ顔で言った。

「そうですよ。もう一軒行きましょう。いまの店について熱く語りあうために」

田尻も酒くさい息でささやいてくる。

「いやいや、今日はもう遅いからさ」

尾形は腕時計を見て苦笑した。終電の時間が迫っていた。

「経費が切れないときにタクシーで帰ると、カミさんがおかんむりでね。悪いけど、あとはふたりで楽しんでくれ」

内村と田尻は顔を見合わせ、

「ま、しょうがないか」

「夫婦喧嘩《げんか》になっちゃったら、俺ら責任とれませんもんね」

渋々うなずきあい、次の店を探しに千鳥足でネオン街を歩いていった。

「おーい、あんまり飲み過ぎるなよー」

尾形はふたりの背中にひと声かけてからその場をあとにした。

だが、飲み過ぎているのは尾形のほうかもしれなかった。若いふたりが調子に乗って延長を繰りかえすのに付き合ってしまい、うまくもない安ウイスキーを五杯も六杯も呷《あお》った。

おかげで理性が狂ってしまったらしい。

「うまく撒《ま》けました？」

後ろから声をかけられ、振り返った。ユリアが暗い路地からおずおずと顔をのぞかせた。

「ああ」

尾形はうなずきつつ歩を進めた。ユリアが伏し目がちについてくる。髪もメイクも店にいたときと同じキャバクラ嬢仕様だったが、ピンクベージュのワンピースに着替えていた。キャミソールドレスというのだろうか、色合いはシックでも膝《ひざ》を出したミニ丈で、どぎつさが減ったぶん、深紅のドレスより若さがなお際立《きわだ》った。

「あ、こっちです」

尾形が行き先に迷って立ちどまると、今度はユリアが先になって歩いた。眼の前に、淫靡《いんび》なネオンサインを放つラブホテル街が現われた。ユリアはそのうちのひとつにまっすぐ入っていき、尾形も続いた。

「安いとこでいいんじゃないですか？　もったいないから」

部屋を選ぶパネルの前で、ユリアはそっぽを向いて言った。午後十時を過ぎると、すべての部屋が宿泊扱いらしい。料金は八千円台から一万二千円台まで。キャバクラで散財したばかりだし、女が安い部屋でいいと言っているにもかかわらず、そうはできないところが男の哀《かな》しい性《さが》である。見栄《みえ》を張っていちばん高い部屋のボタンを押したが、その甲斐《かい》なくユリアは無関心だった。

（それにしても……）

彼女の堂々とした振る舞いには、呆《あき》れを通り越して感心してしまう。

店を出る間際、尾形がしきりに時計を気にして帰る素振りを見せると、ユリアは舌っ足らずな甘い声で耳打ちしてきた。

「あのう……あたしも今日はもうすぐ終わりなんですよね」

「ふうん、じゃあ電車で帰るんだ？」

「まあ、名目はそうなんですけど……」

ユリアは気まずげに視線を泳がせ、

「よかったらアフターしてくれませんか？」

「いやあ……」

尾形は苦笑まじりに首を振った。

「酒はもういいよ。腹も減ってないし」

夜中に焼肉屋に繰りだすほど、胃腸が若くない。

「そうじゃなくて……」

ユリアはもどかしげに身をよじりながら、じっとりした眼つきで見つめてきた。マ

スカラを塗りすぎたひどく重そうな睫毛《まつげ》で、瞬《まばた》きを何度も繰りかえし、

「今月ちょっと苦しいから、援助して欲しいんです。これでいいですから」

テーブルの下で指を三本出した。

尾形が眼を丸くすると、

「あ、ダメならニーゴーでもいいです。特別割引！」

「いや、あの……」

にわかに返す言葉が浮かんでこないほど、驚いてしまった。一瞬のうちに三万円が二万五千円にダンピングされたからではない。援助というのは援助交際のことで、要するにユリアは、体を買ってくれないかと持ちかけてきたのである。それなりに可愛い容姿と、グラビアモデルのような肉感的なスタイルをもった彼女が、そんな誘いをしてくるとは夢にも思っていなかった。

（まったく乱れてるな。こっちから持ちかけるならともかく……）

相手にせず席を立てばいいだけの話だった。

しかし、アルコールで痺《しび》れた頭にあるアイデアが閃《ひらめ》いて、訊ねてしまった。

「そういうこと、よくするのかい？」

「超たまにですよ」

ユリアはあどけない童顔に焦《あせ》った表情を浮かべ、すがるように言葉を継ぐ。

「今月はホントにお金がなくなっちゃって、携帯とまりそうなんです……それに、お金さえ貰《もら》えれば誰でもいいってわけじゃないし……いちおうこっちの気に入った人にだけ……」

額面通りに受けとれる話ではなかったが、尾形はうなずいた。

「わかった、じゃあ外で待ってるよ」

「えっ、ホント？　ダメかと思ったのに、やったっ！」

薄暗い店内で、ユリアの童顔がスポットライトを浴びたように輝く。馬鹿《ばか》なことをしようとしていることは、わかっていた。ラブホテルに向かう道すがら、そんな思いはますます強くなっていった。

それでも誘惑に勝てなかった。

二十歳の若い体の魅力に屈したのではなく、ある種の疑惑を晴らすチャンスに思えたのだ。

もしかすると自分は、ただ女に飢えているだけではないのか。四十路《よそじ》に足を踏み入れ、男としての終わりが近づいてきたことに、ジタバタと悪あがきしているにすぎないのではないだろうか。

つまり麻理子とは、体と体が赤い糸で結ばれているのでもなんでもなく、久しぶりに味わった肉の悦びに酔い痴れているだけ。

できることなら、そうであってほしかった。

妻とはほぼセックスレス状態で、結婚してから浮気の経験はなく、フーゾクで遊ぶ習慣もない尾形にとって、麻理子としたのは本当に久しぶりのセックスだったのである。

それがある種の錯覚を生み、愛情など微塵《みじん》も感じていない相手に過剰な幻想を抱かせているのではないだろうか？

そうであるなら、対処のしようもある。

誰でもいいから女房以外の女を抱きたかっただけという結論は、それはそれで薄ら寒い気分にさせられるけれど、解決策を探すのは難しくない。たとえば二十歳の可愛らしい女の子が二万五千円で股《また》を開いてくれるこのご時世、なにも家庭を壊す心配まですする必要はなく、ある程度のことは金で解決できるはずだった。

淫靡なネオンに飾られた外観からは意外なほど、そのラブホテルの部屋はすっきりしていた。

ダークオレンジのムーディな間接照明、ふたりで座ったら体が密着するに違いないラブソファ、そして奥にはキングサイズのダブルベッド。なんだか、たまらなく息苦しかった。二十歳の女子大生と密室でふたりきりという状況がひどく非現実で、悪事に手を染めているような緊張感を運んでくる。

「シャワー、先にどうぞ」

ユリアが顔をそむけて言い、

「ああ」

尾形はうなずいてバスルームに向かった。自分から援助交際をもちかけてきたくせに、密室でふたりきりになった途端、妙に羞《は》じらってしまうのも若さのせいか。

熱いシャワーでざっと汗を流し、性器のまわりだけは備えつけのボディソープで入念に洗ってからバスルームを出た。

バスローブを纏《まと》って部屋に戻ると、ユリアが入れ替わりにそそくさとバスルームに入っていった。

尾形はダブルベッドに大の字になった。

シャワーが酔いをまわらせたようで、なんだか意識が朦朧《もうろう》としている。

戯《たわむ》れに枕元《まくらもと》のパネルをいじり、有線のＢＧＭを入れてみた。流行《はや》りのダンスミュージック、古いポップス、ジャズにクラッシック……どのチャンネルもしっくりこず、結局消した。しんと静まりかえった中、瞼《まぶた》を閉じ、バスルームから届くシャワーの音だけを聞いていると、頭に浮かんでくるのは麻理子のことばかりだった。

高層ホテルでの一度目の情事、連れこみ宿じみた和風旅館での二度目の逢瀬《おうせ》……麻理子はいま、なにをしているだろう？　二十五歳年上の夫、二宮日出雄にベッドで奉仕をしているだろうか？　金の余った実業家が娘ほども若い後妻を迎える理由など、セックス以外にないだろう。麻理子は週に一度くらいしか夫婦生活はないようなことを言っていたけれど、実際には毎晩まぐわっていてもおかしくない。衰えた精力を補うために卑猥《ひわい》なオモチャを使ったり、もっと破廉恥《はれんち》なことを、たとえば縄を使ったSMプレイだってしているかもしれない。

嫉妬《しっと》が瞼の裏側を熱くする。

あの雪のように美しい肌を、でっぷり太った五十男が好き放題にもてあそんでいるかと思うと、おぞましさにいてもたってもいられなくなってくる。

「……ちょっとぉ」

ユリアが声をかけてきた。バスルームから出てきたらしい。

「寝ちゃわないでくださいよ、もぉ」

二十歳の肉感的なボディは、バスローブに包まれるとなおさらヴォリュームを増して見えた。

「大丈夫。寝てないって」

「お願いしますよぉ。あたし、こういうことするの本当に超たまになのにぃ。尾形さんのこといいなあって思って誘ったんですからねぇ」

拗《す》ねたように頬をふくらませているユリアの口調は、店にいるときよりずっと舌足らずになっていた。表情も、黒眼がちな眼がねっとりと潤《うる》んでいて、あどけない童顔に不釣り合いなほど色香が匂《にお》ってくる。

「ごめん、ごめん」

尾形は右手を伸ばし、ユリアを抱き寄せた。ユリアは仔犬《こいぬ》のように尾形の胸に鼻をこすりつけてきた。男とふたりきりになると甘えん坊になるタイプらしい。尾形は髪を撫《な》でてやろうとしたが、キャバクラ仕様にセットされたままだったので、バスローブ越しに背中を撫でた。

急激に欲情が高まってきた。

髪型とメイクは店にいた状態のまま、キャバクラ嬢を裸に剝《む》けると思うと興奮してしまう。若々しい女体が発するミルキーな匂いに、牡《おす》の本能が揺さぶられる。

視線と視線がぶつかった。

黒く濡《ぬ》れた瞳《ひとみ》が、口づけを誘うように瞼にそっと隠された。

「……うんんっ！」

唇を重ね、舌をからめあった。二十歳の女の唇はぷりぷりし、舌はつるつるして、余計な考えを吹き飛ばしてしまうくらい新鮮だった。お互いに口の中に安物のウイスキーの味が残っていたが、気にはならなかった。

「うんんっ……うんんんっ……」

鼻奥で可憐《かれん》にあえぐユリアのバスローブに手指を伸ばしていく。腰の紐《ひも》をとき、前を割ると、たわわに実った肉の果実がこぼれ出た。

「あんっ……」

頬を赤らめて顔をそむけるユリアを抱きしめて、体を入れ替える。尾形が上から覆《おお》い被《かぶ》さるような体勢になって、量感のあるふくらみを両手ですくいあげた。空気をパンパンに入れたゴム鞠《まり》のような感触がした。

「ううんっ……あああっ……」

むぎゅっ、むぎゅっ、と肉の果実に指を食いこませていくと、ユリアの息はみるみるはずみだし、あどけない童顔が生々しいピンク色に上気していった。ふくらみの先端を飾る乳首も清らかなピンク色だった。色合いに穢《けが》れはなくとも感度は良好らしく、まだ裾野《すその》のほうを揉《も》んでいるだけなのに、ピーンと突起してくる。

「むううっ……」

尾形は鼻息も荒く両手で双乳を揉みしだいた。肌を直接重ねあわせたくて、バスローブを脱いでむしゃぶりついていった。二十歳の素肌はどこまでも瑞々《みずみず》しく、うっとりするほどむちむちしており、この部屋にやってきたときの荒《すさ》んだ気持ちが嘘《うそ》のように、愛撫《あいぶ》に熱中してしまった。乳肉をこねあげては乳首を吸い、乳首を唾液《だえき》にまみれさせてはふくらみの形をひしゃげさせる。

「意外に激しいんですね……」

ユリアが呆《あき》れたように苦笑したが、かまっていられなかった。身の底からふつふつとこみあげてくる興奮が、尾形を二重の意味で突き動かしていた。ひとつは、若い女体に対する欲情そのものだ。そしてもうひとつ、自分はやはり、セックスに飢えていたのだということを、愛撫を続けるほどに実感できた。

(べつに麻理子じゃなくてもよかったんだ……若くて綺麗《きれい》な女なら、誰だって……)

股間《こかん》のペニスが芯《しん》から硬くなっていき、ずきずきと熱い脈動を刻みだす。とはいえ、その興奮が麻理子を相手にしたときと同等なものなのか、この先あれほどの熱狂が味わえるのか、確信がもてない。いまの高まりが失望に転じてしまわないように、必死になって眼の前の女に意識を集中させていく。

「ああんっ、いやあんっ……」

両脚をM字に開いてやると、ユリアは恥ずかしげな声をあげた。それでも、剝《む》きだしにされた女の花を両手で隠したりはしない。ただ甘えるような上目遣いで尾形を見つめ、黒眼がちな眼をどこまでも潤ませて男に媚《こ》びる。

(どうだ、よく見ろ……)

尾形は胸底で自分に向かってつぶやいた。

胸で揺れている豊かなふたつの乳房、グラマラスなのにくびれた腰、むっちりした白い太腿……そしてそれが開かれた中心に咲いているのは、色素沈着も薄いアーモンドピンクの女の花だ。可憐な顔立ちによく似合うハート型の恥毛に飾られた花びらは、それほど発育していなかった。肉が薄く、縮れが少ない清らかさで左右ぴったりと重なりあって、悩殺的な縦筋をすうっと一本描いている。

金で買ったとはいえ、紛《まご》う方《かた》なき二十歳の女体だった。

存分に味わい尽くせば、心を荒ませる煩悩《ぼんのう》からも解放されるに違いない。

「あぁううううーっ！」

割れ目に唇を押しつけると、ユリアは背中を弓なりに反らせ、大きく開かれた肉づきのいい太腿をぶるぶると震わせた。

反応までもひどく若々しい。初々《ういうい》しいとさえ言っていい。熟しきっていない性感を刺激される戸惑いが、やや大げさな悲鳴の裏側に透けて見える。

「むううっ……むううっ……」

尾形は荒ぶる鼻息でハート型の草むらを揺らしながら、舌を使った。縦筋に沿って下から上に、ねろり、ねろり、と舐《な》めあげていくと、重なりあった花びらが自然とほつれて、奥から熱い粘液をタラーリとあふれさせた。

薄桃色の粘膜の舐め心地は、食欲すらそそりそうなほど新鮮だった。

けれども、それが食欲を満たすものではないことを、匂いが教えてくれる。

割れ目を開くと同時にむっとたちこめてきた獣じみた発情のフェロモンが、舌の動きをどこまでも挑発してきた。酸味の強い発酵臭で、女体の若さを伝えてくる。

「あああっ……はぁあああっ……あぁうううーっ！」

悲鳴をあげ、身をよじるユリアを押さえこむように、尾形は彼女の両脚をぐいぐいと割りひろげていった。花びらをしゃぶり、粘膜を舐めまわし、あふれる花蜜《はなみつ》をすすりあげた。肉の合わせ目にあるクリトリスは、もっとも入念に刺激した。包皮を剥いては被《かぶ》せ、被せては剥き、舌先で舐め転がしていく。ユリアがひいひいと喉《のど》を鳴らして泣き叫ぶまで、剥き身の真珠肉を吸いたててやる。

「ねえ、もう欲しいっ……我慢できないっ……」

ユリアが切羽つまった顔でねだってくる。

尾形はうなずいて上体を起こした。発情のエキスにまみれた口のまわりを、手のひらで拭《ぬぐ》った。股間のペニスは痛いくらいに勃起《ぼっき》して、狙《ねら》いを定める銃口のように亀頭《きとう》がユリアに突きつけられている。

(すげえな……)

我ながら呆れるほどの勃《た》ちっぷりだった。

尾形はユリアの両脚の間に腰をすべりこませながら、みずからの勢いに興奮した。四十路を過ぎ、男としてすっかり枯れてしまった自覚があったくせに、女が変わればこれほど逞《たくま》しく隆起して、反り返るのだ。麻理子との情事にのめりこんでしまったのもきっと、ただ単に久しぶりのセックスだったからに違いないのだ。

「ねえ、ちょうだい……早くちょうだい……」

ユリアが身をよじり、きゅうっと眉《まゆ》を寄せて見つめてくる。

「ふふっ、欲しいか？　こいつが欲しいか……」

尾形はわざと焦《じ》らすように、男根の裏側で女の割れ目をなぞりたてた。そそり勃つ勃起の角度が心に余裕を与え、身の底から自信が湧《わ》きあがってくるようだった。

なにが赤い糸だ。

たったの一度や二度、身も心も蕩《とろ》けるようなセックスをしたからといって、いちいち運命を感じてしまうなんて馬鹿《ばか》げている。男と女の体は性器をこすりあわせれば気持ちがよくなるようにできていて、要するに獣の牡《おす》と牝《めす》なのだ。相手が変われば新鮮なのも、女房と畳は新しいほうがいいというくらい、昔から言われている当たり前のことに過ぎない。

「欲しいか？　こいつが欲しいか？」

亀頭の裏の凸凹したところで剝き身になったクリトリスをこすりたててやると、

「あぁううーっ！　ほ、欲しいっ！　欲しいのぉ……」

ユリアはいまにも泣きだしてしまいそうな顔で挿入を哀願してきた。

「よーし、いくぞ……」

尾形は息を吞《の》んだ。ぐっと腰を前に送りだす刹那《せつな》、麻理子が二宮日出雄に犯されている映像が、脳裏を走り抜けた。おかげで、痛いくらいに勃起しきった男根がひときわ硬くみなぎりを増し、大蛇のような獰猛《どうもう》さを得て、よく濡れた二十歳の割れ目をずぶずぶと穿《うが》っていった――。

深夜二時。

タクシーの車窓を流れる茫洋《ぼうよう》とした夜景を眺めながら、尾形は震えていた。タクシーの冷房が効きすぎているからだけではなく、なにかにおののくような小さな震えが先ほどからずっととまらない。

居酒屋の料金は経費で落とせるとしても、キャバクラ代に援助交際費にラブホテル代に深夜割り増しのタクシー代……全部でいくら使ってしまったのか、計算するのも憂鬱《ゆううつ》である。

お金を求められたとはいえ、二十歳のキャバクラ嬢に向こうから誘われ、ベッドインしたと自慢すれば、内村や田尻は地団駄を踏んで悔しがるだろう。そのことだけをカッコに括《くく》り、使った額と秤《はかり》にかければ、けっして損をしたとは言いきれない。他人《ひと》事《ごと》だったら「フーゾク行くより全然いいじゃないか。ラッキーな話だよ」と言ったかもしれない。

しかし。

砂を噛《か》むようなこの後味の悪さはいったいなんだろう。

とにかくひどい気分で、後悔で心がささくれだっていく。

ユリアは抱き心地のいい女だった。

掛け値なしにそう思う。

むちむちして弾力に富んだ体も、初々しい反応も、あどけない童顔をくしゃくしゃにしてあえぐ姿も、たまらなくそそった。若いだけあってあそこの締まりも抜群によく、存分に楽しませてもらったと言っていい。

それでも、麻理子を抱いたときのような、眼もくらむような陶酔感や恍惚感《こうこつかん》には至らなかった。精液とともに魂までも吐きだすようなカタルシスとも、すべてを出しおえてなおメラメラと燃えあがってくる欲情とも、無縁だった。

結局、ユリアを抱いたことによってわかったのは、自分にとって麻理子はやはり特別な女であるという直視したくない現実だけ。いや、ユリアを抱いたことによってなおさら、麻理子を抱きたい、肌を重ねたいという欲望が、手に負えない大きさまで肥大し、切実に迫ってくる有様だった。

（まったく、余計なことするんじゃなかったぜ……）

タクシーが自宅マンションの前に着いた。

最上階の八階までエレベーターでのぼっていく。

「あ、お帰りなさい」

玄関を開けると、妻の美里がちょうどバスルームから出てきたところだった。ピンク色に火照《ほて》った体に白いバスタオルを巻き、頭にも同色のバスタオルを巻いている。

「まだ起きてたのか？」

尾形はつぶやき、リビングに進んだ。ソファに鞄《かばん》を投げて上着を脱ぎながら、動悸《どうき》が乱れていくのを感じた。美里がこんな時間まで起きているのはかなり珍しい。

「うん……なんだか寝つけなくて。半身浴してたの。本読んでたら、あっという間に一時間半も経《た》っちゃった」

リビングにやってきた美里は、汗の浮かんだ顔に笑みを浮かべた。鼻に寄せた皺《しわ》と、垂れた眼尻《めじり》がチャーミングだ。ひとつ年下の四十歳。とびきりの美人ではないけれど、その笑顔だけは格別だといつも思う。セレクトショップのマネージャーという仕事が、生来の笑顔に磨きをかけた感もある。

しかし今日に限っては、いつもは癒《いや》される妻の笑顔を直視できない。浮気をしてきた罪悪感がそうさせた。手のひらにはまだ、二十歳の若い肉体の感触が生々しく残っている。

「ビールでも飲む？　ふふっ、わたしが飲みたいんだけど」

「……ああ」

尾形はこわばった顔でうなずいた。酒はもうたくさんだったけれど、飲まなければ間がもたない気がした。

美里は冷蔵庫から取りだした野菜を刻みはじめた。こんな時間でも、ビールを出すならかならずつまみを一品付ける、よくできた妻なのである。

トントントン、と小気味いい包丁の音を聞きながら、尾形はバスタオルに包まれた美里の後ろ姿をぼんやりと眺めていた。湯上がりでピンク色に上気した太腿《ふともも》が、やけに艶《なま》めかしく見えた。

（さすがに……ユリアとは全然違うな……）

美里は若いころ、どちらかと言えばスレンダーなスタイルだったが、三十路《みそじ》に入ったあたりから体に厚みが増し、いまでは尻や太腿にむっちりと脂《あぶら》が乗りきっている。太ってしまったというのではなく、服を着ていれば目立たないところにアラフォー妻ならではの色香が匂《にお》う。

尾形はなんだかむらむらしてきた。

妻に対して欲情するなんて何年ぶりのことだろうか。

むろん、美里の体に脂が乗りきったせいだけではなく、ほんの一時間前にユリアを抱いたばかりだからだろう。二十歳のキャバクラ嬢を抱いたあとに、四十歳の妻を抱く。抱き比べる——普段なら思いもつかないアンモラルな行為を、いまなら行なうことができるのだ。想像しただけで、体の内側がざわめいた。罪悪感がペロリと裏返り、剝きだしになった欲情がひりひりと敏感になっていく。

「……なに？」

美里が包丁を持ったまま振り返った。

尾形が後ろから抱きしめ、バスタオル越しに胸のふくらみをつかんだからだ。

「久しぶりに……しようぜ」

「えっ？　ええっ？」

驚いて眼を丸くした美里の顔には微笑がこぼれ、いささかの茶目っ気さえ浮かんでいたが、それはすぐに消え去った。尾形が体に巻いたバスタオルを奪ったからだ。湯上がりのピンク色に染まった乳房と、しっとりと湿った恥毛が露《あら》わになり、

「やだっ……」

美里は包丁を離して身をよじったが、尾形はその胸のふくらみに深々と指を沈みこませた。柔らかかった。ユリアのゴム鞠《まり》さながらに張りつめた乳房に比べ、もっちり

と手指に吸いついてくる。

(悪い男だな、俺は……)

自覚しつつも、手指の愛撫は一秒ごとに熱烈さを増していき、乳肉をこねるように揉みしだいた。あずき色の乳首を指先でくすぐると、みるみる物欲しげに硬くなり、

「んんんっ！　ねえ、どうしちゃったのよ？　急に……」

美里が身をよじりながら焦《あせ》った顔で振り返る。

「俺だって、たまにはしたくなるさ」

「じゃあ、寝室に行きましょう」

「いいじゃないか、ここでするのも。新婚時代みたいで」

「んんんーっ！」

尾形が右手を股間《こかん》にすべりこませると、美里はくぐもった悲鳴をあげて腰を引いた。しかし、尾形が後ろからぴったりと身を寄せているので逃れることはできない。しっとりと湿った恥毛を掻《か》き分け、さらに奥へと指を伸ばす。

「ねえ、いやっ！　お願いだから、あなたっ……んんんんーっ！」

女の割れ目を無遠慮にいじられ、美里はちぎれんばかりに首を振った。頭に巻いたバスタオルがはずれ、濡れた黒髪が裸の肩に流れ落ちていく。シャンプーやトリート

メントの残り香が、尾形の鼻先で馥郁《ふくいく》と揺れる。

（いい匂いだ……）

尾形は左手で乳房を揉《も》み絞り、右手で股間をまさぐった。くにゃくにゃした花びらは半身浴で温かくなっていた。左右に割りひろげて貝肉質の粘膜を刺激すると、程なくして花蜜があふれてきた。

不思議な気分だった。数えきれないほど抱き、よく馴染《なじ》んでいるはずの美里の体が、ひどく新鮮に感じられた。

もちろん、浮気をしたせいだろう。

体と体が赤い糸で結ばれている麻理子、そして、金で買った二十歳のキャバクラ嬢とのセックスが、十二年間ひとつ屋根の下で暮らしてきた女の体に、いつもとは違った印象を抱かせる。

「ねえ、お願いっ！　寝室に行きましょう、あなたっ……」

「そのわりには濡《ぬ》れてるじゃないか？」

尾形はわざと音をたて、二枚の花びらの間を刺激していく。潤《うる》みきった割れ目の上で、ひらひらと指を泳がせる。

「ほーら、あとからあとからあふれてくるぞ……」

「ああっ、いやあっ……いやあああっ……」

意地悪に振る舞いつつも、尾形は心の中で美里に詫《わ》びていた。麻理子との情事に溺《おぼ》れ、あまつさえキャバクラ嬢まで金で買い、永遠の愛を誓った大切な妻を裏切っている。罪悪感を払拭《ふっしょく》するためにも、いまここで美里とひとつになりたい。いや、なるべきだ。ひとつになって、存分に喜悦を与えてやるのだ。

そんな思いが欲情を尖《とが》らせ、全身がひときわ熱く燃えあがっていく。

いったん愛撫《あいぶ》の手をとめて、ズボンとブリーフを脱いだ。

美里が全身をわななかせながら振り返り、

「お願い、あなたっ……お願いだからっ……寝室に……行きま……しょう……」

瞳《ひとみ》を潤ませて哀願したが、言葉は後ろにいくほど弱々しくなっていった。尾形の股間で、勃起しきった男根が隆々と鎌首《かまくび》をもたげていたからだ。先ほどユリアを抱いたばかりなのに、いや、だからこそなのかもしれないけれど、男根は軋《きし》みをあげて反り返り、先端から涎《よだれ》じみた先走り液を垂らして、獲物《えもの》を狙《ねら》う大蛇さながらに美里を睨《にら》みつけていた。

「あああっ……」

そそり勃った男根に気圧《けお》された美里はもはや抵抗できず、後ろから抱きしめ直しても裸身をわななかせるばかりだった。

「尻を突きだすんだ、もっと……」

尾形は美里の腰をつかんで、立ちバックの準備を整えた。久しぶりにそんな体勢から妻の体を眺めてみると、腰のくびれが驚くほど鋭くなっていた。まるで蜜蜂《みつばち》さながらだった。四十路に足を踏みこんだ美里の体は、ただ脂が乗りきっただけではなく、女盛りの濃厚な色香で尾形を悩殺した。

「ううっ……ううう……」

中腰になった美里はせつなげに眉根《まゆね》を寄せて振り返り、恨めしげな眼を向けてくる。だが、それ以上はなにもできない。割れ目に亀頭をあてがい、ぬるり、ぬるり、となぞりあげてやると、

「くぅううう……」

振り返ってすらいられなくなって、濡れた黒髪の中で悶《もだ》え声をもらした。

「……いくぞ」

尾形は低く声を絞り、じりっ、と腰を前に送りだした。美里の蜜壺《みつぼ》は熱く潤んでいた。半身浴を行なったせいではなく、久しぶりに性感を刺激され、いままさに男根を迎えいれようとする興奮で、熱湯のような発情のエキスをあふれさせている。二十歳

のキャバクラ嬢とは違う濃密すぎる性臭が、尻の桃割れの間からむんむんとたちこめてくる。

「んんっ……んんんっ……」

じりっ、じりっ、と奥に入っていくほどに、腰を折った女体はこわばり、脚が内股《うちまた》になっていった。いやだいやだと言いつつも、床に着いた左右の足をハの字にして、ペニスを迎え入れやすくしてくれる。

「むうっ……むううっ……」

尾形は激しい興奮に駆られていた。イチモツには、ほんの一時間ほど前に抱いたユリアの蜜壺の感触がありありと残っている。二十歳のキャバクラ嬢とアラフォー妻の味くらべができる幸運に、全身の血が沸騰《ふっとう》していくようだ。

あっさり結合してしまうのがもったいなかった。

じりじりと進んでは少し戻り、浅瀬をチャプチャプと攪拌《かくはん》してやる。美里は洗い髪の下に顔を隠して悶えるばかりだったけれど、久しぶりに男根を感じている女膣は饒《じょう》舌《ぜっ》だった。早く奥まで貫いてとばかりにひくひくと収縮しては男根に吸いつき、熱い花蜜をとめどもなく漏らす。まだ半分も咥《くわ》えこませていないのに、あふれた発情のエキスが裏筋を伝って玉袋のほうまで垂れてくる。

焦《じ》らしていることに耐えられなくなり、尾形はずんっと最奥まで突きあげた。

「はっ、はぁあああうううううーっ!」

生活感の漂うキッチンに、獣じみた美里の悲鳴が響き渡る。尾形はその体を後ろからしっかりと抱きしめた。わななく女体を乳房ごと抱えこんで、結合の実感を嚙みしめた。

(たまらん……たまらんぞ……)

こうしていると、自分たちがなぜセックスレスになってしまったのか、不思議なくらいだった。二十歳のユリアよりも、三十一歳の麻理子よりも、年齢の近い美里の体のほうがしっくりくるような気がした。ただ肉の快楽があるだけではなく、自分はたしかにこの女を愛しているという思いが、柔らかい肉ひだに包みこまれた男根に力を与え、激しくみなぎらせていく。

濡れた黒髪を後ろからかきあげて、美里の横顔をのぞきこんだ。

生々しいピンク色に染まりきった耳殻《じかく》に、好きだよ、愛してるよ、とささやいてやりたかった。

しかし、さすがにそれは照れるので、かわりに腰をグラインドさせる。

潤みに潤んだ蜜壺は、ペニスが少し動いただけで、ぬちゅっ、くちゅっ、と卑猥《ひわい》な肉ずれ音をたて、いやらしいほどに吸いついてきた。

「くぅううっ……はぁああああっ……」

美里の呼吸がにわかにはずみだし、身をよじりだす。ふたりで数えきれないほどの夜を乗り越えてなお、美里の羞《は》じらい深さは変わらなかった。性欲を露骨に誇示してくることはなく、どこまでも受け身でいようとする。

それでも、欲情は隠しきれない。身をよじる体の動きが、性器と性器をさりげなく摩擦させる。もっと奥まで貫いてほしいと、みずから尻を押しつけてくる。

尾形は上体を起こし、乳房をつかんでいた両手を、美里の腰へとすべらせた。くびれを増した四十歳の蜂腰をがっちりとつかみ、本格的な抽送を開始した。

「むううっ……むううっ……むううっ……」

鼻息を荒げて、勃起《ぼっき》しきった男根をいちばん奥まで送りこむ。興奮に開ききった肉傘で、濡れた肉ひだを逆撫《さかな》でしながら抜いていき、再び突きあげる。

次第にピッチが高まっていく。たっぷりと脂の乗りきった丸いヒップを、パンパンッ、パンパンッ、とはじいて、連打を放つ。

よく熟れた美里の蜜壺はたじろぐこともなく連打を受けとめ、勃起しきった男根をしたたかに食い締めてきた。淫《みだ》らなほどにぬめぬめする肉ひだをカリのくびれにからみつけて、奥へ奥へと引きずりこもうとする。

「はぁあああっ……いやああっ！　いやいやいやああっ……」

パンパンッ、パンパンッ、と尻肉をはじかれながら、美里は悩ましい悲鳴を撒《ま》き散らした。彼女が男の律動を受けとめながら発する「いや」は、拒絶を意味するものではなく、性感が高まっている証拠だった。

「イキそうか？　もうイキそうか？」

尾形は息継ぎも忘れ、夢中になって腰を使った。渾身《こんしん》のストロークでぐいぐいと抜き差ししては、粘っこいグラインドでみっちりと詰まった肉ひだを攪拌する。蜜壺の内壁をくまなく刺激し抜いて、肉と肉との密着感を限界まで高めていく。

「いやいやいやっ……ダ、ダメッ！　もうダメッ……」

美里がすがりつくようにキッチンシンクをつかみ、内股になった太腿をぶるぶると震わせた。全身を硬直させ、いまにも襲いかかってきそうな恍惚《こうこつ》の予感に身をすくめる。

尾形は怒濤《どとう》の連打を送りこんだ。

ひときわ締まりを増した蜜壺をずぶずぶと穿《うが》った。

射精の予感が迫ってきて、ペニスが鋼鉄のように硬くなっていく。

肉と肉との一体感が、牝《めす》の分泌液《ぶんぴつえき》にまみれた男根を火柱のように熱く燃え盛らせる。

「イッ、イクッ……もうイクッ……はぁあああうううううーっ！」

美里が獣じみた悲鳴をあげて、ビクンッ、ビクンッ、と五体を跳ねさせた。オルガスムスに暴れだしたヒップに向けて、尾形はフィニッシュの連打を放った。アクメに達した蜜壺がひときわ激しくペニスを食い締め、男の精を吸いだしにかかる。

「おうおうっ……出るぞっ出るぞっ……おおおううーっ！」

低いうなり声とともに、最後の楔《くさび》を打ちこんだ。腰を反らせ、子宮をひしゃげさせる勢いで深々と貫いた瞬間、下半身で爆発が起った。煮えたぎる欲望のエキスが、ドピュッと勢いよく噴出し、美里の中に氾濫《はんらん》していく。

「はぁあああっ……はぁあああああっ……」

「おぉおおおうっ……おおおうううっ……」

恍惚に歪《ゆが》んだ声をからめあわせて、長々と身をよじりあった。

いつになく深い愉悦がふたりを結びつけ、射精が終わってしばらくしても、結合をとくことができなかった。

やがて、美里が立っていられないとばかりに膝《ひざ》を折った。

尾形も床に尻餅《しりもち》をつき、男女の性液にまみれたペニスを隠すこともできないまま、ただひたすらに呼吸を整えた。久しぶりの夫婦の営みは、余韻が引いていくのを感じながら深呼吸することにさえ、得も言われぬ充足感を与えてくれた。

しかし。

お互いにようやく落ち着きを取り戻し、尾形が陰部を拭《ぬぐ》うためのティッシュを持ってこようと立ちあがると、床に手をついてうなだれていた美里が、濡れた黒髪をかきあげて顔を向けてきた。オルガスムスの余韻のせいで濡れた瞳には、けれどもぞっとするほどの哀《かな》しみが滲《にじ》んでいた。

「……あなた」

震える声でつぶやいた。

「浮気してきたでしょう?」

尾形は立ったまま動けなくなり、会心の射精で上気していた顔をひきつらせた。

第五章　切れた糸

なんだか様子がおかしかった。

ホテルの部屋に入るなり、尾形は麻理子の体にむしゃぶりついてきた。そんな言い方だけが似つかわしい、乱暴で力ずくな抱擁をされた。

彼と密室でふたりきりになったのはこれで三度目。前二回のときは、もっと遠慮がちというか戸惑いが感じられたというか、不倫の情事に対して躊躇《ちゅうちょ》していたはずなのに、今日に限って野蛮なほどの獣欲しか伝わってこない。

「ちょっと待って……シャワーを……」

麻理子はベッドインの前にシャワーを浴びることを好まない。それほど無粋な女じゃない。けれども間を置くために、抱擁をといてバスルームに逃げこもうとした。尾形は許してくれなかった。ともすれば痣《あざ》ができてしまいそうな強い力で手首を引っ張られ、再びきつく抱きしめられて唇を奪われた。

「……ぅんんっ！」

いきなり始まった荒々しい口づけに、麻理子は眼を白黒させた。尾形はすぐに大きく口を開くと、麻理子の口を吸ってきた。舌をからめ、唇をしゃぶり、歯や歯茎に至るまで大胆に舐《な》めまわして、「口」と呼ばれる全体を、鼻息荒くむさぼってきた。

麻理子の息はとまった。

激しい眩暈《めまい》が襲いかかってきて、尾形の首に両手をまわしていく。麻理子にとって、精いっぱいの親和的な振る舞いだった。けれども驚くべきことに、尾形はそれを拒んだ。向きあう格好での抱擁を崩して、背後にまわりこんできた。それでも口づけはとかない。麻理子の片頬に手をあてて首をひねり、しつこく口をむさぼってくる。小柄な麻理子は、男に後ろから組みつかれると力では抵抗できなかった。

「むうっ……むううっ……」

尾形は鼻息も荒くディープキスを続けながら、空いた片手で胸のふくらみをつかんだ。夏物の薄いブラウスの上から、ブラジャーごと乳房を揉《も》みくちゃにした。

「あああっ……」

キスの合間に麻理子の口からこぼれたのは、歓喜の声ではなかった。衝撃に対する、ただの反射的な悲鳴だった。尾形の愛撫《あいぶ》は、かつて恍惚《こうこつ》を分かちあった女と、再びそれを分かちあおうとしている男のものではなかった。不遜《ふそん》で乱暴で裏を返せばどこか女に甘えていて、とにかく少しも気持ちがよくない。この逢瀬《おうせ》に対して、かなりの不安と覚悟、そしてそれを上まわる期待をもって臨んだ自分が、馬鹿《ばか》みたいに思えてくる。

考えてみれば……。

今日の尾形は、会ったときから尋常ならざる雰囲気が漂っていた。

数日前、仕事の件で面会がしたいというメールが届いた。久しぶりの連絡だった。数カ月後に予定されている〈二宮フーズ〉のホームページ大規模リニューアル、そのプランの叩《たた》き台ができたので確認してほしいということだった。

指定してきた待ちあわせ場所は、ホテルのティールーム。青山のはずれにあり、繁華街から少し離れた場所に位置するそのホテルは、外資系ホテルのようなおしゃれな雰囲気ではなく、ちょっとグレードの高いビジネスホテルといった趣だった。純粋に仕事の用件だけで会いたいという、無言のメッセージが伝わってくるロケーションだった。

とはいえ、それをそのまま鵜《う》呑《の》みにするほど麻理子は素直な性格ではなかった。情事の匂《にお》いがしない場所を選んだことが逆に、カモフラージュであり、エクスキューズのようにも思えた。夜景の見えるレストランとか、ラブホテル街を擁する盛り場とか、そういったところに呼びだされれば、麻理子に警戒されるかもしれないと考え、あえてそんなところを待ちあわせ場所にしたのではないだろうか？

そもそも、仕事の話をするだけならば、尾形の会社の会議室で事足りるのである。

わかっていても、麻理子はめかしこんで待ちあわせのホテルに向かった。

体が尾形を求めていた。

最後に会ったのがあじさいの咲き誇る梅雨で、いまは盛夏。逢瀬のなかった二カ月あまりの間の、もやもやした落ち着かない気分はちょっと言葉では言い表せない。愛しているのは夫だけと確信していながら、眼をつぶれば毎晩のように尾形に犯されていた。自慰をしていても、夫婦生活を営んでいるときでさえ、瞼《まぶた》の裏に現われるのは決まって尾形であり、それも現実よりもずっと猛々《たけだけ》しく男らしいまぼろしの彼が麻理子を犯す。夫に抱かれながら、あるいは指先で自分を慰めながら、翻弄《ほんろう》され尽くす。

そして事後には、たとえようもない虚《むな》しさだけが残った。満たされない肉欲が、中途半端《はんぱ》に水をかけられた熾火《おきび》のように、ぶすぶすと燻《くすぶ》っていた。

約束の午後六時。

ティールームにやってきた尾形は紙のように白い顔をし、茶封筒に入った資料を突《つ》っ慳貪《けんどん》に渡してきた。

「これ確認しておいてください」

言ったきり押し黙り、視線も合わせてこなかった。

「いま見たほうがいいですよね？」

麻理子が訊《たず》ねても、

「べつに急ぎませんから。後日に感想メールでもいただければ結構ですよ」

ひどく無愛想に答えるばかりで、プランの詳細を説明する気もないようだった。

横顔が険しかった。

お互い無言のまま、重苦しい時間だけが流れた。

正確には十分か十五分だったろうが、麻理子には一時間にも二時間にも感じられる長い間、尾形はいっさい口を開かず、刻一刻と眉間《みけん》の皺《しわ》だけを深くさせながら、砂糖もミルクも入れないコーヒーをまずそうに飲んでいた。

「あのう。もう用がないなら、わたしはこれで……」

苛立《いらだ》った麻理子が腰をあげかけると、

「上に……」

尾形は唸《うな》るように言い、ようやく麻理子の眼をまっすぐに見た。

「上に部屋をとってある……」

麻理子は浮かせかけた腰をおろした。どういうつもりだろうと思った。情事に誘うなら、もう少し甘い言葉をかけてほしいなどとは言わない。それにしても、断りもなく部屋をとってあるというのは馬鹿にしている。こちらが決して拒まないという確信がなければ、そんなことはできないはずだ。

しかし麻理子は、ティールームを出てエレベーターに乗りこむ尾形に黙ってついていった。

考えてみれば、いままでの二度の情事は麻理子から誘ったものだった。尾形から誘われるのは初めてであり、この不器用なやり方が彼にとっては普通なのかもしれない。あるいは。

腹に一物あるのなら、それを確かめてみたかった。

三度体を重ねてしまえば、後に退《ひ》けなくなるかもしれないという恐怖を、尾形だって感じているに違いない。お互いに家庭がある身だった。関係がこれ以上進み、抜き差しならない状況に陥ってしまえば、いままで通りに生きていくことなど不可能だろう。

それでも、またあやまちを繰りかえすのか。

渇いた喉《のど》を甘味で満たしても、よけいに喉が渇くだけ。わかっていながら、満たさずにはいられないのか。

真意を確かめるために、不可解で不愉快な尾形の行動に麻理子は黙って従ったのだった。

「やめてっ！　乱暴にしないでっ！」

麻理子はたまらず声をあげた。髪を振り乱してキスをとき、背後にいる尾形を睨《にら》みつけた。

屈辱だった。たとえ相手が誰であろうと、この身を乱暴に扱うことなど許されることではない。やさしく悦《よろこ》ばせてくれる気がないのなら、踵《きびす》を返して部屋を出ていくまでだ。

しかし、振り返っても尾形と視線がぶつからなかった。

尾形は麻理子を見ていなかった。彼の視線を辿《たど》ると、ふたりの立っている正面の壁に、大きな姿見が備えつけられていた。

尾形はつまり、鏡越しに麻理子を見ていたのだ。後ろから男に組みつかれ、ブラウス越しに胸のふくらみをまさぐられて焦《あせ》っている女を、ギラつく視線で舐めるように。

麻理子も鏡を見た。

尾形の顔は驚くほど真っ赤に上気していた。目玉を剝《む》き、鼻の穴をふくらませ、口をへの字に引き結んでおり、鬼の形相というものはきっと、こんな顔を言い表すためにある言葉だろうと思った。

「ねえ、どうしたの？」

気圧《けお》された麻理子は、言葉に勢いをなくしてしまった。

「なにか怒ってる？　もしかして、わたし悪いことでも……」

尾形は答えずにハアハアと息をはずませながら、ブラウスのボタンをはずしてきた。最後のほうは引きちぎらんばかりだった。毟《むし》り取られるように、ブラウスとブルーグレイのスカートが奪われていく。太腿《ふともも》が剝きだしになり、ガーターストッキングと、それを吊《つ》っているストラップが露わになった。スカートを脚から抜かれた拍子に、ハイヒールは左右とも脱げ落ちてしまった。

「いっ、いやあっ……」

あっという間に下着姿にされてしまった麻理子は、あわてて体を丸めようとしたが、尾形によって阻《はば》まれた。両脇《わき》の下から手を入れ、ブラジャーごと双乳をつかんできた。

「相変わらず、スケベな下着を着けてるな……」

舌打ちにも似た尾形の言葉が、麻理子の顔をカアッと熱くさせる。

おろしたての下着だった。やや透けた淡いサーモンピンクの生地に、赤や紫やゴールドの刺繍《ししゅう》がちりばめられた三点セット。フランスの有名デザイナーが花束をイメージしてつくった最高級ランジェリーで、揃《そろ》いで十万円以上する。

いや、値段の問題ではない。麻理子は元々下着に贅沢《ぜいたく》をするほうだが、ワードローブの中でもこれはもっともお気に入りであり、特別なときに着けようと決めていたものだ。それをよりによってスケベな下着とは……。

「まるで娼婦《しょうふ》みたいじゃないか？　こんなスケベな下着、素人《しろうと》は普通はつけないぞ。ソープランドか、ランジェリーパブでもなきゃ」

「あああっ、やめてっ……」

ブラ越しに双乳を揉みくちゃにされ、麻理子はちぎれんばかりに首を振った。長い黒髪が乱れ、後頭部が尾形の胸や顎《あご》にゴツゴツとあたる。

尾形はそれでも怯《ひる》まず、瀟洒《しょうしゃ》な刺繍ごと胸のふくらみを揉み絞り、脇腹やウエストの素肌に手のひらを這《は》わせてくる。太腿にぎゅっと指を食いこませる。両脚の間に指をすべりこませ、ショーツに包まれたデリケートな女の部分を無遠慮にいじりたててくる。

「あああっ……」

柔らかい肉に刺激を感じた瞬間、麻理子の腰は砕けそうになった。

「見てみろよ」

尾形が耳元でささやき、鏡に映った麻理子の体に視線をからみつけてきた。そうしながらショーツのフロント部分を搔《か》き寄せ、股間《こかん》にぎゅうっと食いこませる。

「くぅうぅっ……」

麻理子はうめいた。肉体的な刺激だけではなく、鏡に映った自分の姿に、暗色の絶望感を誘われる。シースルーの生地を褌《ふんどし》状に束ねられ、その両脇から恥毛がちょろちょろとはみ出している様子は、眼を覆《おお》いたくなるほど無惨《むざん》だった。

「よく見ろ、自分を。まるで娼婦だよ。男を狂わせる性悪女の体だよ……」

鬼の形相をした尾形は、瞳《ひとみ》に憎悪《ぞうお》すら浮かびあがらせていた。いったいなにをそんなに怒っているのかわけがわからなかったが、麻理子の体は金縛りに遭ったように固まっていた。言葉すら出てこない。いままで自分のことを、男勝りに気の強い女だと思っていた。力ずくでどうにかされることなどあり得ないと信じて疑っていなかったが、どうやらそれは間違いだったらしい。

憤怒《ふんぬ》を露《あら》わにしている男の前では、弱々しく震えることしかできないのが、この自分だった。暴力的に犯される恐怖を前に、身がすくんでなにもできない。

「しゃがむんだ」

肩を押され、床の絨毯《じゅうたん》にしゃがまされた。両脚が情けないほどガクガクと震えていたので、それを隠すことができて助かった——と思ったのも束《つか》の間《ま》だった。素早く靴を脱ぎ、ズボンとブリーフまで脚から抜いた尾形が、勃起《ぼっき》しきったペニスを鼻先に突きつけてきたからである。

「いやっ……」

むっと漂ってきた男性臭に顔をそむけると、髪をつかまれた。

「しゃぶるんだ」

猛り勃《た》つ男根が顔の正面に迫ってくる。顔をそむけようとすると、力まかせに髪を引っ張られ、毛根からブチブチと抜けた。尾形は言葉のやりとりを拒否するように、口をへの字に曲げて仁王立ちになっている。ここまでの狼藉《ろうぜき》を働く、理由を問うことすら許されないようだった。痛みと恐怖から逃れる方法は唯一《ゆいいつ》、一刻も早く眼の前のものを頬張ることだけらしい。

「うんあっ……うんぅぐっ……」

しかたなく唇を開き、泣きそうな顔で肉の凶器と化した男根を咥《くわ》えこんだ。言いなりになったらなったで、新たなる苦悶《くもん》が訪れただけだった。尾形は情け容赦なしに腰を反らせ、野太いペニスで口唇《こうしん》を貫いてきた。亀頭《きとう》を強引に喉奥まで到達させられると、麻理子は息苦しさにむせび、両眼から屈辱の涙を流した。それでも尾形はかまわずに、頭をつかんで揺さぶってくる。顔そのものを犯すように、ペニスを出し入れしはじめる。

「うんぐっ……うんぐぐっ……」

麻理子はもはや、顎がはずれるくらい口を開き、長い睫毛《まつげ》をフルフルと震わせることしかできなかった。唾液《だえき》を制御することすらままならず、ペニスが唇をめくりあげるたびに涎《よだれ》があふれ、顎からツツーッと糸を引いて絨毯に垂れていく。

涙に曇った向こうに、鏡が見えた。男の足元にひざまずき、口を犯されているみじめな女がそこにいた。唾液を浴びてぬらぬらと黒光りする肉棒が、卑猥《ひわい》なOの字に開かれた赤い唇から出入りしている。頭を揺さぶられるたびに、待ちあわせの前に美容院でセットしてきた黒髪が、ざんばらに乱れていていく。

（いったいどうして……）

こんな目に遭わなければならないのだろう。尾形はどちらかといえば、物静かで分別のある男ではなかったろうか。波風を立てるのを嫌い、スポンサーの社長夫人という立場を笠《かさ》に着て仕事に口出ししてくる年下の女にも、米つきバッタのようにペコペコしているだけだったはずだ。そんな男だからこそ、都合のいい浮気相手に選んだのだ。女を乱暴に犯す趣味があると知っていれば、誰がベッドに誘ったりするだろう。

いや……。

恐ろしいことに気づいて、背筋が戦慄《せんりつ》に震えた。

尾形がなにを思ってこんなことをしているのかはわからない。わからないが、麻理子はこの光景に見覚えがあった。ハッと気づいてみれば、デジャヴの生々しさすら感じてしまうほど、よく馴染《なじ》んだ光景だった。

尾形と会えなかった二カ月間——麻理子は自慰に耽《ふけ》るとき、かならず尾形に乱暴に犯されるところを夢想していたのだ。むろん戯《たわむ》れだった。満たされない肉欲を処理するためのほんのちょっとした刺激であり、それ以上の意味はない。現実に起こり得ないからこそ刺激になるのであって、それがキミの希望なら叶《かな》えてあげようと言われても、一笑に付す以外のことはできないだろう。

だが、それがいま、現実になっていた。まるでみずからの妄想の中に迷いこんでしまったかのように、忠実に再現されていた。麻理子は混乱した。口唇をペニスでえぐられる息苦しさが意識を遠のかせ、なおさらなにが現実かわからなくなっていく。いっそこのまま気を失ってしまいたいと願ったそのとき、

「うんぐぅううぅーっ！」

下半身に訪れた刺激に、麻理子は鼻奥で悲鳴をあげた。朦朧《もうろう》としていた意識が、一瞬にして醒《さ》めた。

尾形の足が股間をとらえたのだ。あろうことか靴下に包まれた足指で、ショーツ越しに女の割れ目をまさぐってきたのである。口腔《こうこう》奉仕の強要に加え、これほど屈辱的な扱いを受けたのは生まれて初めてだった。

「うんぐっ……うんぐっ……」

麻理子は必死に口からペニスを吐きだそうとした。

しかし、両手で頭をがっちりつかまれているのでそれはかなわず、逆に奥までねじこまれてしまう。顔の表面が尾形の陰毛に埋まりきるほど根元まで咥えこまされ、その状態で女の部分をぐにぐにと刺激される。

（た、助けてっ……）

涙がとまらなくなった。酸欠状態で夢と現実の間をさまよう中、けれども下半身だけが熱くなっていく。ショーツ越しに動きの鈍い足指で押されているだけなのに、割れ目の奥が熱く燃えあがり、みるみるうちに淫《みだ》らな炎が全身を包みこんでいった。欲情が想像力を刺激した。いま口の中を支配している巨大なものが、かつて与えてくれた衝撃的な恍惚《こうこつ》感《かん》を思いださせる。

「……うんあっ！」

唐突に、尾形が口唇からペニスを引き抜いた。麻理子は咳《せ》きこみながら、口からあふれ出た大量の涎を手のひらで受けとめた。

尾形は休む暇《いとま》も与えてくれず、咳きこんでいる状態のまま四つん這いにさせられた。気がつけば股間がスースーしていた。ショーツを脱がされてしまったのだ。やけに涼しく感じるのは、女の部分が煮えたぎるほど熱化しているかららしい。

「いくぞ」

尾形が後ろから襲いかかってくる。四つん這いで突きだした尻《しり》の中心を、火柱のように燃え盛る男の欲望器官でむりむりと貫かれていく。熱と熱とが掛けあわされ、尻の桃割れの間で紅蓮《ぐれん》の炎が燃えあがった。

「あああぁーっ！」

麻理子は声をあげて背中を弓なりにのけぞらせた。正面の鏡に、四つん這いの自分が映っている。真っ赤に染まった顔を涙に濡《ぬ》らし、くしゃくしゃに歪《ゆが》めた女。まるで発情した牝犬《めすいぬ》だった。乳房はまだブラジャーに隠され、両脚はストッキングに飾られているけれど、それ以外のものには見えなかった。

「あああっ……あああぁっ……」

これほどの屈辱を受けても、ペニスを挿入されれば歓喜に彩《いろど》られた声をあげるなんて、牝犬に決まっている。鬼の形相の尾形は小刻みに腰を使いながら結合を深めてきたが、肉と肉とを馴染《なじ》ませる必要もないほど、ヒップの奥はびしょ濡れの状態だった。

（ああっ、どうしてこんな……）

体中の肉という肉が歓喜にざわめきだすのを感じながら、みずからの淫らさを呪《のろ》わずにはいられなかった。自分はただの欲求不満ではないのかと思った。愛だの恋だの赤い糸だの、ロマンチックなことを言いながらも、欲しいものはただ猛《たけ》り勃つ男根だけ。この身をむさぼり尽くしてくれる獣の牡《おす》が欲しいだけのスケベな女……。

それが自分の正体だと認めるには、けれども麻理子はプライドが高すぎた。快感と同じくらい激しく、羞恥《しゅうち》と屈辱が襲いかかってくる。

「はっ、はぁうううううーっ！」

ずんっ、と子宮口を突きあげられ、甲高い悲鳴を放ってしまう。パンパンパンッと尻をはじいて、尾形が律動を開始した。肉と肉との相性の良さはやはり錯覚ではなく、男根が濡れた肉道を一往復するたびに身をよじるような快感が体の芯《しん》を走り抜けていった。連打が休みなく続くと、喜悦を噛《か》みしめるように、絨毯を掻き毟らずにはいられなかった。

「ああっ……はぁあああっ……はぁおおおおーっ！」

一足飛びに悲鳴を咆吼《ほうこう》に近づけていきつつ、麻理子はきつく眼を閉じた。二度と開かないと心に決めた。ベッドですらなく、ビジネスホテルの埃《ほこり》っぽい絨毯に這いつくばらされ、犯されている自分の姿を見たくなかった。そんな状況にもかかわらず、髪を振り乱して歓喜にあえいでいる女が、自分だとは思いたくなかった。

だけどもイッてしまうだろう。

このまま尾形の連打が続けば、わけもなくエクスタシーに追いこまれ、よだれを垂らしながら甘美なる恍惚の果実をむさぼってしまうに違いない。

しかし。

その日の尾形は徹底的に鬼だった。

そうでなければ、サディズムに取り憑《つ》かれた悪魔だろうか。

犯されながらオルガスムスに達してしまう覚悟を決めた女を、さらなる屈辱にまみれさせる道を選んだ。ただ恥をかかせるだけでは気がすまないとばかりに、体位を変えた。

背面座位だった。

バックスタイルで挿入されていた麻理子はそのまま体を後ろに起こされ、あぐらをかいた尾形の上で両脚を大きくひろげさせられた。もちろん、正面は鏡だった。瞼《まぶた》をあげれば、両脚の間を男根で深々と貫かれている自分の姿と対面できるだろう。

「眼を開けるんだ……」

尾形は耳元でささやきながら、ブラジャーをはずした。剝《む》き身になったふたつのふくらみを下からすくい、やわやわと揉《も》みしだいた。

いままでとは打って変わった、粘りつくような手指の動きだった。カップの内側で汗ばんでいた乳房をねちっこく揉みしだかれ、乳首をくすぐられる。そうしつつ、片手を股間に伸ばしてくる。繊毛に覆《おお》われた肉の合わせ目を指で探り、敏感な性愛器官を探す。包皮を剝いたり被《かぶ》せたりしながら、いじり転がしてくる。

「くぅうっ……くぅううううっ……」

麻理子は食いしばった歯の奥からくぐもった悲鳴をもらした。順番が逆だった。そんな愛撫《あいぶ》をまずベッドの上で施してくれれば、夫に対する罪悪感や未来に対する不安を忘れて、ただ快感に没頭することもできただろう。

しかし、麻理子の両脚の間にはすでに、野太く勃起した男根が埋まっていた。

体位は自分が上。

乳房を揉みしだかれ、クリトリスをいじられる刺激に身をよじったが最後、その動きが腰のグラインドに収斂《しゅうれん》されていく。ぬちゃっ、くちゃっ、と淫らがましい音をたてて股間をしゃくり、女の割れ目で男の肉竿《にくざお》を舐《な》めしゃぶってしまう。

「眼を開けるんだっ！」

左右の乳首を同時にキューーッとひねりあげられ、

「ひいっ！」

麻理子はたまらず眼を見開いた。この世でもっとも見たくない光景と、対面した瞬間だった。

大きく開いた左右の内腿《うちもも》は漏らしすぎた分泌液でテラテラと濡れ光り、ガーターベルトの上端にあるレースまで汚していた。おそらくバックスタイルで突かれている段階で逆流したのだろう。恥毛は一本の例外もなく花蜜《はなみつ》を浴びて黒々と艶光《つやびか》りし、その下でぱっくりと口を開いたアーモンドピンクの花びらは、おぞましいほど卑猥な光沢にまみれて勃起している黒い肉棒を咥えこんでいた。

そんな有様だけでも死にたくなるほどの恥辱なのに、尾形は執拗《しつよう》に乳房とクリトリスに刺激を与えてきた。麻理子に腰を振らせるためだ。この屈辱的な状況のなか、さらにみずから愉悦を求める姿を披露させ、辱《はずかし》めたいのだ。

（も、もう許してっ……）

この身を乱暴に扱われたことは、もう許してもいい。だからこれ以上、恥をかかせないでほしい。プライドをへし折らないでほしい。

それでも、剝《む》き身で尖《とが》りきった真珠肉のまわりで指をくるくると回転させられると、

「あああっ……あああああっ……」

麻理子はたまらず身をよじった。次の瞬間、腰は動きだしてしまった。クイッ、クイッ、と股間をしゃくる、いやらしすぎる動きだった。まだ腰に残ったままのガーターベルトがせつなかった。ランジェリーショップで胸を躍らせて買い求めたとき、こんな場面で着けているなんて誰が想像しただろうか。

それでも腰は動きつづける。

ずちゅっ、ぐちゅっ、と無惨なまでにいやらしい音をたてて、男のものをしゃぶりあげる。絶え間なくこみあげてくる、淫ら色の愉悦をむさぼる。鏡に映った麻理子の顔は、眉《まゆ》を八の字に垂らし、瞳を潤《うる》みに潤ませて、だらしなく開いた唇から、ひいひいとはしたない声をもらしていた。もはや牝犬ですらなく、肉欲だけに生きるニンフォマニアだ。

「むううっ、たまらんっ……」

尾形が下から律動を送りこんできた。あぐらで座った状態なのでそれほど激しい動

きではなかったが、肉と肉との摩擦感がいや増した。

「あぁっ、いいっ……」

麻理子が眉間《みけん》に刻んだ縦皺《たてじわ》は、彫刻刀で彫ったように深まっていった。鏡越しに、視線と視線がぶつかった。からみあい、溶けあっていった。こすれあう肉と肉は、それ以上の濃厚さで密着度をあげ、どこまでも一体化していく。

どうしてだろう。

これほどの屈辱にさらされてなお、なぜここまで気持ちよくなれるのか。

やはりふたりの間には、磁石のS極とN極のように見えない力で結ばれたなにかが、あるとしか思えない。

「むううっ……締まる……すごい食い締めだっ……」

興奮に声を上ずらせた尾形は、もうずいぶん前から鬼の形相をしていなかった。麻理子に負けないくらいの深さで眉間に皺を寄せ、唇を震わせている。荒行に耐える修行僧のような表情で、肉の悦《よろこ》びだけを追い求めている。

「むううっ……むううっ……むううっ……むううっ……」

「はぁああっ……はぁあああっ……はぁうおおおっ……」

やがて、声までが重なりあい、からまりあって、ふたりは恍惚に向けて飛翔《ひしょう》した。

お互いに、鏡を見ていることさえできなくなった。ただ肉と肉とをこすりあわせることだけに夢中になり、淫《みだ》らな汗で全身を濡《ぬ》れ光らせていく。

しばらくすると、体位が背面騎乗位に移行した。

怒濤《どとう》の勢いで襲いかかってくる喜悦の嵐《あらし》に耐えきれなくなった麻理子が、のけぞりすぎてお互いに後ろに倒れてしまったのだ。

太腿が攣《つ》りそうになりながらも、あられもなく開いた股間を上下にはずませた。

一方の尾形は、膝を立てたことであぐらの状態よりずっと力強く、ぐいぐいと下から律動を送りこんできた。はちきれんばかりに勃起しきった肉棒で、濡れた蜜壺《みつつぼ》を容赦なく突きあげた。

「いっ、いやっ……」

恍惚がまぶしい光を放ちながら近づいてくる。

「ダ、ダメッ……もうイクッ！　イクイクイクッ……イッちゃううう－っ！」

麻理子は絶頂に達した。体の奥で燻《くすぶ》っていた肉欲を跡形もなく焼き尽くす、すさまじい歓喜の炎に全身が包まれた。背中を弓なりに反らせ、尖りきった左右の乳首を天に突き立てるようにして、五体の肉という肉を怖いくらいに痙攣《けいれん》させた。

「あぁっ……あああっ……」

恍惚の彼方《かなた》にゆき果てながら、いったいこれから自分にどんな未来が待ち受けているのだろうと思った。これほどの快感を手放すことなどできそうにないし、かといって尾形を愛することもできそうにない。

今日という今日はそれがはっきりとわかった。

いっそ愛することができるのであれば別の生き方を探ればいいかもしれないけれど、やはり愛しているのは夫ひとりだ。

だから、尾形に与えられたオルガスムスの味は甘美なだけではなかった。蕩《とろ》けるほどにいやらしい快感とともに、心と体がまっぷたつに引き裂かれていく痛切な衝撃も、わが身で受けとめなければならなかった。

数日が過ぎた。

未来はどこまでも不透明だった。

尾形とのセックスは麻薬にも似て、あれほど屈辱的な目に遭わされたにもかかわらず、次の情事はいつだろうかと、麻理子は気がつけばそわそわしていた。それでもまっすぐに彼の元へと駆けつけられないもどかしさが、憂鬱《ゆううつ》を運んでくる。手も足も出ない痺《しび》れるような緊張感のなか、ただ時間だけが過ぎていく。

未来に対してたったひとつだけ確かなことがあるとすれば、それは自分だった。

麻理子は自分が性格の悪い女であることを知っていた。

わがままでプライドが高く、高飛車な態度によって相手に嫌われてしまうことも少なくなかったけれど、そのことを嘆いたり後悔したことはない。やっかいな性格かもしれないが、自分のことが好きだった。できることなら、ずっとわがままに生きていきたい。いつだって調子に乗って、高慢な笑いを振りまいていたい――あの日あの時までは、たしかにそう思っていた。

尾形との逢瀬《おうせ》からちょうど一週間後のことである。

その日、麻理子は〈二宮フーズ〉の役員の奥方に贈る誕生日プレゼントを手配するために、日本橋にあるデパートに赴いた。自宅に戻ってくると、姑《しゅうとめ》のトキと義妹の弥生、そして夫の日出雄までリビングのソファで顔を揃《そろ》えていた。平日の午後四時。日出雄が帰宅するにはいささか早すぎる時刻である。

しかも全員が険しい表情で額を突きつけ、声をひそめて密談をしていたような雰囲気だった。

「ただいま戻りました」

麻理子がリビングに入っていくや、三人はいっせいに息を呑《の》み、矢のように鋭い視線を向けてきた。

嫌な予感がした。しかし、それを表情に出すわけにもいかず、

「おかえりなさい、あなた。今日は早いんですね」

にこやかに微笑《ほほえ》みながら近づいていく。

「ちょっとここに座りなさい」

日出雄は表情をますます険しくさせて、向かいのソファを指差した。

「いったいどうしたんですか？　怖い顔して」

麻理子がソファに腰をおろすと、

「怖い顔にもなるさ。愛する女房に裏切られればねえ」

日出雄は吐き捨てるように言った。

「だから言ったのよ、この女はただ財産目当てで、二宮の嫁になった自覚なんてこれっぽっちもないんだから」

トキが苦々しくつぶやき、

「まったく、兄さんもいい面《つら》の皮よね」

弥生も続く。

「こんな見てくれだけの女に騙《だま》されて。外で浮気されてるなんて」

「ちょっと待ってください……」

麻理子は苦笑まじりに声をあげた。心臓が早鐘を打ちだし、呼吸がうまくできない。

それでも必死に取り繕って言葉を継いだ。

「いったいなんのお話でしょうか？　浮気なんてわたし……」

「あーら、しらばっくれる気？」

弥生が意地悪げに唇を歪《ゆが》めた。

「兄さんを裏切っておいて、よくシレッとそんなこと言えるわね」

「うちの森沢、知ってるだろう？」

腕組みをした日出雄が、唸《うな》るように言った。憤怒《ふんぬ》と猜疑《さいぎ》心《しん》に彩《いろど》られた眼で、麻理子のことを睨《にら》みつけている。

「ええ、はい……常務取締役の……」

先ほどデパートで奥方の誕生日プレゼントを手配してきた、〈二宮フーズ〉の役員である。

「あいつが先週、おまえを青山のホテルで見かけたと言った。いかにも情事のあとみたいな雰囲気で、男と仲睦《むつ》まじく肩を寄せあってホテルから出てきたってな」

「それは……」

麻理子は息を呑み、三秒ほど間を置いてから、笑った。トキと弥生は揃って「まあっ！」と眼を剝《む》いたが、麻理子は日出雄だけをまっすぐに見ていた。

「仲睦まじくなんて、森沢さんも嫌ですね。とんでもない誤解です」

口角を持ちあげたその笑顔は、受付嬢時代に鍛え抜いたものだった。怒り心頭のクレーマーだろうがドスを効かせる闇《やみ》社会の紳士だろうが、笑顔ひとつで渡りあい、どんな難局だって切り抜けてきたのだ。

「相手はホームページの制作をお願いしている尾形さんですよ。ティールームで打ち合わせをしていただけです」

「相手が尾形だということはわかってる……でも本当か？　浮気じゃないのかね？」

ギョロリと剝かれた日出雄の眼に戸惑いが浮かび、麻理子は勝利を確信した。焦《あせ》る必要など微塵《みじん》もなかった。どうやら決定的な証拠まではつかまれていないらしい。

「どうしてわたしが浮気なんて……来年リニューアルするホームページの資料を受けとっただけです」

「しかし、麻理子……」

日出雄はトキと弥生の顔色をうかがいつつ続けた。

「森沢は、尾形が勤めている会社の経理にいささか顔が利《き》いてね。ゴールデンウィーク明けにもおまえ、尾形と新宿のホテルのバーで飲んでるらしいじゃないか。尾形が領収書を落としてる。そういうこともあって、森沢も僕に報告してきたわけだが……」

「そういえば、そういうこともありましたけど……」

「おかしいだろう？　青山でもホテル、新宿でもホテル。ホームページのデザインの打ち合わせするのに、どうしていちいちホテルなんだ？　そんなものは普通、向こうの会社の会議室ですればすむ話だろう？」

「新宿のときも、打ち合わせがてら一杯ご馳走《ちそう》になっただけですよ。向こうがどうしてもっておっしゃるから……」

麻理子はニコニコと笑いつづけていた。日出雄の焦りが手に取るようにわかった。彼はただ、焼き餅《もち》を焼いているだけに過ぎないのだ。

思いあたる節が、ないではなかった。

尾形の件で思い悩むあまり、このところ日出雄に注ぐ愛情の量が少なくなっていたような気もする。とくに夫婦の営みのときには、瞼《まぶた》の裏に尾形がいるので、日出雄に対して心ここにあらずの状態になってしまったことがよくあった。男という生き物は意外にデリケートなところがあるから、そういう様子を敏感に察知し、ひそかに傷ついていたのかもしれない。

「そうか……違うんだな？　浮気じゃないんだな？」

日出雄は自分に言い聞かせるように、口の中でつぶやいた。

「ちょっと、兄さん、いいの？　そんなに簡単に言いくるめられちゃって」

弥生が唇を尖らせて言ったが、

「いや、しかし……こうまできっぱり笑顔で否定されると……」

日出雄はバツ悪げに何度となく腕を組み替え、舌打ちを繰りかえすばかりだった。

そんな夫のことが、麻理子は愛《いと》おしくなった。

滑稽《こっけい》と言えば滑稽かもしれないが、五十代も半ばを過ぎた大の男がささいな疑惑を部下から吹きこまれて慌《あわ》てふためき、挙句の果てには家族会議まで開いて若い後妻の浮気を追及しようとするなんて、可愛《かわい》いものではないか。幼稚な焼き餅を焼かれたことが逆に、あふれる愛情の裏返しに思え、嬉《うれ》しくなってしまう。

おかげでちょっとばかり調子に乗り、よけいなところで性根の悪さが顔をのぞかせてしまった。

「でも、その……ごめんなさい。本当のことを言えば、疑いをかけられるのもわからないではないんです」

麻理子が上眼遣いにささやくと、

「んっ？　どういうことだ」

日出雄は身を乗りだして食いついてきた。

「あの人、尾形さん、なんだかわたしに気があるみたいで……いちいち外で打ち合わせしたがるのも、きっとそのせい……青山のホテルのときも、部屋をとってあるからそこで打ち合わせしようなんて耳打ちされたし。もちろんきっぱりと断りましたけど。それに、なにかっていうといちいち体に触ってくるから、気持ち悪くて。森沢さんが誤解なさったのも、そういうところを見られたのかもしれません」

夫が焼き餅を焼いてくれたことに対するお礼のリップサーヴィス、もっと焼き餅を焼かせてみたいという悪戯《いたずら》心、それ以上のつもりはまったくなかった。

同性にはその意図がすぐに伝わったらしく、トキはうんざりした顔で席を立って台所に向かい、弥生は深い溜息《ためいき》をもらしてテレビのほうに去っていった。嫁の鼻持ちならない自慢話を聞いている暇はないと言わんばかりの態度だった。

「なんだと……いったいなんなんだ、尾形って男は……」

残された日出雄ひとりが、怒りに顔を真っ赤に茹《ゆ》であげ、唇を震わせていた。禿《は》げあがった頭の頂点から、湯気でも立ちそうな勢いだった。

「許さん……許さんぞ……尾形のやつ……人の嫁だと知っておきながら、麻理子に粉をかけるとは……絶対に許さん……」

麻理子は得意げにただ笑っていた。

どう？　あなたの妻は結婚しててもとってもモテるのよ。そんないい女を独り占めにしてるんだから、満足でしょう？　そう言ってやりたかった。鬼の首でも取ったようだった姑と小姑《こじゅうと》を一蹴《いっしゅう》できたことも、持ち前の高慢さが翼をひろげてしまった大きな要因だった。はっきり言って、完璧《かんぺき》に浮かれていた。

だから……。

日出雄が尾形に対して怒りの矛先を向け、あれほどむごい仕打ちをすることになろうとは、この時点では夢にも思っていなかった。

第六章　しっぺ返し

世の習いは因果応報、自分の不始末はかならずや自分に跳ね返ってくるということか。

ハッピーマンデー制度によってやたらと連休が多くなった秋、尾形弘樹の人生は暦よりもひと足早く、凍える冬に向けて艫綱《ともづな》がとかれた。働き盛りの四十一歳にして、唐突に職を奪われてしまったのである。

「辞表を出したまえ。出さなければ解雇だ。引き継ぎはいいから、明日から出社する必要はない」

専務取締役は眼を合わせずに言い放った。わけがわからなかった。月曜日の朝、出社するなり役員室に呼びだされ、そんな言葉を投げかけられて、はいそうですかとうなずける勤め人などいるはずがない。

「いったいどういうことでしょうか？　仕事は過不足なくしているつもりですが」

尾形が顔色を変えて訊《たず》ねると、

「こっちだってわけがわからんのだよ」

専務は眉間《みけん》に深い皺《しわ》を寄せて溜息《ためいき》をついた。

「昨日の夜、社長から突然電話がかかってきたんだ。取引先の心証を著しく傷つけ、会社に不利益をもたらした、というのが理由らしい。詳しい内容までは聞いてないが、尾形くん自身がいちばんよくわかってるはずだと言っていた。心当たりはないのかい？ トラブルの相手は〈二宮フーズ〉だ」

尾形は息を呑《の》んだ。

「心当たりがないなら、社長にかけあってやってもいいが……いいかい？ 心当たりがないなら、だぜ。こっちも首を賭《か》けなきゃならんから、覚悟の上で返答したまえ」

尾形はしばし呆然《ぼうぜん》と立ちつくしていたが、結局ひと言も返さず頭をさげて役員室を辞した。両脚が怖いくらいに震えだし、鏡を見なくても顔面蒼白《そうはく》になっているのがわかった。

心当たりは、あった。

〈二宮フーズ〉の社長夫人、二宮麻理子。

彼女が裏で動いたとしか考えられなかった。取引中止をチラつかせ、「あいつの首を飛ばして」とゴネている姿が脳裏に浮かんでくる。

あまりの理不尽さに眼が眩《くら》み、体の震えがとまらなかった。

この間、いささか乱暴に抱いてしまったせいだろうか？

それとも、不倫を清算するための荒療治か？

いずれにせよ、男女関係と仕事は別問題だろう。たとえ尾形の存在が目障《めざわ》りになったとしても、権力を使って会社に圧力をかけてくるなんて常軌を逸した振る舞いであり、人としてなにかがおかしい。

会社も会社だった。

いくら相手が大口のクライアントとはいえ、そんな要求を鵜呑《うの》みにするとは馬鹿《ばか》げている。会社としては守る必要もない存在だということだろうか。そうであるなら、未曾有《みぞう》の不況のなか悪戦苦闘してきたいままでの日々はいったいなんだったのだろうと、悔しさに目頭が熱くなってくる。

（これで明日から失業者ってわけか……）

デスクの私物を整理し、辞表を書いた。驚いている部下たちに「とにかく明日から会社に来られなくなった」とだけ伝えてオフィスを出た。

まだ木枯らしが吹く季節でもないのに、風がやたらと冷たかった。

アスファルトを踏みしめる足は、鉛を引きずっているように重い。

不倫の代償というには、ずいぶんな仕打ちだった。

インターネットの黎明期《れいめいき》にIT業界に身を投じた尾形は、キャリアアップを図るためにいままで何度も職場を変えてきたし、必要があればこれからも変えるつもりだった。ただ、いまの会社はそれなりに居心地がよく、待遇だって悪くなかった。定年まで勤めあげるのもやぶさかではないと思っていたくらいなので、これから同程度の職場を探すのはしんどい作業になりそうだった。

そして、不倫の影響は仕事以外にも響いてきている。

家庭だ。

妻との関係は悪化を辿《たど》る一方で、最近は顔を合わせてもほとんど口をきいていない。話はひと月ほど前に遡《さかのぼ》る。

久しぶりに妻を抱いた。それもキッチンの流しで立ちバックという、新婚時代さながらの熱いやり方で燃え盛った。

「……あなた、浮気してきたでしょう？」

美里が震える声で言ったのは、まだお互いの体に恍惚《こうこつ》の余韻が残っているときだった。

「おいおい、なにを言いだすんだよ……」

尾形は苦笑まじりに、けれども断固とした口調で否定した。実際にはその夜、キャバクラ嬢と一戦交えてきたばかりだったが、そんなことを馬鹿正直に話す男などいない。

「俺が浮気なんてするはずないだろ。悪い冗談だ」

「ううん、絶対してる……」

「いい加減にしてくれって。最近、おまえとする機会が減ってきたことは否定しないよ。でもそれは年のせいで、よそで遊んでるからじゃない。仕事だって忙しいし
……」

尾形の言葉は嘘《うそ》にまみれていた。

「だって、いつもと抱き方が違ったもの」

「久しぶりだからだろ」

「そうじゃない。しながら誰かと比べてた」

「誰とだよ？」

「それはわからないけど……」

「あのなあ……そんなに亭主のことが信じられないのか、おまえはっ！」

怒声さえあげてしまったのは、図星を突かれたからに他ならなかった。

その日に抱いてきた女が麻理子ではなく、枕《まくら》営業のキャバクラ嬢だったことも苛立《いらだ》

ちを誘った一因だった。いっそ麻理子との関係がバレたのであれば、それもいつもと抱き方が違うなどという曖昧《あいまい》な理由ではなく、動かぬ証拠を突きつけられたなら、土下座して謝ることもできただろう。

だが、その状況では怒ったふりでもするしかなかった。ふりをしているつもりがやがて本気の怒りに変わり、ひどい言葉を大量に吐いた。不倫相手を忘れるためにキャバクラ嬢を抱き、それでも忘れられそうもないという複雑な感情のまま妻を抱いたあと、浮気の嫌疑をかけられたのだ。平静を保っていることなどできなかった。

「だいたい、浮気が心配なら、浮気されないように女を磨いたらどうなんだ？　家ん中じゃいつも色気のないダボダボの服着て、休みは一日中ソファでゴロゴロ。そんな女に欲情しろってほうが無理な相談なんだよ。昔はおまえ、そんなんじゃなかったぞ。家の中でも、もっときちんとしてたじゃないか……」

馴《な》れ合いの夫婦関係に泰然自若と寄りかかっているのは、むしろ尾形のほうだった。家の中で美里に輪をかけてだらしなく振る舞っていたし、彼女が女として潤《うるお》っていられるようマメに水を与えていたわけでもない。八つ当たりであるとわかっていても、感情のコントロールがきかなかった。

「やっぱりそうなんだ……」

美里はさめざめと涙を流しはじめた。

「わたしのこと、もう好きじゃないんだ。わかるもの、そういうの。セックスすると」

「好きとか嫌いとか、十年以上も一緒にいて、そういう話でもないじゃないかよ」

「好きじゃなくなったら好きじゃなくなったって、はっきり言って」

「勝手にしろ、もう」

尾形は吐き捨てて寝室に向かった。美里は追いかけてこなかった。その夜は、ダブルベッドにひとりで寝た。四十路《よそじ》を過ぎてダブルベッドでもないだろうと常々思っていたけれど、いつも隣にいる女がいないというのは、それはそれでひどい不安を駆りたてるものだった。

「……昨夜はすまなかったな」

翌朝、尾形は美里に頭をさげた。感情的になってしまったことを詫《わ》びた。

「ちょっと仕事がうまくいかなくてムシャクシャしてたんだ。おまえにはなんの不満もないし、もちろん浮気だってしてない。嘘じゃないぜ」

美里は苦々しく顔を歪《ゆが》めるばかりだった。いつも通りに朝食を用意していたが、まったく口をきいてくれなかった。

昔から、つまらないことで意固地になるというか、頑《かたく》なところがある女ではあった。そうなってしまうと、しばらく冷戦状態が続くことを覚悟しなければならない。実際にそれからひと月が過ぎても、彼女が笑顔で話しかけてくることはまだなく、顔を合わせるたびにギスギスした空気が流れた。

(あいつ、今日仕事休みだったな……)

自宅のある駅の改札を出ると、尾形の足取りはひときわ重くなった。

時刻はまだ正午前だ。美里がマネージャーを務めているセレクトショップは月曜日が定休日なので、おそらく家にいるだろう。以前は休みの日になると女友達とよく遊びに出かけていたが、ここ数年は家にいることを好むようになった。

会社を馘《くび》になったと告げたら、美里はいったいどんな顔をするだろうか。

いよいよ愛想を尽かされて三下り半を突きつけられるかもしれない。浮気疑惑に突然の失業では、将来が不安だと離婚話に発展してしまう可能性だって充分ある。

いや……。

どす黒く、ずるい考えが頭をもたげてくる。

もしかすると、これは彼女との関係を修復するまたとないチャンスなのかもしれなかった。

美里にしたって、本心では仲直りすることを望んでいるはずなのだ。

解雇の真の理由は痴情のもつれだが、業績悪化の責任をとらされたとでも説明すればいい。無能な経営陣の理不尽な責任転嫁《てんか》だと屈辱に声を震わせながらアピールすれば、同情してもらえる余地はある。そのどさくさで、浮気をしたとかしないとかいう話をうやむやにしてしまえばいいのだ。

そもそも確かな証拠もない浮気疑惑でひと月も口をきかないというのは、それだけ尾形に惚《ほ》れているということだろう。冷戦状態を続けていても、美里だって以前のような関係に戻れるきっかけを探しているはずで、この事件がそうなってくれれば、誠になった甲斐《かい》もあるというものだった。

職場の代わりはあっても、妻の代わりはいない。麻理子との関係も清算されてしまったし、ここはひとつしたたかになって、居心地のいい家庭を取り戻す契機にしてしまえばいいではないか。

そう思うと、足取りがにわかに軽くなっていった。

駅前商店街のケーキ店に立ち寄り、美里の好きなかぼちゃのプリンとチーズケーキを買った。ご機嫌をとるためというより、みじめさを演出するためだった。仕事を失ったその日、妻の好物を買って家に帰る夫ほど、同情を誘う存在もないはずだ。

自宅マンションに着くと、玄関の鍵《かぎ》を自分で開けた。

いつもなら、相手が家にいるはずならまず呼び鈴を押す。それも姑息《こそく》な計算のひとつだった。食器を洗ったり、洗濯物をたたんだり、家事に勤《いそ》しんでいる妻の後ろに、会社にいるはずの夫が幽霊のごとき表情で立っていれば、さすがの美里も冷戦状態を保っていられなくなるだろう。

ところが。

美里は食器を洗っておらず、洗濯物をたたんでもいなかった。息を殺して廊下を進み、リビングをこっそりのぞき見たのは同情を誘う演技ではなく、玄関に見慣れない男物の靴が置かれていたからだ。爪先《つまさき》の鋭く尖《とが》った、パイソン柄の革靴。盛り場を闊《かっ》歩《ぽ》する若い遊び人が好みそうなデザインで、四十前後のＤＩＮＫＳ夫婦の住居に馴染《なじ》まない、異様な存在感があった。

リビングに人影は見当たらなかったが、人のあがった気配が生々しく漂っていた。眼をつぶってものに触れているような、嫌な感じがした。指先ではそれがなんだか特定できないけれど、触ってはいけないものを触っていることだけははっきりわかる。眼を開けるのには勇気が必要そうだった。額にじっとりと脂汗《あぶらあせ》が浮かんでくるのを感じながら、尾形は廊下の奥にある寝室に進んでいった。

「ぅんんっ……くぅうううっ……」

くぐもった悶《もだ》え声が、廊下までもれ聞こえてきた。ギシギシとベッドが軋《きし》む音がそれに続く。音をたてないようにドアノブをまわしながら、尾形は怖いくらいに早鐘を打っている自分の心臓の音だけを聞いていた。

寝室をのぞきこんだ。

白いレースのカーテン越しに差しこむ秋の柔らかい陽射《ひざ》しが、ダブルベッドに差していた。まず眼についたのは禍々《まがまが》しい毘沙門天《びしゃもんてん》の刺青《いれずみ》が彫りこまれた背中だった。むろん、男の背中だ。その男に組み敷かれ、大きく開いた両脚の中心を男根で貫かれているのは、妻の美里だった。

後頭部を鈍器で殴られたような衝撃が走った。

なにが起こっているのか意味がわからず、頭の中が真っ白になっていく。

「……んっ？」

男が気配を察して振り返った。おどろおどろしい刺青を背負っているくせに、少年のような顔をしていた。まだ二十歳そこそこだろうか。テレビの中で腰を振って踊っている頭の悪いジャリタレのようだが、おぞましい暴力の匂《にお》いがした。ふたまわり近く年上の女に勃起《ぼっき》しきった男根を深々と埋めこんでいるのが、その匂いをより濃密に感じさせた。

「……なにをしてるんだ？」

尾形はかすれた声をもらした。恐怖に身をすくませながらも、男を睨《にら》みつけた。ここは自分の家の寝室で、男が繋《つな》がっているのは妻なのだ。

「なにしてるって……」

男は不敵に笑い、

「オマ×コしてる真っ最中ですよ。見ればわかるでしょ」

「ふ、ふざけるな……」

尾形はベッドに近づいて男につかみかかろうとしたが、一瞬早く結合をといた男の拳《こぶし》が尾形の顎《あご》をとらえた。喧嘩《けんか》慣れした殴り方だった。吹っ飛ばされた尾形は背中を壁にぶつけ、うめき声をあげて崩れ落ちた。

「ククッ、嫌だなあ。交尾の邪魔されたら、可愛《かわい》い猫だって爪を立てますって」

男が拳をさすりながら舌を出し、

「あなた……」

顔を卑猥《ひわい》なピンク色に染めた美里が、呆然《ぼうぜん》とした眼を向けてくる。

「なにやってるんだ、おまえ……」

尾形は上ずりきった声でわめいた。

「早く警察に電話しろ！　強姦魔《ごうかんま》だろ！　こいつが不法侵入してきたんだろ！」

「アハハハッ、警察だって」

男は高笑いをあげ、勃起しきった男根を隠しもせずベッドの上であぐらをかいた。

「呼びたかったら呼んでもいいけど、ここに招いてくれたのはあんたの奥さんですよ。ダンナのいない昼間、うちの寝室でオマ×コしましょうって。ラブホのベッドより興奮しちゃいそうだって」

「でたらめ言うんじゃないっ！」

尾形は痺《しび》れる顎を押さえて立ちあがった。

「でたらめじゃないですって。なんなら証拠を聞かせてあげましょうか」

男は枕元にあった携帯電話のフラップを開き、留守録を再生させた。音量を最大にセットしてあるらしく、耳をつけなくても声が届く。

『ねえ、翔《しょう》くん。今度いつ会えるの？　わたしもう、会いたくて会いたくて、我慢できなくなっちゃってるのよ……』

美里の声だった。夫の尾形も聞いたことがない、甘ったるく媚《こ》びた口調だ。

『電話にも出ないなんて意地悪しないで。ねえ、少しくらいだったら、お小遣いあげてもいいんだから……お願い。焦《じ》らさないで会って……思いっきり抱いて……あなたのことを考えると、胸が張り裂けそうになっちゃうの……』

美里が「翔くん、やめてっ！」と叫び、携帯を奪おうとしたが、翔と呼ばれた男は軽くいなした。

『ううん、ごめんなさい。本当は胸じゃなくて違うところが……疼《うず》くの……あなたとすることを考えると、わたし……それだけでおかしくなっちゃいそうよ……ねえ、あなたのせいよ。あなたがこんなに淫乱《いんらん》にしたのよ。わたし、あんなにエッチが気持ちいいものだなんて、知らなかったんだから……』

美里がわっと声をあげて泣きだすと、

「……わかったでしょ？」

翔は勝ち誇った顔を尾形に向け、携帯のフラップを閉じた。

「警察なんて呼んだら、あんたたち、夫婦揃《そろ》って笑い者ですよ。俺は奥さんがオマ×コしたいっていうから、しかたなしに相手してやってるだけなんですから」

「……わかった」

尾形は青ざめた唇を震わせた。

「わかったから、もう出てってくれ。とにかくここは俺の家なんだ。これ以上の面倒はうんざりだ」

「冗談じゃねえんだよ」

翔はあどけない瞳《ひとみ》を邪悪に輝かせた。

「俺がここに来たのは、欲求不満のテメエのカミさんが呼んだからだって言ってんだろ。そっちが呼んでおいて都合が悪くなったら出ていけなんて、そんな勝手なことは許されないんだよ。どうしてくれるんだこいつを？」

ベッドからおりてきて、美里の分泌液《ぶんぴつえき》でぬるぬるになった男根を誇示した。言い争いをしているにもかかわらず、若い肉茎は臍《へそ》を叩《たた》きそうな勢いで反り返ったまま、太ミミズにも似た血管を浮かびあがらせていた。

「こうなった以上、出すもの出さないとおさまらないんだよ。わかるだろう？　あんただって男なんだから」

「いや、しかし……」

男根をそそり勃《た》ててにじり寄ってくる翔に気圧《けお》された刹那《せつな》、

「……うごっ！」

尾形は体をまっぷたつに折ってうずくまった。翔の硬い拳が鳩尾《みぞおち》をとらえたのだ。

さらにもう二発、重い蹴《け》りが腹に飛んできて、後頭部にもパンチを打ちおろされると、尾形の意識は暗黒の谷底へと落ちていった。

眼を覚ますとベッドの下に転がされ、体の自由が奪われていた。

肌色のストッキングで、足首と膝《ひざ》が縛られている。背中で重ねられた手首も同様らしく、ざらざらしたナイロンの感触がした。口にはおそらくショーツだ。ほんのりと女の匂いのする薄布がつめこまれ、その上からガムテープを貼《は》りつけられている。

「ああっ、やめてっ！　翔くん、もう許してええっ……」

尾形が眼を覚ましたのは、美里の痛切な哀願が耳に届いたからだった。

不自由な体を必死に起こしていくと、視界にベッドが現われ、その上で男と女がからみあっているのが見えた。

「なにが許してだよ。奥さんのオマ×コ、俺の指を食いちぎっちゃいそうだよ」

「ああっ、いやあっ……いやあああっ……」

両脚をM字に開かれた美里は、翔の右手の中指をその中心に咥《くわ》えこまされていた。

びっしりと肉ひだのつまった女性器の中で、指は鉤《かぎ》状に折り曲げられているのだろう。抜き差しされるたびにじゅぼじゅぼと無惨《むざん》な音がたち、飛沫《しぶき》と化した発情のエキスがあたりに飛び散っていく。翔の右手は甲から手首まで美里が漏らしたものでテラテラと濡《ぬ》れ光り、シーツには点々とシミが残っていた。

「ククッ、ダンナさん、眼ぇ覚ましたみたいだよ」

翔が美里の耳元でささやく。

「ほーら、ほーら、奥さんのドスケベな本性、しっかりと見せてやれよ」

「ああっ、やめてっ！　もう許してっ！」

美里はちぎれんばかりに首を振り、身をよじって翔の腕から抜けだそうとしている。

それでも、欲情は隠しきれなかった。

肉づきのいい、四十歳の熟れきった体は生々しいピンク色に染まりきり、指の動きにあわせて腰がガクガクと震える。左右の乳首を硬く尖《とが》らせ、全身を発情の汗にまみれさせて、吐く息にすら男を誘う濃厚なフェロモンがふんだんに含まれていそうである。

「まあねえ、ダンナさんの気持ちもわからないじゃないですが……」

翔は意味ありげに笑いながら、尾形と美里を交互に見た。

「外に若い女がいるんじゃ、こんなおばさん抱きたくないですよね。でも、熟女には熟女の楽しみ方ってあるんですよ。鐘を鳴らすのも突き方次第って言いますか。熟女はいったん火がついたら、ほとんど獣だよ」

翔がにわかに右手を激しく動かしだすと、

「はぁうううううーっ！　やめてえええええーっ！　出ちゃうっ……そんなにしたら出ちゃうううううーっ！」

美里は眉根《まゆね》を寄せて泣き叫びながら、潮を吹いた。翔の指がじゅぽじゅぽと出し入れされるたびに、股間《こかん》から水鉄砲のような飛沫があがった。ベッドの下に転がされている尾形の足元まで、欲情の結晶たる淫《みだ》らな分泌液が勢いよく飛んできた。AV女優さながらの淫乱ぶりに、尾形は圧倒された。妻のこんな姿を見たのは初めてだった。執拗《しつよう》な指の出し入れに呼応して、呆《あき》れるほど長々と潮を吹きつづけた。

「……あふっ」

翔が指を抜き去ると、美里はぐったりとベッドに倒れこみ、ピンク色に上気した全身をピクピクと痙攣《けいれん》させた。

「休んでる場合じゃないよ、奥さん」

翔はそそり勃つ男根を誇示するように膝立ちになり、美里を四つん這《ば》いにした。

「これからダンナさんにじっくり鐘の突き方をレクチャーしてやっから、いつも通りにいい音鳴らしてくださいよ。おばさんだからって馬鹿《ばか》にしないで！　って感じでさ。

ダンナにエロエロなところ見せちゃってねー」

勃起しきった男根を美里の尻《しり》の桃割れにあてがっていく。

「あああっ……あああああっ……」

四つん這いにされた美里は、尾形の正面を向いていた。牝犬《めすいぬ》のような格好で双頬を欲情にひきつらせ、一瞬、尾形に濡れた瞳《ひとみ》を向けてきた。ピンク色に染まった顔に、羞恥《しゅうち》や屈辱や罪悪感や後悔が、めまぐるしく浮かびあがった。

しかし、次の瞬間、

「くうううっ……」

眉間《みけん》にせつなげな縦皺《たてじわ》を刻んで、しっかりと眼を閉じた。こみあげる欲情によって、他のすべての感情はきれいに呑《の》みこまれてしまったようだった。おろされた瞼《まぶた》が、尾形にはふたりの夫婦関係におろされた鉄のカーテンに思えた。

「いくよー、奥さん。チ×ポ入れてあげるよー」

翔が腰を前に送りだす。尾形から結合部は見えなかったが、妻の体が他の男の欲望器官によってずぶりと貫かれていく様子が、ありありと伝わってきた。眉間の皺をみるみる深め、上気した頬をいやらしくひきつらせていく美里の表情によって、濡れた肉ひだと男根がこすれあう感触すらも伝わってきそうだ。

「はっ、はぁあうううーっ！」

翔が激しく突きあげはじめると、美里は恥も外聞もなく淫らな嬌声《きょうせい》を撒《ま》き散らした。

パンパンッ、パンパンッ、と熟れた尻肉をはじいて、律動が高まっていく。

ずちゅっ、ぐちゅっ、と粘りつくような肉ずれ音がそれに続き、柔らかい秋の陽が差しこむ寝室に、交尾する男女の熱気が満ちていった。若いだけあって、翔はフルピッチの連打を唖然《あぜん》とするほど長く続けた。息継ぎをしない怒濤《どとう》の連打で、あっという間に美里を淫らな頂きへと駆けあがらせていく。

「あぁっ、ダ、ダメッ……ダメダメダメッ……」

美里は髪をふり乱してよがり泣き、あられもなく蜂腰《はちごし》をくねらせている。

「イッちゃうっ……そんなにしたらイッちゃうううっ……」

ベッドの下に夫がいることも忘れてしまったように欲情だけに翻弄《ほんろう》され、わけもなくオルガスムスに追いつめられてしまいそうだ。

しかし翔は、美里が簡単にイクことを許さなかった。

「まだ早いですよ、奥さん」

意地悪く腰の動きをスローダウンさせ、双乳を後ろからすくいあげた。よく熟れたふくらみをねちっこく揉《も》みしだいては、生汗の浮かんだ背中に舌を這わせ、うなじにキスの雨を降らせていく。

「だいたいダンナさんの前なのに、そんなに簡単にイッちゃっていいんですか？　え？　他の男にイカされてるところを見せつけるなんて、これ以上の裏切りはないんですよ。わかってるんですか、ええ？」

ぐるり、ぐるり、と腰をまわしては、ぬんちゃ、ぬんちゃ、肉ずれ音をたてて抜き差しする。夫の眼の前でというシチュエーションを意識させたうえで、グラインドとピストンを交互に与え、体は絶頂を欲しがるようにうながしていく。理性と快感の間で宙吊《ちゅうづ》りにされた美里はもはや、両手でシーツを握りしめてむせび泣くばかりだ。

（美里……美里おおおっ……）

尾形は手も足も声も出せない状況で、ただ食い入るように四つん這いになった妻を見ていた。夫婦の営みで、彼女がこれほど乱れ、痛切にオルガスムスを欲した姿を見たことがなかった。自分が抱いているときの女とは完全に別人で、ただ一匹のいやらしい牝犬と呼んでよかった。

もう終わりだ、と思った。

妻を寝取られるのは——番《つがい》であるはずの牝が他の牡《おす》と交尾し、自分と盛るよりも燃えている姿を見せつけられるのは、これほどまでに男の心を折るものなのか。顔は火を噴きそうなほど熱くなっているのに、気持ちはどんどん冷たくなっていった。胸に大きな風穴が空き、魂さえも抜けだしていってしまいそうだ。

「そーら、奥さん。ダンナさんの前でどうしてほしいか言ってみなよ」

翔がペチペチと美里の尻を叩いた。

「オマ×コ突きまくってイカせてほしいなら、きちんとそう言ってごらん」

「あああっ……い、言えないっ……言えませんっ……」

「なんだと。いつも言ってるくせにカッコつけんなよ」

「……はぁおおっ！」

美里が顔色を変えて眼を見開いた。尾形を見るためではなく、翔が新たに与えた衝撃のせいだった。

「言えないなら、言いたくさせてやるよ。奥さんはこれが大好きだもんねー。セックスしながら、尻の穴に指を突っこまれるのがー」

「おおおっ……おおおおっ……」

美里はだらしない声をもらして身震いし、再びきつく眼を閉じた。翔が腰を使いながら尻の穴を指でいじりたてると、眉間に深々と縦皺を刻み、全身から脂汗を流して悶絶《もんぜつ》した。

尾形はもう、言葉も出なかった。

翔が色の道のプロであることはもはや疑いを入れない。ホストか風俗嬢のヒモか、女を売春婦に仕立てあげることを専門にしている極道か、そんなところだろう。さして性的に貪欲《どんよく》ではなかったはずの美里をこれほどまでに狂わせてしまうのだから、快感によって女をがんじがらめにする、すさまじい手練手管の持ち主に違いない。

それにしても……。

美里はなぜ、こんな男に体を許したのだろうか。

いや、尾形にそれを問う資格などない。

夫の浮気で傷心している人妻が、心の隙間《すきま》を突かれて手込めにされるところが、容易に想像できてしまった。どういう経緯かはわからない。ついふらふらと入ってしまったホストクラブや、気まぐれで電話をしてしまった出会い系サイト、あるいは盛り場をあてもなく歩いているだけで、いまはその手の男たちが気の利《き》いた言葉をかけてくる。十二年間連れ添った夫が浮気をしているかもしれないという心の不安に加え、セックスレスによる欲求不満を抱えた四十路《よそじ》の人妻など、飛んで火にいる夏の虫だったに違いない。

翔が美里を狂わせた目的は、十中八九、金だろう。

手切れ金の要求である。女と手を切るかわりに貯金を全部寄こせと言われれば、ここまでされた男は言いなりにならざるを得ない。尾形も例外になる自信はなかった。仕事を失い、女房を寝取られ、あまつさえ貯金まで根こそぎにされてしまうのだ。尾形は嗚咽《おえつ》をこらえきれなくなり、ショーツを突っこまれた口でおうおうとうめきながら、痛恨の涙をあふれさせた。

いったいなんという不運だろうか。

いや、これは因果応報だと思い直すとよけいに泣けた。

事の始まりは二宮麻理子との浮気であり、一度のあやまちをあやまちとして処理できなかった尾形の、身から出た錆《さび》だった。尾形にしても、麻理子とのセックスに溺《おぼ》れ、キャバクラ嬢の枕《まくら》営業にまで付き合ってしまったのだから、眼の前でよがり泣いている妻を責めることなどできやしない。夫の眼の前で四つん這いになり、前後の穴を犯されて発情の汗にまみれている美里を糾弾する資格などどこにもない。

だが、それでも……。

この女をかつてのように愛することは、もうできないだろうと思った。セックスレスになってはいても、永遠の友達のような、あるいは兄妹のような、居心地のいい関係はこれでジ・エンドだ。

「ああっ、翔くんっ……もうダメよおおっ……」

尾形の気持ちにとどめを刺すように、美里が喜悦に歪《ゆが》みきった声をあげた。

「もうダメっ……途中でやめないでっ……最後までっ……最後までイカせてっ……」

「だったら、きちんとおねだりしなよ」

翔が悠然としたピッチで腰を使いながら言う。

「眼を開けて、ダンナの顔を見ながらおねだりするんだ。そうしたら、たっぷりイカせてやる。気を失うまでオマ×コ突きまくってやるぞ」

「あああっ……ああああっ……」

美里がつらそうに瞼をもちあげ、いやらしいまでに潤《うる》みきった瞳を尾形に向けてきた。その顔に躊躇《ちゅうちょ》や罪悪感が浮かんだのは、ほんの一瞬のことだった。

「ご、ごめんなさい……あなた、ごめんなさい……」

唇をわななかせてから、甲高く声を跳ねあげた。

「あああっ、翔くん、してえええっ……オマ×コッ……美里のオマ×コ突きまくってえええっ……お願いよっ……オマ×コ疼いてたまらないのよおおおっ……」

「よーし、おりこうだ」

翔は少年じみた顔を悪魔のようにたぎらせると、美里の望むものを与えた。淫らにくびれた蜂腰を両手でがっちりつかみ、四つん這いの体が跳ねあがるほどの勢いでピストン運動を送りこんだ。

「はっ、はぁうううううううーっ！」

美里が最初のオルガスムスに達しても、翔は腰振りのピッチを落とさなかった。休むことなく送りこまれる逞《たくま》しい律動に、美里は閉じることのできなくなった唇から獣じみた悲鳴と涎《よだれ》を流しながら、二度、三度と続けざまにゆき果て、いつまでもよがり泣くことをやめなかった。


尾形が麻理子と再会したのは、それから三日後のことだった。

至急会いたいという旨《むね》のメールがきた。無視していると、とにかく三十分でいいから話をさせてくださいと、高慢な彼女にしてはやけにへりくだったメールが何通も届いたので、しかたなく待ちあわせの場所を決めてレスを送った。いまさらなんの用があるのだろうと思ったが、彼女の心理を推理するような面倒なことはできなかった。

尾形の感情は死んでいた。

女として、妻として、身も世もない恥を夫の前でさらした美里は、すでに実家に帰っていた。意外なことに、翔は手切れ金を要求してくることはなかったけれど、そんなことすらもはやどうでもいいことだった。

妻のいなくなった家で、尾形はリビングのソファに三日間座りつづけた。眼を閉じることが怖かった。瞼をおろすとその裏側には、翔に犯されている美里の姿がかならず現われた。

窓の外が白々と明け、太陽が昇って再び沈み、すべてが漆黒の闇《やみ》に包まれていくのを、三回見た。まるでコマ落としの映像を見ているかのようだった。食欲はなく、酒を飲む気にもなれず、トイレにすらほとんど立たず、もちろん眠ることなどできないまま、ただソファに座って窓の外の景色を眺めていた。

できることなら、そのまま煙のように消えてしまいたかった。

三日ぶりに外に出ると、見慣れた近所の景色がひどくよそよそしく感じられた。駅前の商店街は夕刻の買い物客で賑《にぎ》わっていたけれど、八百屋《やおや》や魚屋や乾物屋の店先で安売りの値札を吟味している主婦も、「いらっしゃい、いらっしゃい」と威勢のいい掛け声をかけている店員の姿も、自分とは関係のない世界の出来事のようだった。

麻理子との待ちあわせ場所は、西新宿の高層ホテルにあるバーにした。

彼女と初めて体を重ねたホテルであるが、もちろん思い出の場所でセンチメンタルな気分に浸りたかったからでも、一杯飲んだあとに部屋に誘うためでもなかった。

死んだ感情を蘇《よみがえ》らせるためだ。

あやまちの第一歩を踏みだした場所で彼女と会えば、後悔や罪悪感や自己嫌悪《けんお》が身に染《し》みるだろうと思った。

悪いのは美里ではない、と自分に言い聞かせたかった。あれほどの痴態を眼の前で披露されたからには、もう元の関係には戻れない。しかし、悪いのは妻ではなく、外の女にかまけて美里を放っておいた自分自身だ。妻の女心を渇かせてしまった自分が最低な男なのだ——そうとでも思わなければやりきれなかった。

エレベーターで四十二階にあがると、バーのボーイにチップを渡し、かつて座った席に案内してもらった。カウンターの正面がガラス張りになっている席だ。以前来たときは昼と夜が溶けあう見事な光景を拝めたはずだが、いまは夜だけが窓の外を支配していた。空は黒く塗りつぶされ、地上には銀河にも似た夜景が延々とどこまでもひろがっている。

からっぽの腹に冷えたビールが染みわたった。

翔に殴り蹴《け》られた腹部には、まだ鈍い痛みが残っている。もう三日も経《た》っているから、肉体的な痛みというより、精神的なダメージに違いない。

麻理子はどんな顔をしてここにやってくるだろうか。

美里のことを考えたくなくて、無理やりそちらに想念を巡らせた。

とびきり高慢な彼女のことだ。権力を使って尾形から仕事を奪ったことなど、なんとも思っていないかもしれない。リスキーな不倫をやめるためにはこれしかなかったのだと、自分の正当性だけを一方的に押しつけてくることは想像に難くない。

それでよかった。

言うだけ言わせて体の中に怒りのエネルギーが湧きあがってくれれば、それでいい。

いや、不快な思いをするために、わざわざこんなところまで足を運んだとさえ言ってよかった。怒りのエネルギーを立ち直るきっかけにしたかったのだ。本当に悪いのは美里でも自分でもない。半年前にこのホテルで気まぐれな誘惑を仕掛けてきた麻理子こそ、諸悪の根源と言っていい。わがままで性悪で自分勝手で、けれども呆《あき》れるほどの美貌《びぼう》と、抗《あらが》いきれない肉体的な魅惑をもった人妻を、今日という今日は、酒の勢いでも借りて罵倒《ばとう》してやろうか。

ところが、やがて眼の前に現われた麻理子は、いつもといささか様子が違った。

チャコールグレイのスーツをいつも通り上品に着こなし、艶《つや》のある長い黒髪も、雪のように白い肌も、猫のように大きな眼も、いつも通りに美しかったが、表情だけが尋常ではなく曇っていた。彼女のそんな表情を見たのは、知りあって以来初めてだった。端整な美貌に痛切な哀《かな》しみをたたえて、いまにも泣きだしてしまいそうだ。

「……尾形さん」

立ちすくんだまま声を震わせ、バーテンダーが注文をとりにくると、尾形が飲んでいるビールを一瞥《いちべつ》し、「同じものを」と短く言った。おずおずとスツールに腰をおろしても、眼も合わせなければ、口もきかない。ビールを運んできたバーテンダーが眼の前からいなくなると、ようやく、

「……ごめんなさい……本当にすみませんでした」

口を押さえて言った。嗚咽すらもらしてしまいそうだった。

「いったいなんなんだ……」

拍子抜けした尾形は、思わず苦笑をもらした。苦笑とはいえ、ずいぶん久しぶりに笑った気がした。

「らしくもないぜ、いきなり謝るなんて」

「だって……だってまさか、あんなことになるなんて……」

「会社をコレになったことか？」

尾形は偽悪的に笑いながら、自分の首に手刀をあてた。

「自分でやっておいて、いまさらなにを言いだすんだよ。まさか馘《くび》にまでされるとは

思わなかったの、なんて言うんじゃないだろうな」

「そうじゃない……」

麻理子は端整な美貌をますます悲痛に歪めた。

「わたし、知らなかったの……あれは全部、夫がやったことなんです。あなたを辞めさせろってあなたの会社に圧力かけたのも……圧力だけじゃなくて、尾形さんを馘にすれば新しい大口のクライアントを紹介するって言ったらしいけど……それに……奥さんのことも……」

「なに？」

尾形はハッとして麻理子を見た。

「いまなんて言った？　奥さんだって？」

美里が家を出ていったことやその経緯を、麻理子が知っているはずがなかった。

「あ、あのね……なんて言ったらいいかな……」

麻理子はビールに手を伸ばしかけたが、途中でやめて言葉を継いだ。

「青山のホテルであなたに会ったでしょう？　仕事の話があるってティールームに呼びだされて……」

「ああ」

「あのとき、夫の会社の役員に、ふたりでホテルから出てきたところを見られたらしいの。それで、夫が浮気をしてるだろうって疑ってきて……もちろん、わたしは否定した。そんなことあるわけないって一笑に付す感じで。でもね……でもそのとき、軽口でつい言っちゃったのよ。わたしはなんとも思ってないけど、尾形さんはわたしに気があるみたいだって。しつこくアプローチされて困ってるって、冗談まじりに……」

早口でしゃべったせいだろう。麻理子は喉《のど》が渇いてしようがないという風情で、ビールのグラスを口に運んだ。白い喉を動かして飲んだ。

「それがひと月前のこと。わたしはてっきり、それでその話は終わったって思ってた。でも、夫は本気で頭にきてたみたいで、裏でいろいろ動いてたらしいの。会社のこともそうだし、奥さんのことも……わたし、昨日話を聞かされてびっくりしたもの。『尾形が二度と立ちあがれないようにしておいてやったぞ』って勝ち誇った顔で夫は言ってた。あなたの奥さんを……奥さんを手込めにした男、あれはプロなのよ。壊し屋っていうらしい。夫婦やカップルの関係を壊すために、女を寝取っちゃうのを仕事にしてる……」

尾形は息を呑み、

「つまり……こういうことか？」

震える声を絞った。

「二宮社長が……あんたの夫が、うちの家庭を壊すためにプロの男を雇って……カミさんを……」

翔が手切れ金を要求してこなかった理由がようやくわかった。翔は家を出ていく際、こんなことをうそぶいていた。

「勘違いしないでほしいけど、俺は金のためにこんなことしたんじゃないからね。あくまで自由恋愛なんで、そこんとこよろしく」

あれほど悪辣《あくらつ》なことをしておきながら釈然としない態度だったが、裏で二宮から金を受けとっていたならうなずける。金のやりとりさえしなければ、刑事事件にだって発展しないという計算もあったのだろう。

「本当にごめんなさい……」

麻理子は両手で口を押さえてうなだれた。嗚咽をもらし、眼尻《めじり》に浮かんだ涙を指で拭《ぬぐ》った。

尾形は両手でカウンターの縁をつかんでいた。なにかにしがみついていないと、スツールから落ちて床に頭をぶつけてしまいそうだった。

第七章　帰れないふたり

冷たい水で顔を洗っても、意識は呆然《ぼうぜん》としたままだった。

尾形は鏡に映った自分を見てぞっとした。水に濡《ぬ》れた顔が紙のように白く染まり、血の気を失っている。頬は痩《こ》け、眼は落ち窪《くぼ》み、瞳《ひとみ》に生気がまったくなくて、まるで荒波にさらわれて無念に溺死《できし》した船乗りの幽霊のようだった。

会社を理不尽に解雇になったせいだけではない。

眼の前で妻を寝取られ、他の男に抱かれてオルガスムスに達する姿を見せつけられたからだけでも、そのおかげで三日三晩眠れず、食事も喉《のど》を通らなかったせいだけでもない。

すべては麻理子の夫である二宮日出雄の奸計《かんけい》であったという事実に、打ちのめされていたからだ。

それも、尾形と麻理子の決定的な浮気の証拠をつかんだならともかく、ひきがねになったのは麻理子の軽口だという。尾形が麻理子に一方的に熱をあげているという、たとえそれが真実であったとしても取るに足らない話に怒り狂い、みずから持ち得る権力と金を惜しみなく注ぎこんで、一介のサラリーマンである尾形から仕事を奪い、家庭を潰《つぶ》したのだ。まったく、正気の沙汰《さた》とは思えない。

「……大丈夫？」

洗面所を出ていくと、麻理子が心配そうに眉《まゆ》をひそめてタオルを渡してきた。尾形は無言で受けとり、濡れた顔を拭《ぬぐ》った。大丈夫なはずがない、と口に出すのも面倒なくらい、ダメージの大きさは深刻だった。

ここは西新宿にある高層ホテルの部屋。

半年前、尾形と麻理子が初めてベッドをともにしたホテルだ。

階上のバーで事の真相を聞かされた尾形は、あまりの衝撃に動けなくなり、顔面蒼《そう》白《はく》でぶるぶると震えだした。麻理子は麻理子でとめどもなく嗚咽をもらしていた。そんなふたりに、やがてボーイが訝《いぶか》しげな眼を向けてくるようになったので、しかたなく部屋をとったのである。

「ひどい顔色ね。少しベッドで休んだほうがいいと思うけど」

傍らで麻理子がささやく。息をつめ、眉根を寄せた顔に、同情が浮かんでいた。高慢で性悪な彼女でも、そんな表情をするときがあるものらしい。

「休めって……一緒に寝てくれるかい？」

尾形は自分の口をついた言葉に、猛烈な吐き気を覚えた。麻理子は尾形からすべてを奪った当事者のひとりだった。諸悪の根源と言ってもいい。そんな女に同情され、憐《あわ》れみをかけられて、甘えようとしているなんて、なにかが間違っている。身をよじるような自己嫌悪《けんお》を覚えてしまう。

「いいわよ」

麻理子は息を呑《の》んでうなずいた。

「それであなたの気がすむなら、好きにしても……」

まぶしげに眼を細めた顔が、菩薩《ぼさつ》のようにも、聖母のようにも見えた。傷ついた男のすべてを受けいれる慈愛に満ちた柔らかい表情が、けれども尾形をひどく苛立《いらだ》たせた。自己嫌悪で荒《すさ》んだ気持ちが、よけいにささくれ立っていく。

そんな心根のやさしさがあるなら、なぜ誘惑などしてきたのだ、と思う。夫を裏切り、尾形にも妻を裏切るような真似《まね》をさせたのは、他ならぬ彼女自身ではないか。

もちろん、誘惑に応じたのは、尾形だ。

あやまちを一度限りですませられなかったのも、そうだ。

半年前、このホテルで起こった出来事が、脳裏に蘇《よみがえ》ってくる。大口クライアントの社長夫人という権力を笠《かさ》に着て、「あんまり悪い女を演じさせないで」とベッドインをねだってきた麻理子は悪い女そのものだったが、身震いを誘うほど美しかった。水もしたたるような、男を奮い立たせずにはいられないエロスの化身だった。人間としては最低でも、抱き心地は極上な三十路《みそじ》の人妻。この世に悪魔というものが存在するなら、きっと彼女のような姿をしているに違いないと思った。

「抱かせてくれるっていうのか？」

尾形は腕を取って訊《たず》ねた。

「最後にもう一度、この体を……」

麻理子がこくりと顎《あご》を引くと、

「じゃあ脱げよ」

尾形は麻理子から体を離してベッドに向かい、腰をおろした。欲情がそんな台詞《せりふ》を吐かせたわけではなかった。麻理子の美しさは半年前から変わることなく、チャコールグレイのスーツに包まれた小柄なボディからはかつてと同じ濃厚な色香が漂っていたけれど、性欲など微塵《みじん》も感じていなかった。

いや、その言い方は正確ではないかもしれない。性欲のすぐ隣にある、心の中のいちばん柔らかい部分をしたたかに刺激されていた。身も心もへとへとに疲れきっているのに、安らかな眠りにつくことなど許してくれないなにかがあった。

（彼女が悪魔なら、こっちも悪魔になってやろうか……）

そんな閃《ひらめ》きが、死に絶えたかに思えた感情のひだをいっせいにざわめかせ、背筋にぞくぞくと戦慄《せんりつ》を這《は》いあがらせていった。女の悪魔ではなく、男の悪魔——そうとしか呼び得ない存在を、尾形はたしかに知っていた。

妻を寝取った翔である。

眼の前に尾形がいるにもかかわらず、美里を快楽を求めるだけの恥ずかしい牝犬《めすいぬ》に追いこんだ若い男。麻理子の話によれば、彼は二宮日出雄が送りこんだ「壊し屋」だという。男女の仲を引き裂くために、女をベッドテクで骨抜きにしてしまう専門家——まったく、世の中には恐ろしい職業があるものだ。

自分がもし、翔の真似をしてみたらどうなるだろう？

麻理子を美里のような牝犬に堕《お》としてしまうことが、はたしてできるだろうか？

尾形にはもちろん、壊し屋のような手練手管があるわけではなかったけれど、相手が麻理子なら自信がなくはなかった。なにしろ、特別な武器がある。セックスの相性。体と体を結ぶ赤い糸。二宮のような金満家でも、翔のように場数を踏んだならず者でも持ち得ない、神が与えてくれた強力な切り札を懐《ふところ》に忍ばせている。

「……脱げばいいのね？」

麻理子は哀《かな》しげに溜息《ためいき》をつき、ジャケットのボタンをはずしだした。相変わらず下着には贅沢《ぜいたく》をしていて、白いスーツの下から現われたのは、黒いレースの三点セットだった。カップの上半分がシースルーになったブラ、ガーターベルト、食いこみもきわどい総レースのハイレグショーツ、極薄の黒いナイロンストッキング……。

「……まだ脱ぐの？」

上目遣いで訊ねてきた麻理子の顔には、下着ぐらいは脱がせてほしいと書いてあったが、

「ああ」

尾形は素っ気なくうなずいた。表面的には素っ気なくとも、体は熱くなっていった。麻理子がブラを取り、腰を折ってショーツまで脱ぐと、ズボンの下で痛いくらいに勃《ぼっ》起《き》してしまった。

ほとんど条件反射だった。

たわわに実ったふたつの乳房、燃えあがる炎のような赤い乳首、黒々と艶光《つやびか》りした股間《こかん》の繊毛、そして、黒いガーターベルトとストッキングが、雪のようにまぶしい素肌をひときわ白く映えさせている。

それらが奏《かな》でる悩殺的なハーモニーに、尾形は欲望を揺さぶられた。ほんの一、二

分前まで性欲など微塵も感じていなかったことが嘘《うそ》のように思えた。高ぶろうとする呼吸を嚙《か》み殺しながら、みずからもジャケットを脱いで、ネクタイをはずし、ベッドから立ちあがった。

「ちょっとっ！　なにするの……」

麻理子が悲鳴をあげて身をよじる。慈愛に満ちていた顔をひきつらせて、長い黒髪を振り乱す。

尾形がネクタイで麻理子を後ろ手に縛ったからである。

「ふふっ、いい格好だよ」

尾形は淫靡《いんび》な笑みをもらしてしげしげと麻理子を眺めた。

彼女が体に着けているのは、黒いレースのガーターベルトとストッキングのみ。乳房も乳首も股間の翳《かげ》りも、女の恥部という恥部をさらけだし、ある意味、裸より恥ずかしい格好をしている。

「まさか……まさか尾形さん、こんな趣味があったの？　ＳＭみたいな……」

「そんな大げさなものじゃないさ……」

尾形は苦笑し、

「でも、今夜は僕の好きなようにさせてくれないか？ 慰めてくれるつもりなら……」

耳殻にふうっと息を吹きかけると、

「ううっ……」

麻理子はぶるるっと身震いして、唇を嚙みしめた。

「いいだろう？ どうせこれが最後の夜……最後の逢瀬《おうせ》なんだから」

麻理子は否定しなかった。尾形は彼女の足元にひざまずき、脱ぎ捨てられていた黒いハイヒールを履かせた。ほんの思いつきだったが、予想以上にいやらしい姿になった。曇りなくぴかぴかに磨きあげられたハイヒールは、爪先《つまさき》が尖《とが》り、踵《かかと》が七、八センチもあった。それを履いた妖《あや》しいランジェリー姿の麻理子は、よりいっそう非日常的な色香を纏《まと》い、鋭利な刃物にも似たエロスを放射した。

「あっちへ行こう」

裸の背中を押して窓辺に進み、カーテンを開けた。もう深夜に近い時間だった。眼下に銀河にも似た副都心の夜景が見渡せたが、尾形の目的はそれとは違った。外は闇《やみ》なので窓ガラスが鏡効果を得る。恥部をさらした麻理子を映しだす。

「いやっ……」

麻理子は尾形の目的に気づいて顔をそむけたが、後ろ手に縛られたネクタイをつかまれれば、逃げだすこともしゃがみこむこともできない。

尾形は麻理子の顎を持ちあげ、唇を奪った。

「……ぅんんっ！」

眼を白黒させる麻理子の口に舌を差しこみ、ねちゃねちゃと舌をからめていく。しかし、すぐに唇を離し、棚に並んでいるブランデーのミニチュアボトルを取った。ボトルから直接口に含んで、麻理子に口移しで飲ませてやる。葡萄《ぶどう》の香りも芳醇《ほうじゅん》なアルコールを注ぎこんでは、深々と舌を吸ってやると、

「うんんっ……ああっ……あああっ……」

麻理子は早くも悩ましいあえぎ声をもらした。

（本当に、これが最後のつもりなんだろうか……）

尾形は胸底でつぶやいた。麻理子はあえぎ声をもらしているだけではなく、乳房の先端に咲いた赤い乳首を硬く尖らせていた。股間に煙る繊毛はいやらしいくらいに逆立っている。腰に手をまわせばビクンとおののき、二の腕を軽くさすっただけで身震いを起こして、濡れた瞳で見つめてきた。

体に残った記憶がそうさせるのだろう。

尾形と行なった三度の情事、そのときに得たオルガスムスの記憶がいま、生々しく蘇ってきているに違いない。体と体が赤い糸で結ばれたふたりは、肌を重ねればいつだって五体がバラバラに砕けるようなエクスタシーを味わえた。

とくに三度目は鏡の前で犯すように盛ったから、いまとシチュエーションがよく似ている。再びあのときのように、みずからの恥ずかしい痴態と向きあいながら恍惚《こうこつ》に導かれるのではないか、と彼女が予想していたとしてもおかしくはない。

しかし、尾形にはあのときの情事を再現するつもりなどなかった。

翔の真似をするのなら、あんな生ぬるい方法でいいわけがない。乱暴に犯しても、女は手なずけられない。おのれを厳しく律するのだ。高ぶる興奮を抑えこみ、どこまでも冷徹に女体を扱う必要がある。美里もきっと、翔にそうされたはずだ。

「……な、なに?」

口づけをとくと、麻理子は不安げに眉根を寄せた。尾形がポケットからハンカチを取りだし、それを細く畳んでいったからだ。

「心配しなくても、今日は乱暴にはしないさ」

細く畳んだハンカチで目隠しをすると、

「や、やめてっ……」

麻理子は華奢《きやしや》な双肩《そうけん》をすくめて震わせた。ハイヒールに支えられた両脚もガクガクと震えている。それも当然かもしれない。恥部を剝《む》きだしにされたまま、両手を拘束され、目隠しをされて怯《おび》えない女がいるはずがなかった。しかも、視覚を奪われる直前、彼女が長い睫毛《まつげ》をふるふると震わせながら最後に見たものは、口許《くちもと》に邪悪な笑みを浮かべた悪魔のような尾形の顔だったはずだ。

（たまらんな……）

白いハンカチで目隠しを施された麻理子の姿は、一種異様なエロティシズムを纏って尾形の眼を射った。ハンカチ一枚のことなのに、途轍《とてつ》もない禁忌を孕《はら》んでいるような、その姿。生まれて初めてセックスを経験したときのような、これから悪いことをするのだというおののきと、だがしてみたいという高ぶりが背中合わせになって、息苦しいほどの興奮を運んでくる。

「怖いかい？」

尾形は麻理子の震える肩を抱き、耳元でささやいた。

「怖いことなんかなにもないよ。僕はキミを気持ちよくさせてやりたいだけだから。思いっきり感じさせてやりたいだけなんだ」

言いながら、爪を立てたフェザータッチで脇腹《わきばら》を撫《な》でた。

「くぅっ……」

麻理子が身震いを起こしていやいやと首を振る。丸々と実った胸のふくらみが重そうに揺れはずみ、尾形はその裾野《すその》のほうにも爪を立てた。ごく軽く、くすぐるようなやり方で、丸みを帯びたカーブをなぞっていく。

ＳＭはもちろん、アブノーマルなセックス全般に興味がなかった尾形にとって、拘束も目隠しも初めての体験だった。週刊誌かなにかで、そんなことをしてみれば女体の感度があがるという記事を読んだだけにすぎない。

それでも、効果は驚くほどだった。

目隠しをしてから一分も経《た》たないうちに麻理子の呼吸は荒々しくはずみだし、忙《せわ》しなく足踏みしながら身をくねらせだした。いやいやをしているふりをしても、興奮は隠しきれない。しきりに太腿《ふともも》をこすりあわせているのは、性的な興奮にいても立ってもいられなくなっているからだ。もう一分も愛撫《あいぶ》を続けると、こすりあわせている太腿の間から、むっと湿った獣じみた匂《にお》いがたちのぼってきた。

「ずいぶん感じてるみたいだな？」

爪を立てたフェザータッチで、乳房の裾野を下から上に撫であげる。さわり、さわり、とくすぐりたてる。けれども、痛いくらいに尖っている赤い乳首には、まだ触れてやらない。

「どうやら、女に目隠しをすると感じるっていう話は本当らしい」

「ううう……怖いからもうはずして」

麻理子は心細そうに声を震わせたが、

「ダメだよ」

尾形は甘くささやいて胸のふくらみをやわやわと揉《も》んだ。

「うっくっ！」

麻理子の背筋が伸びあがる。

「どうせここへは覚悟を決めてきたんだろう？」

「か、覚悟って？」

「やられる覚悟さ」

「そんな……」

「僕はキミのおかげで、仕事も家庭も失ったんだ。明日からどうやって生きていっていいかわからないところまで追いこまれちまったんだぞ。それを、ごめんなさいのひと言ですまされるはずがない。そのくらいわかってて、怒りを鎮《しず》める人身御供《ひとみごくう》にやってきたんだろう？」

「くぅううっ！」

麻理子が言葉を返せなかったのは、尾形の指がしたたかに乳肉に沈んだからだった。肉をちぎるような勢いでむぎゅむぎゅと揉みしだいてから、再びフェザータッチでくすぐると、麻理子は小柄な体を激しくよじった。

「それとも……」

尾形の体の中で欲情が獰猛《どうもう》に牙《きば》を剝く。腕の中で悶《もだ》えている麻理子が、翔に犯されている美里にも見えてくる。

「人身御供のふりをして、僕に抱かれたかっただけか？　僕とのセックスが忘れられなかったのか？」

触るか触らないかの愛撫が、丸みを帯びた乳房の裾野を這いあがり、乳首をかすめて胸元に抜けていく。

「あああっ！　はぁあああっ……」

軽くかすめただけなのに、麻理子はしたたかにのけぞって、いまにも泣きだしそうな勢いであえいだ。円柱状に尖りきった赤い乳首は、どうやらひりひりするほど敏感になっているらしい。

「たまらないみたいだな？」

尾形は意地悪くささやき、あえいでいる麻理子の口に指を入れた。唾液《だえき》をたっぷりとすくって、赤さも卑猥《ひわい》な乳暈《にゅううん》に塗りたくった。尖りきった乳首のまわりでくるくると指をすべらせては、時折乳首にもぬるりと触れる。そのたびに麻理子は激しく身をよじり、白い喉を見せてのけぞった。

「クククッ、胸だけでイッちゃいそうじゃないか？」

尾形はもう一度麻理子の口から指先で唾液をすくうと、今度は乳首にも塗りたくり、ぬるぬるの状態にして指で転がした。

「くぅううっ！　ああああっ……はぁああああっ……」

麻理子が激しくあえぎだすと、尾形の愛撫の手をヒップや太腿に移し、焦《じ》らしてから再び乳首を責めた。左手では麻理子がしゃがみこめないように、後ろ手に縛ったネクタイをしっかりと握りしめている。可哀相《かわいそう》なくらい膝《ひざ》を震わせ、こすりあわせている太腿の間から濃厚な発情のフェロモンを漂わせはじめた女体を、トロ火で煮こむように欲情の崖《がけ》っぷちへと追いこんでいく。

「ねえ、許してっ……もう許してっ……」

麻理子は情けないほど上ずった声で、先ほどから同じ哀願を繰りかえしている。

「もう立ってられないのっ……ベッドにっ……ベッドに連れていってっ……」

立ったままの焦らし愛撫は、すでに三十分以上続いていた。ごくソフトに、けれどもじっくりと念入りに性感帯を嬲《なぶ》られつづけた麻理子は、全身に甘ったるい匂いのする汗をかいていた。両脚の間はもっと悲惨な状態だ。ショーツを穿《は》いていない股間からあふれた粘液が、閉じていてもわかるほど内腿を濡れ光らせ、ガーターストッキングの上端にあるレースの部分は、色が変わるほどびっしょりになっている。

尾形は麻理子に口移しでブランデーを飲ませたり、乳房や乳首を刺激したりしながら、時折ぴったりと閉じあわされた太腿の間に指を忍びこませた。愛液を漏らしているだけではなく、股間から放たれる熱気がすごかった。きっと彼女の女の花は、疼《うず》きに疼いて指先で触れるだけで飛びあがるほど敏感になっていることだろう。

しかし尾形は、肝心な部分にはけっして触れなかった。

欲情しすぎて内側からしこりはじめた乳肉や、尖りすぎてもげ落ちてしまいそうな乳首、股間で逆立っている繊毛やヒップの丸みばかりをねちねちと責めたて、麻理子からうめき声と哀願だけを執拗《しつよう》に絞りとっていった。

「ベッドに行きたいか？」

逆立った恥毛をつまんで引っ張る。

「ベッドに行って、奥のほうまで触ってほしいか？」

「ああっ、お願いっ！」

麻理子は目隠しの下できゅうっと眉根《まゆね》を寄せた。したたかにブランデーを飲んだせいもあり、双頰が生々しいピンク色に染まっている。

「このままじゃつらいのっ……立ってるのがつらいのよっ……なにをしてもいいから、もうベッドにっ……」

「なにをしてもいい？」

尾形は喉奥《のどおく》でクククッと笑い、

「よーし。その言葉、忘れるなよ」

ベッドカヴァーをめくり、麻理子の体を糊《のり》の効いた白いシーツの上に横たえた。ハアハアと息をはずませている麻理子に呼吸を整える暇も与えず、

「脚を開け」

と居丈高に命じた。

「ううう……」

なにをしてもいいと言った手前だろう、麻理子はつらそうにうめきながらも仰向けになった。しかし、脚をぴったりと閉じたまま開くことができない。視覚を奪われる

のは、性感を敏感にするばかりではなく、羞恥心《しゅうちしん》をも倍増させるらしかった。ピンク色に染まった顔をしきりに振り、ガーターストッキングとハイヒールに飾られた両脚を小刻みに震わせるばかりである。

「早くするんだっ!」

尾形が声をあげると、

「ううう……あああっ……」

麻理子は首筋まで真っ赤に染め、そこにくっきりと筋を浮かべて、わずかに膝を割った。うめき声があえぎ声に変わったのは、その瞬間だった。おそらく、恥辱のせいばかりはない。いままでぴったりと閉じあわされていた太腿の間で蒸れに蒸れていた部分に、新鮮な空気が流れこんだのだ。ひやりとした空気で疼きに疼いた女の花を刺激され、

「あああっ……はぁあああっ……」

麻理子はみずから恥ずかしいM字開脚を披露した。赤ん坊がおしめを替えられるような格好になって、濡《ぬ》れまみれた女の花を剝きだしにした。

尾形はごくりと生唾を呑みこんでしまった。

おしめを替えられる格好をしていても、麻理子は無垢《むく》な赤ん坊ではなく、三十一歳

の熟れた人妻だった。それどころか、黒いガーターベルトとストッキング、ハイヒールまで履いたいやらしすぎる格好で、女の悦《よろこ》びを熟知したアーモンドピンクの花びらをさらしたのである。くにゃくにゃした貝肉質のそれに白く濁った本気汁までからめた姿は、眼もくらむほど猥褻感《わいせつかん》に満ちていた。

「むううっ、すごい眺めだ……」

尾形はギラついた眼でM字開脚の中心をむさぼり眺めた。視線を感じるのだろう。麻理子はガーターストッキングに飾られた太腿を波打つように震わせては身をよじり、やがてもう見られることに耐えられないといった風情《ふぜい》で脚を閉じた。

「おいっ、誰が閉じていいって言った？」

「だ、だって……」

目隠しの下で、端整な美貌《びぼう》がくしゃくしゃに歪《ゆが》んでいる。

「こんな恥ずかしいこと……お願いだからもう許してっ……普通にしてっ……」

「おいおい、さっきの殊勝な言葉は嘘《うそ》だったのか？　僕を騙《だま》したのか？」

尾形は怒りに声を震わせ、クローゼットに向かった。使えそうなものがあった。バスローブの帯だ。ふたりぶんを結べばかなりの長さになり、麻理子を拘束することができそうだった。

ベッドに戻って麻理子の太腿にそれをかけると、

「いやっ！　やめてっ！」

と麻理子は抵抗したが、元より後ろ手に縛られた不自由な体である。屈服させるのに時間はかからなかった。帯の片端を右の太腿に縛りつけ、首の後ろを経由して左の太腿に逆の端を縛りつける。いとも簡単に、女体をM字開脚の状態で動けなくしてしまうことができた。

「ひどいっ！　なにをするのよっ！」

女の花をさらしものにされた麻理子が、悲痛に叫ぶ。

「こんなことするなら、わたし帰るっ！　帰りますっ！」

「いまさらそんなこと言ったって遅いんだよ」

尾形は、拘束されてぶるぶると震えている麻理子の両腿の間に顔を近づけ、アーモンドピンクの花びらにふうっと息を吹きかけた。

「あぁあああああっ……」

ただそれだけで麻理子は不自由な体をビクンビクンと跳ねさせて、黒いハイヒールを履いた足を宙でバタつかせた。

「俺はおまえのおかげで人生をめちゃくちゃにされたんだぞ。ちょっと脚をおっぴろげられたくらいで、甘ったれたこと言うんじゃないっ！　ガタガタ文句を言うなら、そのままの格好で部屋の外に放りだすからなっ！」

尾形は自分の口から出た暴力的な言葉に、自分で戦慄《せんりつ》していた。おのれの変容ぶりに驚かざるを得なかった。女を緊縛したり、力ずくで辱《はずかし》めることなど、いままでしたこともなければ、しようと思ったことすらない。

にもかかわらず、相手が麻理子ならできてしまう。暴力的に振るまうことに、怖いくらいの興奮を覚えてしまう。裸に剝き、男根で貫くだけではなく、この高慢で性悪な女をとことんまで屈服させてやりたいという抗《あらが》いがたい欲望が、全身の血を沸騰《ふっとう》させていく。

「だいたい、こんなに濡らしたままじゃ、帰りたくても帰れないだろ？」

ざらついたナイロンに包まれた太腿を撫でながら、たぎる視線を女の割れ目に這《は》わせた。重なりあったアーモンドピンクの花びらは興奮のあまりみずから口を開きそうな状態で、合わせ目から匂いたつ粘液をしたたらせている。ヴィーナスの丘に茂った草むらはいやらしく逆立っていても、割れ目のまわりのくすんだ肌に生えた繊毛は涎《よだれ》じみた発情のエキスを浴びてしんなりし、美しく洗練された人妻のものとは思えないほどグロテスクな様相を呈していた。にもかかわらず視線を釘《くぎ》づけにする魅惑に満ちて、眺めるほどに美しくさえ見えてくる。

尾形はむしゃぶりつきたい衝動をぐっとこらえて、クリトリスの包皮を剝いた。つやつやと輝く真珠肉に、柔らかなカヴァーを剝いては被《かぶ》せ、被せては剝いた。

「くぅううっ！　ううううっ……」

両脚を開いただけで悶《もだ》え泣いていた麻理子は、もっとも敏感な官能器官まで剝きだしにされ、余計な言葉を吐けなくなった。続いて舌先で割れ目をツーッと舐《な》めあげると、花びらが左右にぱっくりと口を開いていき、

「くぅうううううーっ！」

麻理子は食いしばった歯列の奥から痛切な悲鳴を放って、ガクガクと腰を上下に跳ねあげた。

「そーら、そーら。たまらないんだろう？」

尾形はめくれた花びらの裏側に舌をねちっこく這わせた。右左を交互に満遍なく舐めまわし、蝶《ちょう》の羽根のように開ききるまで執拗に続けた。そうしつつも、クリトリスのカヴァーを剝いては被せ、被せては剝いている。肝心な部分に触れずとも、薄桃色の粘膜からは女の蜜《みつ》がこんこんとあふれ、早く啜《すす》ってとせがむように、アヌスの方へタラーリ、タラーリと垂れ流れていく。

「あああっ……はぁあああっ……」

麻理子はもはや悲鳴を噛《か》み殺すこともできなくなり、身をよじって悶えるばかりだった。ハイヒールの中で足指を折り曲げては反らしているらしく、磨きあげられた黒革がぎゅうぎゅうと音をたてている。

「もうイキそうか？　イッちゃいそうか？」

軽いエクスタシーなら、すでに何度も訪れているのだろう。ビクンビクンと跳ねあがる女体に、歓喜の電流が走り抜けているのが透けて見える気がした。けれども尾形は決定的な刺激をどこまでも先延ばしし、激しく悶える麻理子の体を逆さまに押さえこんでいった。でんぐり返しの状態でクンニリングスを施す、いわゆる「マンぐり返し」の体勢だ。

「いっ、いやあああっ……」

大股《おおまた》開きで体をふたつ折りにされた身も世もない格好に、麻理子は目隠しの下で泣き叫んだ。尾形の眼の前には垂涎《すいぜん》の光景がひろがっていた。ぱっくりと口を開いたアーモンドピンクの花びらに、ひくひくと熱く息づいている薄桃色の粘膜。そこからアヌスへ伸びる細い筋や、女の蜜がねっとりと溜《たま》った薄紅色のすぼまりまで、女の恥部という恥部を余すことなく一望できる。

「はっ、はぁうううううううーっ！」

アヌスにねちねちと舌を這わせると、麻理子が顔を真っ赤にして歓喜の悲鳴を迸《ほとばし》らせた。しかし、そんなものはまだ序の口だった。真綿で首を絞めるようにじわじわと、アヌスの細かい皺《しわ》を舐めたてては、蟻《あり》の門《と》渡《わた》りを舌先でくすぐる。泉のように潤《うる》んだ薄桃色の粘膜に、いくぞ、いくぞ、と舌を近づけては、肝心な部分を避けて内腿《うちもも》にキスマークをつけたりする。感極まった状態でどこまでも快感を宙吊《ちゅうづ》りにされた麻理子はやがて、「ひっ、ひっ」と喉を鳴らして泣きじゃくりだした。

「もう許してっ……意地悪しないでっ……」

「どこが意地悪なんだ？　たまらんみたいじゃないか？」

尾形は満を持して舌先を薄桃色の粘膜に伸ばした。

「はっ、はぁおおおおおおーっ！」

焦らしに焦らし抜かれた麻理子の悲鳴は、天井を揺るがす勢いだった。窓辺で立ったまま愛撫を始めてから、ゆうに一時間半は経《た》っている。ようやく与えられた敏感な粘膜への刺激は、恥辱をも吹き飛ばすほど鮮烈なものだったに違いない。

「むううっ……むううっ……」

尾形は鼻息を荒げて舌を躍らせた。肝心な部分を容赦なく責めたてるのを我慢していたのは、尾形にしても同じだった。ゼリーのような透明感をたたえた薄桃色の肉ひだが、幾重にも重なって卑猥なグラデーションを描いている。ぬめぬめした粘膜の舌触りに身震いするほど興奮しながら、その中に舌を差しこんでねちっこく攪《か》き混ぜていく。舌先をくなくなと動かしては、ざらついた舌腹で舐めまわし、あとからあとからあふれてくる発情のエキスを啜りたててやる。

啜っても啜っても間に合わないくらい、麻理子は大量の蜜を漏らした。マンぐり返しの体勢なので、あふれた粘液はヴィーナスの丘のほうに垂れ流れていき、逆立った草むらをみるみるうちにぐしょ濡れにして肌に貼《は》りつけた。

「ねえ、イカせてっ！　もうイカせてっ！」

麻理子が切羽つまった声をあげる。

「クリを吸ってっ！　ううん、いじってっ！　そうすればイケるっ……そうすればすぐイケるから、あああああっ……」

「スケベなことを言ってるんじゃないっ！」

尾形は火を噴くような怒声をあげた。

「俺はなあ、おまえら夫婦に未来のすべてを奪われたんだぞ。それをなんだっ！　イカせてください、クリを吸ってくださいだと？　ふざけるのもいい加減にしろっ！」

怒声をあげたことで、怒りの感情が正気を上まわった。いや、元より正気など失っていたから、興奮を上まわったと言ったほうがいいかもしれない。とにかく、目頭が熱くなるほどの激情に駆られて、気がつけば洗面所にいた。アメニティグッズのなかからT字形の剃刀《かみそり》を取って踵《きびす》を返した。

マングり返しから解放された麻理子は、仰向けでハアハアと息をはずませていた。それでも、バスローブの帯によって拘束されているので、両脚はM字に開かれたまま、閉じることができない。

「許さない……許さないぞ……」

尾形は口の中でつぶやきながら、麻理子に近づいていった。麻理子を後ろ手に縛ったあたりでは、そこまでするつもりはなかった。自分から離れられなくなるくらい、恍惚《こうこつ》の海に溺《おぼ》れさせてやろうと思っていただけだ。

「ひっ！　なにっ……」

下腹部に襲いかかった違和感に、麻理子が声をひきつらせる。

「じっとしてるんだ」

答えた尾形の声も、思いきりひきつっていた。自分で自分の行為に戦慄することを、禁じ得なかった。

「じっとしてないとケガをするぞ。大事なクリトリスに傷がつくぞ」

T字剃刀を操って、ジョリ、ジョリ、と股間《こかん》の繊毛を剃《そ》り落としていく。発情のエキスがシェイブローションのかわりだった。こんもりと盛りあがったヴィーナスの丘を剝《む》きだしにして、少女のような姿にしていく。

「ねえ、嘘でしょ？　なにやってるの？　ねえ、尾形さんっ！」

なにをされているのか、麻理子はわかっていた。声が可哀相なほどひきつり、恐怖にひび割れていることでそれは明らかだった。

尾形にしても、すさまじい恐怖に駆られていた。そんなことをしてどうなるか、わからないわけではなかった。それでも、もう後戻りはできない。背中に刺青《いれずみ》を背負った壊し屋のごとき、悪鬼として振る舞う道しか残されていない。

ヴィーナスの丘をつるつるに剃りあげると、素肌を傷つけないように注意しながら、花びらのまわりに生えた繊毛の一本一本まで丁寧に処理した。

「……あああっ！」

目隠しを取ったときの麻理子の顔は見物だった。猫のような大きな眼で繊毛を失った恥丘を凝視し、眉《まゆ》を八の字に垂らした。欲情に潤《うる》みきっていた瞳《ひとみ》にドス黒い絶望を浮かべて、わなわなと唇を震わせた。

「……やっちまった」

尾形は泣き笑いのような顔で言った。怖いくらいに息がはずみ、心臓が早鐘を打っていた。衝動的に人を殺してしまった犯人はきっと、血まみれの包丁を持ちながらこんな気分ではないかと思った。

「どうしてくれるのよっ！」

麻理子が叫ぶ。

「こんなことして……こんなことしたら、わたし、帰れないじゃないっ！　あの人のところに帰れないじゃないっ！」

「……帰らなきゃいいさ」

尾形はヘラヘラと笑いながら言った。

「こっちにだって帰るところなんてないんだ。家庭も仕事もなんにもないんだ。誰のせいだ？　ええ？　いったい誰のせいでこんなことになっちまったんだ？」

「でも、だからって……」

「うるさいっ！」

尾形は右手を伸ばし、繊毛を失った女の割れ目に中指をぴったりとあてがった。

「あううっ……」

「お望みどおりイカせてやるよ？　クリだってたっぷりいじってやる」

中指を尺取り虫のようにうごめかせながら、親指をクリトリスにあてがっていく。包皮の上からねちねちといじりたてながら、中指で穴を穿《うが》っていく。

「ううっ！　やめてっ……もうやめてっ！」

麻理子はいやいやと首を振って絶叫したが、手も足も出なかった。両手を背中で縛りあげられ、両脚は閉じることのできない体勢に拘束されている。先ほどまでじっくりと時間をかけて刺激され抜いた女の部分は、剃毛《ていもう》の辱めを受けてなおずきずきと熱く疼《うず》いて、痛烈な刺激に抗いきれなくなる。

「ああっ、助けてっ！　正気に戻って、尾形さんっ！」

叫びつつも、指の刺激に腰がくねりはじめる。

「もうなにもかもおしまいなんだよっ！」

尾形は右手の中指を割れ目の奥にずぶずぶと沈めこんだ。刺激を求めて熱くざわめき、吸盤のように吸いついてくる肉ひだを掻きまわした。中で指を鉤《かぎ》状に曲げ、上壁のざらついた部分――いわゆるＧスポットをしたたかに突きあげた。そうしつつ、クリトリスにも刺激を与えてやった。指で転がすだけではなく、剝き身にして口で吸った。甘嚙みまでして限界まで尖りきらせた。麻理子が錯乱状態に陥り、絶頂に向かって駆けあがるのに時間はかからなかった。

「はぁあああーっ！　やめてっ……出ちゃうっ！　そんなにしたら、出ちゃううううーっ！」

鉤状に折り曲げた中指をじゅぽじゅぽと出し入れしてやると、白い喉を天に突きだして潮を吹いた。剃り落としたまま性器のまわりに貼りついていた繊毛を余すことなく流してしまうくらい大量の潮を吹いて、絶頂の彼方《かなた》にゆき果てていった。

「……ひどいっ……本当にひどいわっ……」

尾形がバスルームから部屋に戻ると、アクメの余韻から覚めた麻理子がすすり泣いていた。体を丸めて泣いているのであれば情感もあろうが、まだM字開脚の拘束をとかれていないところが物哀《ものがな》しい。

「毛を剃られたくらいで大げさに泣くなよ」

「……ひっ！」

尾形がベッドにあがって腰に巻いたバスタオルを取ると、麻理子は眼を見開き、泣き濡《ぬ》らした頬をひきつらせた。尾形の股間で隆々と勃起《ぼっき》しきったペニスのまわりに、陰毛が生えていなかったからだ。

「これでおあいこだろ？」

尾形は力ない笑みをもらしつつ、麻理子の両脚の間に腰をすべりこませていった。笑顔に力はなくとも、ペニスは鋼鉄のように硬く屹立《きつりつ》して反り返り、陰毛を剃り落としたせいでいつもの倍近い長さに見える。毛がなくなれば少年ぽいペニスになるかと思ったが、そうはならなかった。黒光りした色艶といい、血管を浮きあがらせてみなぎった竿《さお》といい、凶暴に張りだしたエラといい、欲望のための器官であることがより生々しく剝きだしになっただけだった。

「……どうして？」

麻理子の顔は凍りついている。

「どうしてそこまで……そんなことまでするの？」

もちろん、すべてを悪魔に委《ゆだ》ねるためだったが、

「さあね」

尾形は曖昧《あいまい》に首をかしげて、赤黒く膨張した亀頭《きとう》を濡れた花びらにあてがった。ただそれだけで、奥の粘膜がひくひく震えながら吸いついてくる。

「自分でも、もうなにがなんだかわからないよ。いったいなにがしたいのか、こんなことしてどうなるのか、なにもわからない……」

わかっていることがあるとすれば、この先もっと麻理子から涙を絞りとることになるだろうということだけだった。剃毛など及びもつかない地獄の釜底《かまぞこ》に突き落とされ、阿鼻《あび》叫喚《きようかん》の叫び声をあげることになるに違いない。

「いくぞ……」

だが心配することはない、と胸底でつぶやきながら腰を前に送りだした。尾形はひと足先に、地獄の釜底で待っているのだ。

「んんんんーっ！」

剝き身の割れ目にずぶりと亀頭を沈めこまれ、麻理子の端整な美貌が歪む。

「いまはもう、よけいなことを考えるのはよそうじゃないか。セックスのことだけを考えよう。一緒にイクことだけを……」

ねちゃっ、くちゃっ、と浅瀬を穿《うが》ちながら、尾形は言った。体毛の保護を失い、剝き身となった性器と性器の結合は、正視に耐えないほど毒々しかった。これはたぶん、愛の営みでも好意の発露でもなく、獣の交接でさえない。ひめやかに輝く青白い肌の剃り跡が、人間だけが持ち得るいびつに歪んだ感情を露《あら》わにし、悪魔的な儀式そのものに見える。

じわじわと結合を深めていくと、

「あああっ……はぁあああっ……はぁああああっ……」

麻理子はきつく眼を閉じて、眉間《みけん》に深い縦皺を刻んだ。なにも尾形の言うことを真に受けたわけでもなかろうが、とにかくいまは眼の前の行為に没頭しようという決意が感じられた。頭が真っ白になるまで愉悦に溺れ、未来に対する不安や恐怖から逃れたいという切実な心情がうかがえた。

ずんっ、と子宮を突きあげると、

「はっ、はぁおおおおおーっ！」

獣じみた悲鳴を放って、拘束されて不自由な体をぎゅうぎゅうとよじった。

尾形は律動を送りこんだ。興奮で汗ばんだ両手でくびれた腰をつかみ、性器と性器をこすりあわせた。待ちに待った結合の歓喜に、内側の肉ひだという肉ひだが吸いついてくる。陰毛を剃り落としたことによって、ペニスも、そしておそらくヴァギナも、かさぶたを剝《は》がした皮膚のように敏感になっていて、一往復ごとにお互いに身をよじって歓喜に打ち震えた。

しかし、焦《あせ》ってはいけない。奥へ奥へと引きずりこもうとする蜜壺《みつつぼ》の吸着力に抗って、ゆっくりと抜き、ゆっくりと入り直していく。ぬんちゃっ、ぬんちゃっ、と粘りつくような音をたて、悠然としたピッチで抜き差しをする。

「はぁううっ……はぁううっ……はぁうううーっ！」

麻理子がもっと激しく突いてと言わんばかりに、迸《ほとばし》る悲鳴を切実にする。

尾形とて、できることならそうしたかった。息をとめて怒濤《どとう》のピストン運動を開始すれば、天国がすぐそこにあることはわかりきっていた。

しかし、これから向かう先は天国ではなく、地獄だった。

麻理子がきつく眼を閉じているのを確認すると、バスタオルの中に隠していた携帯電話を取りだした。麻理子の携帯電話だ。尾形は腰を動かしながら、内蔵カメラで麻理子を写した。両脚をM字に開き、恥毛を失った女の割れ目に男根を突き立てられよがっている艶姿《あですがた》だ。画像データをメールで送った。送り先は二宮日出雄。妻を寝取られた屈辱と絶望を、あの男にも味わわせねばこのゲームは終わらない。

「あううっ！　いいっ！　いいっ！」

写メールを送りおえ、律動のピッチをあげていくと、麻理子はいよいよあられもなく乱れはじめた。さらなる歓喜を与えるために、尾形は麻理子の両脚からバスローブの帯をはずした。上体を覆《おお》い被《かぶ》せて腰を使いながら、後ろ手に縛ったネクタイもといた。拘束はもう、必要なかった。彼女の両脚の間に埋めこんだ硬く勃起した男根が、なによりの枷《かせ》だった。

「ああっ、してっ！　もっとしてっ！　めちゃくちゃにしてええっ……」

手脚の自由を得た麻理子が、尾形にしがみついてくる。背中を爪《つめ》で掻き毟《むし》り、みずから腰を使いはじめたそのとき、計ったようなタイミングで携帯電話が震えた。着信のヴァイブ機能だ。液晶画面に相手の名前が出る――「夫」。二宮日出雄だ。

尾形は通話ボタンを押して、携帯電話を枕元《まくらもと》に転がした。

「おいっ、麻理子？　麻理子か？　いまの写真はいったいなんだっ……」

二宮の声は電話越しにもかかわず憤怒《ふんぬ》に打ち震えていることがはっきりとわかったが、残念ながら麻理子には届かなかった。尾形の腰の動きがフルピッチまで高まったからだ。

「はぁううっ……いいいいっ！　どうして？　どうしてこんなに気持ちいいの？　イッちゃうっ……そんなにしたらイッちゃううううっ……」

ぐいぐいと抜き差しされた麻理子が、身をよじりながら絶叫する。枕元で響く夫の声をかき消すように淫《みだ》らがましい悲鳴をあげ、長い黒髪を振り乱す。

「一緒にイこう」

尾形はよがり泣く麻理子をきつく抱きしめ、耳元で熱っぽくささやいた。

「こっちももう我慢できん……一緒にっ……一緒にっ……」

鋼鉄のように硬く勃起した男根で蜜壺のいちばん深いところまでえぐり、凶暴に張りだしたカリのくびれでざわめく肉ひだを逆撫《さかな》でにした。吸いついてこようとするのを振りきれば振りきるほど、無数の蛭《ひる》と化した麻理子の女肉は痛烈にまつわりついてきて、すさまじい一体感が訪れる。摩擦の熱気が起こした紅蓮《ぐれん》の炎が、結合部から赤々と燃えあがって一対の男女をどこまでも燃え盛らせていく。

「あおおおっ……いいのっ！　おかしくなるっ！　おかしくなっちゃうっ……」

「出るぞっ……もう出るぞっ……」

尾形はぶるるるっと身震いして麻理子の体にしがみついた。

「出るっ……もう出るっ……おおおおおおーっ！」

地響きにも似た雄叫《おたけ》びをあげ、火柱のように熱くなったペニスを突きあげた。限界を超えて膨張した男性器官がドクンッと震え、煮えたぎる熱いマグマを噴射する。ひくひくとうごめく蜜壺の最奥に、痙攣《けいれん》とともに注ぎこんでいく。

「はぁおおおおおおーっ！　イ、イクッ！　わたしもイクウウウウウウーッ！」

麻理子も尾形にしがみついて叫んだ。五体の肉という肉をぶるぶると痙攣させながら、背中を反らせて汗ばんだ乳房を押しつけてくる。恍惚《こうこつ》の予感に硬直していた体が、オルガスムスの稲妻に打たれてビクンビクンと跳ねあがる。

「おおうっ……おおおううっ……」

尾形はだらしない声をもらしながら、しつこく腰を振りつづけた。麻理子との性交では、射精に達しても二重三重に頂点に達する波がやってきて、動きをとめることができない。沸騰しているのかと思うくらい熱化した白濁液が尿道を駆けくだっていくたびに、痺《しび》れるような快美感が五体を打ちのめし、体の芯《しん》まで焼ききっていく。

「イクイクイクッ……またイクッ……続けてイッちゃううううっ……」

肉の悦《よろこ》びに我を失った麻理子の悲鳴は、通話ボタンをオンにしたままの携帯電話を通して二宮日出雄に届いているはずだった。

しかし尾形にはもう、そんなことなどどうでもよかった。ここが地獄なら、地獄とはなんと素晴らしい愉悦に満ちていることだろう。息の根がとまるまでいつまでも地獄にとどまり続け、この快楽を味わいつくしたかった。それだけが指針を失った未来に対する、ささやかな希望の光だった。

第八章　愛してるって言ってみろ

窓のない部屋での暮らしは時間が停まっているかのようだった。脂《あぶら》じみたワインレッドの壁と絨毯《じゅうたん》、天井からぶらさがった安っぽいシャンデリア、コインを入れなければ喉《のど》を潤《うるお》せない冷蔵庫の飲み物、大人のオモチャを売る自動販売機、そして、部屋の大半を占めるキングサイズのダブルベッド……。

ベッドの上には、裸の男と女が仰向けで転がっていた。

したたかに精を放出したばかりの尾形は荒々しく息をはずませ、隣にいる麻理子も、両脚の間から湯気のたちそうな白濁液を逆流させながら、汗まみれの乳房をふいごのように上下させている。

静かだった。放出に至る熱狂が激しかったぶんだけ、事後はすべてが死に絶えたかのような静寂に支配され、せわしなくはずんでいるお互いの呼吸音さえ、空爆を受けた市街地で焼け跡がブスブスと燻《くすぶ》っているのに似て、静けさを際立《きわだ》たせる効果音にすぎなかった。

「……喉が渇いたな」

尾形はつぶやいて麻理子を見た。わずかに瞼《まぶた》を持ちあげた麻理子の瞳《ひとみ》はまだ、オルガスムスの余韻でねっとりと潤んでいた。言葉を返さないのは、口をきくのも面倒なくらい、いまの絶頂が激しかったからだろう。

尾形は立ちあがって冷蔵庫にコインを入れ、ミネラルウォーターのペットボトルを取りだした。ひと口喉に流しこむと、冷たい水が五臓六腑《ごぞうろっぷ》に染《し》みこんでいくようだった。ベッドに戻って、麻理子にも口移しで飲ませてやる。愛情がそんな振る舞いをさせたわけではない。たったいま眼もくらむほどの恍惚《こうこつ》を分かちあった女に対する、ルーチンワークと言ってもいいささやかな気遣いだった。

「いつまで続くんだろうな、こんなことが……」

尾形は水を飲んだせいで汗が噴きだした体をベッドに放りだし、再び天井を見上げた。隣の麻理子は相変わらずなにも言わない。先ほどまで獣じみた歓喜の悲鳴をあげていた唇はただ、呼吸を整えるためだけに動いている。

ふたりは都内のラブホテルを渡り歩く生活を、もう一週間も続けていた。新宿、渋谷、池袋、どの盛り場でも似たような部屋に入り、備えつけられたカップラーメンや宅配のピザで食事をすませては、盛りのついた獣のようにお互いの体を求めつづけた。

それにしたって、愛情の確認には程遠い行為であり、ただ性器を繋《つな》げて腰を振りあっている間だけは、絶望的な現実から眼をそむけられたからにすぎない。

一週間前、尾形は麻理子と久しぶりに再会し、ふたりが初めて体を重ねた西新宿の高層ホテルで彼女を抱いた。妻を寝取られた混乱のままに抱いたので、身も蓋《ふた》もない結合場面を携帯写真に収めて彼女の夫に送りつけ、情事の途中で電話を繋《つな》げるという暴挙にも出て、絶頂にゆき果てていく人妻の悲鳴を実況中継した。

「なんてことをしてくれたの……」

麻理子は事後、半狂乱で怒り狂った。あまつさえ、彼女の下腹の恥毛は尾形によって剃《そ》り落とされていた。どうせ帰れないんだからいいじゃないかと、尾形は泣きわめく麻理子を何度も犯し抜いた。妻を寝取られた仇《かたき》だと思えば、無尽蔵にエネルギーが湧《わ》きあがってきた。麻理子にしても、両脚の間に硬い男根を咥《くわ》えこまされている間だけは、肉の悦《よろこ》びに抗《あらが》いきれなかった。

やがて窓の外がミルク色に染まり、すべての終わりを告げる朝がやってきた。

だがしかし、その朝は終わりではなく、地獄めぐりの始まりとなった。

尾形は放心状態の麻理子をうながして部屋を出た。行くあてがあったわけではない。カフェで熱いコーヒーを飲めば、少しは冷静さを取り戻せるかもしれないと思っただけだ。状況は昨夜からなにひとつ変わっていなかった。携帯電話の電源を切ったままの麻理子は、これからどうやって夫に言い訳し、許しを乞《こ》えばいいかということで、頭の中を埋め尽くされている様子だった。

中二階にあるカフェの席からは、吹き抜けのロビーが見渡せた。

うつむいてなにやらぶつぶつ言ってばかりいる麻理子とは会話が成立しなかったので、尾形はコーヒーを啜《すす》りながらロビーの様子を眺めていた。ダークスーツに身を包んだ、顔色の悪い男たちが四、五人、どやどやと回転扉から入ってきて受付カウンターに向かった。宿泊客でもレストランの利用客でもないことは、風体から放たれている暴力的な匂《にお》いですぐにわかった。

その中に翔の姿があった。

妻を寝取った「壊し屋」の翔だ。

尾形は咄嗟《とっさ》に首をすくめて顔を隠した。全身が小刻みに震えだしたのは、妻を寝取られた悪夢の現場を思いだしたからだけではなく、身の危険を察したからだ。

（まさか、俺たちを捜しにきたんじゃ……）

あり得ない話ではなかった。翔は二宮日出雄に金で飼われている存在であり、日出雄はたしか、尾形と麻理子がかつてこのホテルのバーで酒を飲んだことがあるのを知っていたはずだ。尾形が勤めていた会社の経理を経由して、領収書を確認されたのだ。

「おい……」

尾形は顔を下に向けたまま麻理子に声をかけた。

「見つからないように注意してロビーを見てみろよ。うちのカミさんを手込めにした壊し屋がいる……」

麻理子は一瞥《いちべつ》して息を呑《の》んだ。ダークスーツを着た一団の異様な雰囲気は、彼女にも察せられたらしい。

急いでカフェを出て、裏口からホテルを抜けだした。尾形はタクシーを捕まえると、行き先も告げずに「早く出してっ！」と声を荒げた。

タクシーの後部座席で揺られながら、麻理子は携帯電話の電源を入れた。夫の日出雄から二十件近くの着信履歴が残っていた。その最後に、メッセージが残されていた。

再生された日出雄の声を、尾形も耳を近づけて聞いた。

「麻理子……キミには失望させられた。キミは知っているはずだね？　僕が僕を裏切った人間をけっして許さないことを……覚悟しておきなさい……」

日出雄の声は静かに澄んでいたが、それが逆に鋭利な刃物が放つ光にも似た凄《すご》みを感じさせ、尾形を戦慄《せんりつ》させた。麻理子に至っては端整な美貌《びぼう》を紙のように真っ白にして、青ざめた唇をただぶるぶると震わせるばかりになった。

タクシーは走りつづけていた。

いつまでも行く先を指示しない客に運転手が苛立《いらだ》ちはじめたので、尾形はとりあえず自宅の場所を告げたが、馴染《なじ》んだ部屋で人心地つくことはできなかった。マンションの前にも、ホテルのロビーで見かけたのと同じ種類の男たちが、道に唾《つば》を吐きながらたむろしていたからである。

行き場を失ったふたりは、ラブホテルの部屋を転々とする生活を強いられるようになった。麻理子の怯《おび》え方は尋常ではなく、二度と携帯電話の電源を入れようとしなかったし、二宮の家に帰ることなど頭から消し飛んだようだった。

怯える原因を訊《たず》ねてみても、麻理子は曖昧《あいまい》に首をかしげるばかりで、夫と裏社会の繋《つな》がりをはっきりと口にしなかった。むろん、口にしなかったからといって、繋がりがないわけではないだろう。むしろいっそうの闇《やみ》の深さをうかがわせ、尾形の真相を究明したいという意欲を萎《な》えさせた。

「……いっそどこかに逃げちゃいましょうか？」

麻理子がラブホテルの天井をぼんやりと眺めながら言った。それは、この一週間の逃亡者めいた暮らしのなかで、彼女が久しぶりに吐いた意味のある言葉であり、初めて口にした未来に対する展望だった。

「知ってる人が誰もいない鄙《ひな》びた田舎町で、ひっそり暮らすの。このまま東京にいても……もし見つかったら……わたしもあなたも殺されるかもしれない……」

一週間、考え抜いた末に出した結論らしい。麻理子の眼はもう、オルガスムスの余韻で潤んでおらず、不安に怯えきっていた。

「殺されるって……」

尾形は深い溜息《ためいき》をついた。

「まさか、いくらなんでもそこまではしないだろう……」

「殺されなかったら、殺すよりむごたらしい目に遭わされるか、どっちか……」

麻理子は真顔で言い募る。

「具体的な話は、もう思いだすのも嫌だからしないけど……あの人、裏切られると人が変わってしまうのよ。相手が男でも女でも……もちろん、人に裏切られることは誰だって嫌なものだけど、あの人にはちょっと異常なところがあって……」

「だったらなんで裏切ったんだよ？」

尾形は苦々しく顔を歪《ゆが》め、体を起こしてベッドの上であぐらをかいた。

「殺されるかもしれないってわかってて浮気するなんて、そんな馬鹿《ばか》な話があるか」

「……知らなかったんだもの」

麻理子も体を起こし、尾形の肩をつかんでくる。

「最初にあなたと浮気したときは、そんなこと全然知らなかったの。ううん、つい最近まで……もちろん、嫉妬《しっと》深い人だってことは知ってたわよ。でもそれは愛情と裏腹なわけだから、愛されてる実感にもなるわけじゃない？　でもね……でもそういうのとはちょっと違う話なの。あの人のまわりでは、いままで何人も行方不明者が……」

「行方不明？」

「……ごめんなさい」

麻理子はハッとして顔をそむけた。

「これ以上は言いたくない……とにかく、あんなやくざみたいな人たちが出てくること自体が普通じゃないでしょ？　それがわかってるから、あなただって家に帰らないんでしょう？　だから、ね……だから一緒に逃げてよっ！」

高貴な猫のような眼を剝《む》いて、ふうふう言いながら肩を揺さぶってくる。

「……鄙びた、田舎か」

尾形はセブンスターの箱に手を伸ばし、一本咥えて火をつけた。十年前に苦労してやめた煙草《たばこ》だったが、三日前から吸いはじめた。肉欲に溺《おぼ》れているときはいいけれど、淫靡《いんび》さだけが充満する窓のない部屋で送るそれ以外の時間は、煙草でも吸わなければやりすごせなかった。

「それも悪くないかもしれないな……」

流れる紫煙を眺めながらつぶやいた。どうせ仕事も家庭も失った身である。強面《こわもて》の輩《やから》に見張られていては、自宅にだって戻れやしない。麻理子の怯える二宮日出雄の異常さがどの程度なものかは計り知れないけれど、ほとぼりが冷めるまで空気のきれいな田舎に身をひそめているほうが、こんな湿っぽいセックスの匂いだけがこもった密室で暮らしているよりずっとマシには違いない。

「尾道《おのみち》なんてどうかな?」

思いつきが口をつく。

「尾道?　広島県の?」

「そう、瀬戸内海に面した坂の町だ……」

尾形は遠い眼で言葉を継いだ。

「一昨年《おととし》だったかな、友人の結婚式が岡山であってね。せっかくだからって三日ほど休暇をとってあのあたりを旅してみたんだ。倉敷、安芸《あき》の宮島、岩国……なかでも尾道がいちばんよかった。昔は造船業で栄えてたらしいけど、いまはもう、町全体が眠っているように静かなところでさ。山の斜面に家がびっしり建ってて、クルマも通れない細い道が迷路みたいに繋がってて。いくら平地が少ない土地だからって、なにもこんなところに建てることないだろうっていう家ばっかりが……まあ、さすがに不便みたいで、廃屋になってる家も多かったけどね。逆にあいうところなら安く借りれそうだし、人目にもつかないんじゃないか……」

「いいわよ、尾道でもどこでも」

とにかく一刻も早く東京から離れたいという表情で、麻理子は答えた。

「わたしは行ったことないけど、あなたがいいなら」

「それにしても不思議な気分だ……」

尾形は虚《うつ》ろに苦笑した。

「『一緒に逃げて』なんて、キミに言われる日が来るなんてさ……」

「どういう意味？」

麻理子は眉《まゆ》をひそめた。

「いや……そういうのは普通、恋い焦《こ》がれた相手に対して言う台詞《せりふ》だろう？　駆け落ちの前とかに……俺たちはべつに、恋人同士ってわけじゃないし……」

「いまさらなにを言いだすのよ」

麻理子は眉をひそめたまま、吐き捨てるように言った。

「これだけ抱いておいて、いまさら……わたしはあなたの女でしょう？　あの人のところにはもう戻れないんだから……そういうつもりで、エッチの最中にあの人に電話かけたりしたんじゃないの？　あの人からわたしを奪うつもりで……」

「そうか……」

尾形は紫煙を吐きだした。長くなった灰が、ふたりの体液で染《し》みをつくったシーツにこぼれ落ちていく。

「俺の女なのか、キミは……」

本当に不思議だったのは、「一緒に逃げて」と言われて少なからず心が躍ってしまったことだった。体だけの関係のつもりだった性悪女にそんなふうにすがられて、高揚している自分自身だった。麻理子とふたりで世捨て人となり、瀬戸内海に臨む坂の町で人目を忍んで暮らす隠遁《いんとん》生活が、どうしてかくも魅力的に思えるのだろうか。

「ねえ、お願いっ！」

麻理子が後ろから抱きついてきた。背中に豊満な乳房があたって、ぬるりと汗ですべる。腰のあたりが、伸びかけの恥毛でチクチクする。

「わたしたちはもう、運命共同体みたいなものなのよ。世界の果てまでだって一緒に逃げるしかない運命なの……」

「世界の果てまでか……」

尾形は麻理子の手をほどき、正面に向き直った。せつなげに眉根を寄せている顔を、まっすぐに見つめた。

「愛してるって言ってみろ」

尾形が突き放すように言うと、

「えっ？」

麻理子はアーモンド形の眼を歪《ゆが》めて、泣き笑いのような顔になった。

「愛してるって言ってみろよ」

尾形は真顔で繰りかえした。性悪女に愛の告白をさせるなんて、馬鹿げている。自分でもなぜそんなことを言っているのか、よくわからなかった。

麻理子はふうっとひとつ息を吐きだすと、

「愛してます……愛してますから、一緒に逃げてください……」

瞳《ひとみ》を潤《うる》ませて熱っぽくささやき、尾形の首に両手をまわした。長い睫毛《まつげ》を震わせながら、上目遣いで見つめてきた。

「信じられないかもしれないけど、嘘《うそ》じゃない。たぶん、最初に誘ってしまったときから好きだった。あのときは好きになるのが怖かったけど、いまは怖いくらいに好き。離れたくない。ねえ、信じて。女はね、いくらひとりが心細くたって、好きでもない人と一緒に逃げたいなんて思わないものよ……」

黒眼が大きい麻理子の眼は、近くで見ていると吸いこまれそうだった。

「あなたはどう？　わたしのことを愛してない？　好きでもない女を、毎日何度も抱いてるの？　あそこが乾く間もないくらい、熱いものをたくさん出せるの？」

「いや……」

尾形は瞬《まばた》きも呼吸も忘れて麻理子の顔を凝視していた。美形という言葉を使うのに躊躇《ためら》う必要のない彼女の顔は、ひどく皮膚が薄くて顔全体が細かく震えていた。まるで複雑に揺れている感情そのもののように、尾形には見えた。プライドや見栄《みえ》や虚勢をいっさい捨てている人間の顔が、そこにあった。

「ねえ、答えて」

「愛してないってことは、ないさ……」

麻理子のようにはっきりと意志を示せない自分が、ひどく情けなかった。そう、麻理子の言葉は愛の告白ではなく、未来に対する意志なのだ。愛しているのではなく、これから愛していくつもりだと言っているのである。

彼女は正しかった。生半可な愛より深い絆《きずな》で結ばれた体と体が、お互いを求めあって離さない。この一週間、その事実を骨の髄まで実感させられていた。ならば心を体に追いつかせればいいことなのだろう。彼女と離れられないことくらい、尾形にしてもとっくにわかっていたことだった。

「最初に会った女が……キミならよかったな……」

思いつく限りの甘い言葉をささやいた。

「お互い独身で……いや、童貞と処女で結婚してれば……そうすれば、誰にも迷惑をかけなかったかもしれない……」

「あなたが童貞のころって、わたし、ランドセル背負った小学生だと思うけど」

麻理子は満足そうに微笑《ほほえ》むと、

「キスして……」

唇をエロティックに尖《とが》らせた。尾形はどこか居心地の悪さを感じながらも、口づけに応《こた》えた。ねちゃねちゃと品のない音をたてながら、むさぼるように舌を吸いたてあった。

欲望がこみあげてくる。

深いキスはすぐに体のまさぐりあいに発展し、つい先ほど射精したばかりにもかかわらず、男根はむくむくと隆起していった。四つん這《ば》いになった麻理子が、長い黒髪をかきあげてフェラチオをはじめる。射精したばかりのペニスの表面はひりひりと敏感になっていて、連日の荒淫で勃起《ぼっき》しただけで鈍い痛みがあった。けれども、麻理子の生温かい口に含まれると、芯《しん》から熱くみなぎっていく。ずきずきと淫らな脈動を打ちながら、女肉を求めて疼《うず》きはじめる。

「……チクチクする」

麻理子が生えかけの陰毛を撫《な》でて苦く笑った。

「ねえ、もう欲しい……繋《つな》がってたい……」

「ああ」

尾形はうなずいて上体を起こし、麻理子の両脚の間に腰をすべりこませた。麻理子の陰毛も生えかけで、挿入の体勢を整える段で亀頭《きとう》がチクチクした。一週間経《た》ってだいぶマシになったとはいえ、ピストン運動の最中もチクチクする。

尾形はその痛痒《いたがゆ》い刺激が嫌いではなかった。どういうことなのだろうと思っていたのだが、古い毛が剃《そ》り落とされた場所に、新たなる毛が芽吹いてくる感じが心地いいのだと、ようやく気づいた。生まれ変わる実感が欲しくて、痛痒い刺激に苛《さいな》まれながら、それを凌駕《りょうが》する恍惚《こうこつ》を求めていたのだ。

「……いくぞ」

尾形は息を呑んで腰を前に送りだした。硬く勃起した男根で女の割れ目を穿《うが》ち、ずぶずぶと貫いていく。いやらしくまつわりついてくる肉ひだの感触を嚙《か》みしめるように味わいながら、じりっ、じりっ、と最奥を目指す。

「んんんーっ！　あああああっ……」

麻理子が釣りあげられたばかりの魚のように体を跳ねさせ、両手を伸ばしてしがみついてきた。荒淫で性器がとびきり敏感になっているのは、彼女も一緒らしい。結合しただけで、ガクガク、ブルブル、と震えがとまらなくなり、尾形が動きだすのを待ちきれずに、激しく身をよじらせる。

（たまらないよ……）

尾形も結合の歓喜に身震いしながら、麻理子の体を抱きしめた。愛などという言葉が取るに足りないものであることが、こうしているとよくわかる。ただ結合しただけでこれほどの陶酔がこみあげ、男に生まれてきた幸福感を味わえる相手など、他にいるわけがない。

「はっ、はぁうううううーっ！」

尾形が抜き差しを開始すると、麻理子は肉欲の勝利を謳《うた》うように高らかな悲鳴をあげ、背中を弓なりに反り返らせた。

（逃げよう……この女と逃げよう……）

尾形は腰を振りたてながら、胸底で呪文《じゅもん》のように唱えた。ずちゅっ、ぐちゅっ、と湿っぽく響く肉ずれ音と、艶《つや》やかに響く麻理子の嬌声《きょうせい》が、そんな気分を後押ししてくれる。

問題は金だった。

鄙びた田舎町で人目を忍んで暮らすためには、口座に入っている金だけでは心許《こころもと》ない。せめて仕事をしないで二、三年は過ごせるだけのものがほしかった。インターネットが高速化したこの時代、いずれは田舎に住みながらWEB関係の仕事を始めるにしても、すぐには無理だ。金がなければ、せっかく追っ手から逃れたところで、早晩身動きがとれなくなってしまうだろう。

数日後の夜半、尾形と麻理子は二宮邸のある高級住宅地に向かった。

どこの高級住宅地でもそうであるように、夜の街並みは静まり返って人影がなかった。ふたりは念のため少し離れたところでタクシーを降り、見張りの有無を確認しながら進んだ。いつの間にか秋が深まっていた。二宮邸に続く銀杏《いちょう》並木の下は、舞い落ちた枯れ葉が黄色い絨毯《じゅうたん》さながらに道路に敷きつめられていて、それが外灯に照らされた夜の景色は、映画のワンシーンのように綺麗《きれい》だった。

二宮邸は敷地面積がゆうに二百坪を超えそうな、立派な日本家屋だった。塀も門も手入れの行き届いた庭もあった。世間は不況でも、金があるところにはあるものだ。

唖然《あぜん》としている尾形を尻目《しりめ》に、麻理子は門の正面入口でセキュリティ機能をキャンセルしてから、邸宅の裏手にまわった。塀の裏門をくぐって家屋の勝手口を開け、壁に常設されている非常用の懐中電灯を手にした。

「足元に気をつけて」

懐中電灯をつけてあがっていく麻理子に、尾形も気配を殺してついていく。夜風は凍えるほど寒かったのに、手のひらにぐっしょりと汗をかいてしまう。

今夜この家には誰もいないはずだ、と麻理子は言っていた。

同居している日出雄の母と妹はかねてから海外旅行に行く予定だったらしく、家でひとりになるのを嫌う日出雄は、そんなとき会社近くにある常宿に泊まることが習慣らしい。すでに確認はとってあった。旅行会社にキャンセルは入っていないようだし、常宿のホテルには〈二宮フーズ〉名義で予約が入っていた。

誰もいないことがわかっていても、泥棒や空き巣めいた抜き足差し足で他人の家に忍びこむのは気持ちのいいものではなかった。いや、実際に泥棒であり、空き巣なのだ。尾形と麻理子がここにやってきた目的は、田舎に身をかわす逃走資金を調達するためなのだから……。

長い廊下を歩きながら、尾形は何度となく息を呑んだ。

家屋そのものは比較的最近つくられたらしく、伝統や格式を感じるほどではなかったけれど、そこここに置かれた骨董品《こっとうひん》がすごい。伊万里《いまり》や唐津の焼き物、アンティークの銀食器、中国の古代銅器やアラブの水パイプ、年代物のマイセンやバカラなど、各国の料理を扱う居酒屋チェーンのオーナーらしいと言えばらしいのだが、ちょっとした美術館さながらに食文化にまつわる品々が飾られていた。

麻理子が目指す部屋は二階のいちばん奥にあった。

客間ということになるのだろうか、がらんとした十畳ほどの和室だったが、壁際《かべぎわ》には艶光りを放つ江戸指物の茶棚や鏡台が並び、床の間には妖気《ようき》漂う日本刀と戦国武将の甲冑《かっちゅう》が鎮座していた。赤備《あかぞな》えの鎧兜《よろいかぶと》だ。

「ちょっと待ってて……」

麻理子は鏡台の引き出しを開けて鍵《かぎ》を取りだすと、茶棚の引き戸を開けた。中には金庫が入っていた。思っていたより小ぶりな金庫だったが、麻理子によればそこには常に二、三千万の現金が置かれているという。しかも、国税局には見つかりたくない類《たぐい》の、後ろめたい隠し資産だ。

これなら手をつけても警察に通報される心配はないと麻理子は言い、尾形は空き巣の片棒を担《かつ》ぐことを了承した。背に腹は替えられなかったし、そもそも主犯は曲がりなりにも正式な二宮家の嫁なのである。

「おかしいな、この番号だと思ったんだけど……」

麻理子は額に浮かんだ汗を手の甲で拭《ぬぐ》いながら、金庫のダイヤルをまわしている。尾形は所在がなくなり、床の間に飾られた刀と甲冑の前に進んだ。正直に言えば、麻理子が罪を犯す現場から眼をそらしたかったのだ。男と逃げるために、夫の金に手を出しているあさましい姿と、向きあっているのはつらかった。

(勇壮の赤備えか……)

懐中電灯だけの薄闇《うすやみ》のなか、朱塗りの甲冑が不気味に屹立《きつりつ》していた。兜や胴はもちろん、手甲から脛当《すねあて》まで一式揃《そろ》っているから、まるでそこに血の通った戦国武将が存在し、いまにも軍扇を振って突撃を命じそうな、異様な迫力がある。

甲冑を朱一色に染めたことで知られるもっとも有名な武将は、甲州武田家最強部隊を率いた山県昌景だろう。野戦において右に出る者なしと言われながらも、長篠《ながしの》の合戦で鉄砲隊による壊滅戦を展開した織田信長に敗れた悲劇の猛将だ。他には、井伊家や真田《さなだ》家の赤備えも、後世まで名を残していよう。

いずれにしろ、四百年以上も前の話である。刀傷や矢傷があまた残っているので、当時用いられた本物かもしれない。いったいどのくらいの金を出せば買えるものなのか、骨董の知識のない尾形には見当もつかなかった。

刀架に掛かった刀を取り、鞘《さや》から抜いてみた。薄闇に一閃《いっせん》の光が浮かんだ。こちらも真剣のようだった。狂おしいほどに美しい白銀の刃文と、ずしりとした重みが背筋に戦慄《せんりつ》を走らせた。鞘に収められ、刀架に掛けられた姿は美術品の趣でも、これは間違いなく人を殺すための道具なのだ。

戦慄を覚えつつも刃《やいば》から眼を離せずにいると、

「……やった」

麻理子が声を絞って、けれども興奮を隠しきれずに言った。金庫は開き、中には彼女の予想通り、数千万の札束が無造作に積みあげられていた。尾形にとっては見たこともない大金である。

麻理子は用意してきたバッグに札束を詰めはじめた。尾形は不意に罪悪感を覚えてしまった。いくら二宮家の嫁が主犯とはいえ、これでは本当に泥棒や空き巣と変わらない。妻を寝取られ、隠し金庫までこじ開けられ二宮日出雄は、どれほどの衝撃を受けるだろう。怒髪天を衝《つ》く怒りに駆られることだろう。

いや……。

臆病風《おくびようかぜ》に吹かれている場合ではなかった。妻を寝取られたのはお互いさまだし、こんなコソ泥めいた真似《まね》をしなければならないのも、向こうがやくざ者を使ったりするからなのだ。ましてや二宮日出雄には唸《うな》るほど金がある。仕事を奪われ、家庭を潰《つぶ》されたこちらに比べれば、国税局に申告できない金を少々かすめ取られるくらい、蚊に刺されたようなものではないか。

刀を構え、狂おしく輝く白銀の刃文を睨《にら》みつけた。

もっと狂え、もっと狂え、と刃に映った自分に言い聞かせる。

おぞましい刺青《いれずみ》を背負った壊し屋に、妻の美里を犯されていた場面を思いだせ。

あれは二宮日出雄の仕業なのだ。確たる証拠もないままに、麻理子に言い寄った疑惑だけで、そこまでする男が相手なのだ。八つ裂きにしてもし足りないくらいだった。二宮日出雄があれほどの暴挙に出なければ、事態がここまでこじれることはなかっただろう。尾形にしても麻理子にしても、いざとなれば大人の良心を発揮して、元の鞘に戻れる道があったはずだ。しかし、追いつめられれば、鼠《ねずみ》だって猫に襲いかかる。仕事を奪われ、妻を犯され、帰るべき場所まで失ってしまえば、盗みくらい働いて当然だ。

「ねえ、尾形さん。びっくりよ……」

麻理子がバッグに金を詰めながら声をかけてきた。

「二、三千万どころか、もっとあるみたい。五千万？　もっとかな？　これだけあるなら、尾道みたいなところじゃなくて、もっと豪勢なところに逃げない？　東南アジアとか。円の強いところに行けば、召使いを雇って、お姫様みたいな生活ができるんじゃないかしら……」

熱っぽくもあさましい麻理子の言葉が、尾形の眼にまぼろしを見せる。

常夏《とこなつ》の南国リゾート地。プールサイドのデッキチェアに寝そべり、色鮮やかなカクテルドリンクを手にしている自分たちだ。CMやドラマでよく見かける、手垢《てあか》がついたような通俗的なイメージだったが、尾形の頰はほころんだ。

どこまでも青い空、ココナッツの香り、吹き抜ける熱風、豪華な料理と旨《うま》い酒、そして、プールで泳ぐビキニ姿の麻理子……そんな浮き世から快楽の上澄みだけをすくいとったシチュエーションで、脳味噌《のうみそ》が蕩《とろ》けるほどのんびりしてみたい。つらいことはもう、なにも考えたくなかった。奪いあいとか、裏切りとか、やくざの追っ手とか、そんなことはもうたくさんだ。

「ねえねえ、こうなったらさ、せっかくだから下の姑《しゅうとめ》の部屋も見てみましょうよ。現金はあんまりないかもしれないけど、宝石の類をためこんでるから。海外に行っちゃえば、闇ルートで換金するのもそんなに難しく……」

『ルパン三世』に出てくる峰不二子にでもなったように躍る麻理子の言葉が唐突に途切れたのは、突然、部屋の蛍光灯がついたからだ。続いてバタンと襖《ふすま》が開き、猟銃を構えた男が姿を現わした。分厚い体軀《たいく》をバスローブに包み、ゴルフ焼けした黒い顔と、禿《は》げあがった額をもつ五十男。

二宮日出雄だった。

この家の主《あるじ》が、盗《ぬす》っ人《と》ふたり組に向けて、鬼の形相で銃口を向けていた。

「大胆なことをするわりには、意外に知恵がまわらんのだな……」

勝ち誇ったような笑みを浮かべて言う。

「ハハンッ、どうしてこの家だけ張りこみがなかったのか、考えてみようとはしなかったのかね？　のこのこうちに忍びこんだら、僕がこの手で八つ裂きにするために手ぐすね引いて待っているかもしれないって、そんなふうには思わなかったか？」

尾形は日本刀を握りしめたまま、凍りついたように固まっていた。言われてみればその通りだが、麻理子が断言したのだ。あの人は身のまわりにやくざが近づくことを嫌っている、と。繋《つな》がりがあってもそれはあくまで裏の話で、自宅を見張らせるなんてあり得ない、と。

たしかにこの家にひそんでいたのは彼ひとりのようだったが、甘かった。

ここが都内屈指の高級住宅街であることも油断を誘った。不審な物音や悲鳴があがれば、電話一本で警察が飛んでくる場所だ。手荒なことはまずしまいと、尾形も高を括《くく》っていたのである。

しかし、この状況では、日出雄が猟銃のひきがねを引いても罪にはなるまい。

尾形は抜き身の日本刀を構え、麻理子は金庫からバッグに金を詰めこんでいるのである。どう見ても泥棒に入ったところを見つかって、床の間にあった刀を手にしたの図だった。問答無用で撃ち殺されても文句を言えない状況が、見事にできあがってしまっている。警察の捜査に対しては、ふたりが性器を繋げている浮気の証拠写真を見せればいい。色と欲にトチ狂った後妻と間男など殺されて当然と、日出雄は警察だけでなく、世間からも同情を集めるだろう。

「僕はキミのことを少々見くびっていたかもしれないな……」

日出雄は尾形に銃口を向け、鬱陶《うっとう》しげに眉《まゆ》をひそめた。

「月並みな人生を歩んでる、ごく平凡な男だとばかり思っていたがね。クライアント会社の社長の妻を寝取るなんてな。しかも、お灸《きゅう》を据えてもまるで懲《こ》りない。キミがすべきことは、よけいな反撃を企てることじゃなくて、新しい仕事先を見つけて、カミさんとよりを戻す方法を探すことだったんだよ……」

美里のことを言われ、尾形の顔はカッと熱くなった。

日出雄は尾形の感情を抑えこむように、眼を見開いて睨《ね》めつけ、

「まあ、それももう遅いがね。仲良くあの世に行けばいい……これは散弾銃だ。麻理子、おまえの綺麗《きれい》な顔も、ふた目と見られないものになる」

銃口が麻理子の方に向く。

「ちょっと待って……」

麻理子は泣き笑いのような顔で日出雄を見た。

「待ってください……どうしてわたしまで殺されなくちゃいけないの？　わたしは被害者なのよ。悪いのは全部この人っ！」

驚くべきことに、麻理子の右手の人差し指が尾形に向いた。

「わたしは無理やり犯されて、勝手に写真撮られたり、電話されただけです……わた

しは悪くない……ここにお金を盗みにきたのだって、この人に脅されて……」

「ふざけたことを言うんじゃないっ！」

尾形はたまらず怒声をあげた。

「誰が……誰が無理やり犯したりしたんだっ！　最初に誘ってきたのはキミのほうじゃないか？」

「嘘《うそ》つきっ！」

「どっちがっ！　僕は何度も躊躇《ためら》ったはずだ。それを、抱かないなら仕事を引きあげるとかなんとか……」

麻理子は獰猛《どうもう》な眼つきで尾形を一瞥《いちべつ》すると、すがるように日出雄を見た。

「ねえ、信じて。わたしは嘘なんてついてない。わたしが愛しているのはあなただけなの。結婚式で神様に誓ったとおり、あなたに一生添い遂げたいの……」

涙ながらに日出雄に許しを乞《こ》いながら、鋭利に尖《とが》った人差し指を執拗《しつよう》に尾形に向けつづける。

「ねえ、あなた、わたしを犯したこの男を殺してっ！　ひきがねを引いてよっ！　わたしは被害者なのよっ……この男を撃ち殺してよっ……」

「……醜いよ、麻理子」

日出雄は呆《あき》れたように首を振った。

「僕たちは夫婦なんだ。無理やり犯されたかどうかくらい、声を聞けばわかる。携帯電話越しにだって、それくらいのことは……」

「なにが……なにがわかったっていうんですか?」

麻理子が色を失った唇を震わせる。

「本気のセックスをしているかどうかだよ……キミの声は燃えていた……僕に抱かれているときよりも、ずっと激しく……ずっと淫《みだ》らに……」

日出雄は一瞬遠い眼になりかけたが、ギロリと麻理子を睨みつけ、

「知ってるよね? 僕は浮気をした女を絶対に許さない。男と女は言ってみれば刀と鞘のようなものなんだ。刀がチ×ポで、鞘がオマ×コだ。刀は汚れても……浮気で汚れても、拭《ぬぐ》えば簡単に綺麗になる。そういう構造になってる。だが、鞘の内側が汚れたらもうダメだ。拭うことができない。新しいものを誂《あつら》えるしかない……」

ひきがねにかけた指に力がこもった。

「やめてっ! 殺さないでっ!」

麻理子は半狂乱になって、手にしていた札束を投げつけた。大量の一万円札が天井や襖にぶつかり、部屋の中を枯れ葉のようにはらはらと舞う。それでも、日出雄は動

じることなく、仁王立ちになっていた。裏切りを働いた妻にみずから引導を渡せることに恍惚《こうこつ》でも覚えているのか、口許《くちもと》に悪魔じみた笑みさえ浮かべている。

(いったい、なんなんだ……)

尾形には、いま眼の前で起っていることがとても現実とは思えなかった。部屋を舞う数千枚の一万円札、殺意をこめて猟銃を構えているかつてのクライアント、そして、土壇場《どたんば》になってしたたかに裏切り、泣き叫んでいる女……。

(なにが無理やり犯しただ……二、三日前、一緒に逃げてと泣いてすがってきたのはどこのどいつだ……なにが愛してますだよ……全部嘘じゃないか……なにもかも口から出まかせじゃないか……)

彼女が性悪であることくらい、わかっていたつもりだった。わがままで自分勝手で計算高い女であることだって、よく知っていた。それでも目頭が熱くなる。あまりの理不尽さに、こめかみに浮かんだ血管がのたうちまわるように痙攣《けいれん》している。

もううんざりだった。

日出雄がひきがねを引けば、死が訪れるのだ。そう思った瞬間、冷たい恐怖ではなく、紅蓮《ぐれん》の炎にも似たすさまじい憤怒《ふんぬ》がこみあげてきた。仕事を奪われ、妻を寝取られ、そのうえ命まで差しだすほどの悪行を、働いた覚えはない。こんな男の手でむざむざ殺されるくらいなら、どこまでも抵抗してやる。少なくとも相討ちを狙《ねら》ってやる。汗ばんだ手のひらで、日本刀の柄《つか》を握りしめた。蛍光灯の光を浴びて、刃が怖いくらいに輝いている。もっと狂え、もっと狂え、と美術品ではない、本来の使われ方を希求するように、ギラついた光を放射する。

「ねえ、お願いっ！　お願いだから殺さないでっ！　殺すんだったら、あの男ひとりにしてっ！」

麻理子の投げた札束が床の間に飛んでいった。帯封がかかった塊の状態で、赤備えの甲冑にあたり、ぐらつかせた。畳に崩れ落ちて、ガシャンと音をたてた。鉄砲隊に壊滅させられた戦国武将の怨念《おんねん》でもあるまいが、無謀にも刀で銃に挑みかかろうとする男に起死回生のチャンスが訪れた。

「おいっ！　いいかげんにしないかっ……」

日出雄が崩れ落ちた赤備えに、心配そうな眼を向けたのだ。勝ち誇ったように堂々と振る舞っていたこの家の主が、初めて見せた動揺だった。

見逃す手はなかった。

「うおおおおおーっ！」

尾形は雄叫《おたけ》びをあげて刀を振りかぶり、日出雄に向かって突進した。全身に殺意が充《み》ち満ちていた。相手が圧倒的に有利な武器を手にしているにもかかわらず、殺人者になる覚悟に戦慄していた。全身に散弾を浴びたって、何度でも立ちあがってやる。血の海に溺《おぼ》れても、絶対に息の根をとめてやる。

日出雄を倒したあとにもうひとつ、重要な仕事が残っているからだ。

それをしなければ死んでも死にきれない大仕事だ。

言うまでもない。

嘘まみれの愛で振りまわしてくれた、裏切り者の粛清《しゆくせい》である。

第九章　さよならの前に

自分の心臓の音がうるさかった。

もうかなりの長い時間、金縛りに遭ったように立ちすくんでいるのに、尾形の動悸《どうき》は落ち着く気配がなく、呼吸も荒々しく高ぶったままだった。

麻理子の呼吸もはずんでいる。

次にどうすればいいのか指示してほしい、と顔に書いてあったが、言葉を発せずじっと見つめてくる。よけいなことを言って尾形を刺激するのを恐れてだろう、息をはずませながら固唾《かたず》を呑《の》んでいる。

尾形の手には猟銃が握られていた。

その持ち主である二宮日出雄は手足と口をガムテープでぐるぐる巻きにされ、畳の上に転がされている。

刀と銃の決闘は、一瞬にして勝負がついた。

武器の優劣ではなく、殺意の有無が勝負を決した。

雄叫《おたけ》びをあげて日本刀を振りかぶり、躊躇《ためら》うことなく凶刃《きょうじん》を躍らせた尾形に対し、倒れた甲冑《かっちゅう》に気をとられていた日出雄は猟銃を構え直すこともできないまま、腰を抜かした。彼は暴力のプロではない。たとえ圧倒的に有利な武器を手にしていたとしても、気を抜いたところに日本刀で襲いかかられれば、そんな反応になってしまったのも当然かもしれない。ましてや襲いかかった尾形の顔つきは、人を殺《あや》める毒々しい覚悟に満ちて、狂気じみていたはずだ。

尾形の振りおろした刃は、日出雄の背後にあった江戸指物の茶棚をとらえた。日出雄が腰を抜かし、尻餅《しりもち》をつかなければ、首筋から心臓にかけて致命傷となる一太刀が加えられていただろう。

尾形は茶棚に刺さって抜けなくなった日本刀から手を離し、日出雄から猟銃を奪った。麻理子にガムテープを持ってきて日出雄を拘束するように命じた。麻理子は従順に従い、銃口を突きつけられた日出雄はなにひとつ抵抗できなかった。口までガムテープで塞《ふさ》がれると、眼を見開いてふうふうと鼻息を荒げるばかりになり、命乞《いのちご》いをする余裕すら失った。パニック状態に陥っているようだった。

とはいえ、パニック状態に陥っているのは尾形も一緒だった。

二宮家の客間、重い沈黙が支配する和室は、なにもかも日常生活からかけ離れた修羅場の様相を呈していた。

畳の上には数千枚の一万円札が、まるで街路樹の下に積もった落ち葉のように撒《ま》き散らされている。床の間に飾られていた赤備えの甲冑は倒れてバラバラになり、日本刀は人殺しの道具であることを謳《うた》いあげるように白刃を輝かせて茶棚に刺さり、それらをコレクションしていたこの家の主《あるじ》は、芋虫さながらのみじめな姿で畳の上に転がっているのだ。

尾形はその中心で猟銃を抱え、立ちすくんだまま動けないでいた。

捨て身の突撃によって、見事に立場を逆転したことは間違いなかった。少なくとも、この場で命を奪われるという最悪の事態からは脱することができたのだ。

とはいえ、ある意味、状況はさらに悪化したと言ってよかった。

尾形の全身は、まだ殺意に生々しく支配されている。

頭の中に火がつき、体中の血が沸騰《ふっとう》しているようであり、修羅場の混乱を極めている室内で、もっとも危険な匂《にお》いを振りまいている存在だった。

それもそのはずだろう。

足元に転がっている日出雄は、妻美里の仇《かたき》だった。「壊し屋」なるスケコマシのプロを使って女房を寝取り、あまつさえその情事現場を尾形に見せつけるという常軌を逸した仕打ちをしでかした黒幕だ。

そしてもうひとり、なにか言いたげな顔で固唾を呑んでいる女は裏切り者だ。性悪でわがままで自分勝手な女であることは知っていたが、まさかこの期《ご》に及んで裏切られるとは思わなかった。愛してるとささやき、一緒に逃げてと甘え、共犯者としてこの家に金を盗みにきたにもかかわらず、自分の命が危うくなると、あっさりと手のひらを返したのだ。悪いのはすべてこの男だと尾形を指差して叫び、この男を殺してくれと日出雄に対して涙ながらに哀願した。

「ねえ……」

沈黙に耐えかねた様子の麻理子が、震える声を絞りだした。

「早くお金集めて……逃げたほうが……いいと思うけど……」

足元の金に視線を投げ、猟銃を抱えた尾形を見る。

「ね、そんな物騒なもの置いて、早くお金を……」

麻理子は言葉を途中で呑みこんだ。尾形が猟銃を構え、彼女の鼻先に銃口を突きつけたからである。

「な、なによ……」

麻理子は端整な美貌《びぼう》を泣き笑いのようにぐにゃりと歪《ゆが》めた。

「まさかさっき言ったことを気にしてるわけ？ わたしを裏切り者だと思ってるの？

アハハ、そんなわけないじゃない。あの人を油断させて銃を奪おうとしただけでしょ。そうじゃなかったら、どうしてこの手であの人を拘束したのよ？　変な誤解して根にもたないでほしいな……」

尾形は言葉を返せなかった。

ただふうふうと息を荒げ、血走るまなこで麻理子を睨《にら》みつけていた。

本当のことを言えよ？　と訊《たず》ねてみたかった。

本当はどちらを愛しているんだ？　と問い質《ただ》したかった。

しかし、それが意味のあることだとは思えない。ようやく理解できた。いまこのとき、おそらく彼女は、本当に尾形のことを裏切っていないと思っているのだ。逆に先ほどは、心の底から自分は尾形に強制されて日出雄を裏切ったと思っていたはずだ。真実はどこにもない。彼女にあるのはただ、欲望だけだ。行動を裏打ちする人間的な内面がすっぽり抜け落ち、状況に応じて自分が少しでも有利になろうという、生存本能のようなものがあるだけなのである。

まったく、空恐ろしくなってくる。

言ってみれば、尾形も美里も、あるいは二宮日出雄さえ、麻理子の底の抜けた欲望に振りまわされた犠牲者なのかもしれなかった。そして、彼女の空虚さが事態を悪化させ、絶望に塗り固めていった。いま構えている猟銃がなによりの証拠だった。彼女さえいなければ平穏な生活を脅《おびや》かされることもなく、一生涯、人を殺《あや》めるための道具など手にすることはなかっただろう。

「ねえ、思いだして……」

麻理子は上目遣いになって、親指の爪《つめ》を嚙《か》んだ。

「わたしが愛してるのは尾形さんだけでしょう？　この十日くらいずっと一緒にいて、お互いにそれがはっきりわかったじゃない？」

ねっとりと潤《うる》んだ瞳《ひとみ》で見つめられた。尾形は殺意によって熱くたぎっている全身の血液が、体の中心に集まっていくのを感じた。

自宅とはいえ、空き巣の真似事《まねごと》をするためだろう。麻理子はジーンズにセーターという軽装だった。にもかかわらず、眩暈《めまい》がするほど女を感じてしまう。生死を賭《か》けたあとだからか、尾形の五感はひどく敏感になっているようだった。

「ねえ、早くお金集めて逃げましょう？　わたし、早くふたりきりになりたい……」

甘くささやく麻理子の言葉は、噓《うそ》でも真実でもなく、中身がからっぽだった。そんなことはよくわかっていた。けれども言葉の意味ではなく、甘くささやく女らしい声に欲情してしまう。頭ではなく、体が反応してしまい、気がつけば尾形は、ズボンの下で痛いくらいに勃起《ぼっき》していた。

（ちくしょう……）

血が出るくらい唇を嚙みしめても、勃起はおさまってくれなかった。

「早くふたりきりになりたい」のは、尾形の欲望でもあったからだ。足元に散らばった大金をバッグに詰めこみ、麻理子とふたり、手に手を取りあってこの非現実的な修羅場から逃げだしたかった。新幹線や飛行機が動きだす朝まで、ひとまず淫靡《いんび》な空気のたちこめるラブホテルに身を隠す。言葉も交わさず麻理子の体を求める。死線をくぐり抜けた興奮のまま、あるいは恐怖から逃れるように、この世でもっとも相性のいい女体を抱き、よく濡《ぬ》れた柔らかい肉を猛《たけ》り勃《た》った男根でメッタ刺しにせずにはいられないだろう。頭が真っ白になり、我を忘れることができるまで、むさぼるように腰を振りたてるだろう。

そして、射精に至ったときは、泣きだしてしまうかもしれない。

生きている実感を性交によって確認できた幸福に、麻理子の胸に顔を押しつけて、子供のように泣きじゃくってしまうかもしれない。

だが、尾形は麻理子のように、からっぽの状態に居直れなかった。男のプライド、言葉にしてしまえば陳腐きわまりないものかもしれないが、それをどうしても捨てきれなかった。もっと端的に言えば、自分を裏切った女を男として許せなかったのである。

「俺はもう、うんざりだよ……」

尾形は眼力をこめて麻理子を睨みつけながら、噛みしめるように言った。

「こんなことが続くのは、うんざりだ。嫌気が差しちまった。逃げてどうなる？　どうせそいつが……おまえのダンナがやくざ者の追っ手を寄こして、こんなことが繰りかえされるだけだ。平穏な生活なんて二度と戻ってきやしない……」

「……どういうこと？　うんざりしたからどうだっていうのよ」

麻理子が訝《いぶか》しげに眉《まゆ》をひそめる。必死に平静を取り繕っているが、銃口を突きつけられているので、眉尻が恐怖と不安にピクピクと跳ねている。

「ここで解散ってことにしよう」

尾形は吐き捨てるように言った。

「そっちはここに残ってもいいし、金を持って逃げてもいい。だが、俺はもう付き合いきれない……」

「……解散？」

麻理子が呆然《ぼうぜん》とつぶやき、

「ああ……」

尾形はうなずいた。

「いろいろあったが、これで終わりだ……お別れだよ……」

もちろん、そんな生ぬるいクライマックスで、人生を棒に振ったこの一連の出来事にピリオドを打てるわけがなかった。しかし、ひとまず真意は隠しておいたほうがいいだろう。すべての幕をおろす前に、まだやることが残されているからだ。

「……そう」

麻理子は長い黒髪をかけあげて、ふうっと深く息をついた。

「それならそれでしかたがないわね。夫を謀《たばか》るためだけど、わたしがさっきひどいこと言ったのも事実だし……お金は折半でいい？」

「俺はいらない」

「やけにならないでよ。お金はきちんと半分ずつに分けましょう。それに、もういいかげん銃をおろしてくれないかしら」

麻理子はしゃがみこんで畳に散らばった一万円札を集めようとしたが、

「待て」

尾形は銃口を突きつけて遮った。

「……なによ？」

麻理子が溜息《ためいき》まじりに顔をあげる。

「銃をおろしてくれないと、普通に話もできないんだけど……」

「解散する前に、借りを返してもらいたい」

尾形は畳に転がっている日出雄を一瞥《いちべつ》した。

「俺はその男に、女房を寝取られたんだ。その借りを返してもらう」

「まだそんなこと言ってるの？」

麻理子は呆《あき》れたように首を振り、

「あなただって寝取ってるじゃないの、わたしのこと。フィフティ・フィフティよ。どうしても腹の虫が治らないなら、このお金を慰謝料って考えればいいんじゃない？」

片頬をあげて皮肉めいた苦笑をもらしたので、尾形はその頬に銃口を押しつけた。

「笑うな」

ひきがねに力をこめる。

「笑うんじゃない。笑いごとじゃないんだ。俺はただ寝取られただけじゃない。眼の前で女房を犯されたんだぞ。禍々《まがまが》しい刺青《いれずみ》を背負った壊し屋に……」

ぎりりと歯を食いしばった表情が、殺意の発露に見えたのだろう。

「ま、待ってよ……」

麻理子はあわてて苦笑を引っこめ、すがるように見つめてきた。

「お願いだから落ち着いて……あなた、猟銃扱ったことあるの？　ないでしょ？　間違えて指に力をこめすぎたら、わたし、即死よ。とにかく銃をおろして……」

「じゃあ脱げよ……」

尾形はこめかみに浮かべた血管を痙攣《けいれん》させながら言った。

「裸になって俺に抱かれるんだ。それですべて終わりだ。金も全部くれてやる……」

身の底から、怖いくらいの衝動がこみあげてくる。噴火するマグマにも似た破壊衝動だった。これから、麻理子と日出雄というひと組の夫婦を壊滅させるのだ。

尾形はよく知っていた。眼の前で自分の女が田楽刺しにされ、オルガスムスに達するところを見せられれば、男の心は折れる。簡単に真っ二つになる。ぜひともそんな気分を、日出雄にも味わってもらいたい。

だが……。

それだけでは、この煮えたぎるような破壊衝動は、とてもおさまってくれないだろう。心を折ったあげくに、命も奪う。裏切りのオルガスムスを披露した女と一緒に、涙が涸《か》れるまで命乞いさせてから、蜂《はち》の巣となってあの世に旅立ってもらう。むろん、そうなれば尾形自身も死ぬつもりだった。ひとりでコソコソ逃げまわる気力などないし、警察に囚《とら》われて麻理子との関係を供述させられるのもまっぴらごめんだ。どういう形にせよ、すぐにふたりのあとを追うだろう。すべては無に帰るのだ。

「さあ、早く脱げよ」

鈍《にび》色に輝く銃口で麻理子のひきつった頰を突《つ》きながら、尾形は笑いをこらえるのに往生した。人を殺すことも、自分が死ぬのも怖くなかった。むしろ、おのれの手でこのおぞましい修羅場に幕を引けるという事態に陶酔し、恍惚《こうこつ》さえ覚えていた。

麻理子が服を脱いでいく。

いつも下着に贅沢《ぜいたく》をしている彼女にしては珍しく、地味なベージュのブラジャーを着けていた。空き巣用の軽装と同じ理由によるものだろう。ストッキングもガーター式ではなく、パンティストッキングだった。ナチュラルカラーのナイロンに包まれ、股間《こかん》にぴっちりと食いこんでいるのは、ブラと揃《そろ》いのベージュのショーツである。

「こんなことして、いったいなにになるっていうの……」

麻理子は端整な美貌を真っ赤に染めて、震える声でつぶやいた。

「やられたことをやり返すなんて、子供じみてるわ。復讐《ふくしゅう》がしたいなら、お金を持って逃げればいいじゃない。下に行けば義母や義妹の部屋があるから、宝石とか盗《と》っていったほうが、よっぽど復讐になるじゃないの……」

「いいから、早く脱げよ」

尾形は言い、ごくりと生唾《なまつば》を呑《の》みこんだ。

小柄だが凹凸に富んだ垂涎《すいぜん》のボディを、高級ランジェリーで飾っている普段の姿もたまらなくそそるが、ベージュの上下にパンティストッキングという今日の格好も悪くない。生活感あふれる色合いが、三十一歳の人妻の色香を生々しく伝えてくる。

「……くっ！」

麻理子は悔しげに顔をそむけて、極薄のナイロンをウエストから剝《は》がしていった。

パンティストッキングには、センターシームという股間を縦に割る一本の線が入っている。スカートの中に隠れることを前提とし、見た目をまったく考慮していない不細工な縫い目だ。そんなものが女の大切な部分に這《は》っていることが、ガーターストッキングを愛用している彼女には許せないのだろう。パンスト姿を見られたことがさも屈辱的だと言いたげに、横顔をこわばらせて脚から抜いていった。

「それもだよ、早く」

上下の下着だけになった麻理子を、尾形は声を高ぶらせて急《せ》かした。

「ううっ……」

麻理子はブラジャーのホックをはずすために両手を背中にまわしながら、横眼でチラと日出雄を見た。尾形もその視線を追いかける。首都圏に二十店舗あまりの居酒屋チェーンを展開している〈二宮フーズ〉の豪腕社長も、芋虫のように転がされていては形無しだった。口はガムテープで塞《ふさ》がれているが、耳までは塞いでいない。尾形と麻理子のやりとりは聞こえているから、刻一刻と鼻息は荒くなり、禿《は》げあがった額に脂汗《あぶらあせ》を浮かべ、形相は険しくなっていくばかりだった。

麻理子がブラをはずした。自分のスタイルに自信がある彼女は、尾形の前で裸になっても羞《は》じらわない。むしろ堂々としている。けれども今日ばかりは勝手が違った。ブラを畳に落とすなり、恥ずかしそうに自分の腕で自分を抱きしめ、情けない中腰になった。

「どうしたんだよ?」

尾形は口許《くちもと》に意地の悪い笑みをもらした。

「ダンナにだっていつも見せてる裸だろ。恥ずかしがるなんておかしいぜ」

麻理子は美しいアーモンド形の眼をキッと吊《つ》りあげた。むろん、ただ単に、裸を見せることを羞じらっているわけではないだろう。その後に行なわれることに思いを馳《は》せれば、身がすくんでしまうというわけだ。

「悪くないな。なんだか興奮しちまうよ……」

尾形は猟銃を構えたまま、麻理子のまわりをゆっくりとまわった。

「そうやって恥ずかしがってるキミの姿は新鮮だ。恥ずかしいか？　んん？　さすがのキミでも、ダンナの前で犯されるのは照れちまうか？」

ベージュのフルバックショーツに包まれた桃尻《ももじり》をぺろりと撫《な》でてやると、

「やめてっ！」

麻理子は尻尾《しっぽ》を踏まれた猫のような形相で睨《にら》みつけてきた。

まったく悪くない、と尾形は胸底でほくそ笑んだ。こんなことをする第一の目的は、もちろん日出雄に対する復讐だ。それは間違いない。しかし同時に、麻理子のこともしたたかに傷つけることができそうだった。傷つけてやりたかった。土壇場《どたんば》で手のひらを返した性悪女を恥辱の際《きわ》でのたうちまわらせてやれば、さぞや胸がすくことだろう。

「ほら、早く脱げよ。それとも脱がせてほしいかい？　俺の手で……」

尾形がニヤニヤしながら顔をのぞきこんでやると、

「自分でできます」

麻理子は尾形の視線を振り払うように、長い黒髪を跳ねさせて首を振った。たわわに実った胸のふくらみを露《あら》わにし、情けない中腰のままショーツをおろした。思春期の少女のように繊毛の生えかかった剃毛《ていもう》の痕跡《こんせき》が、尾形の眼を射《う》つ。日出雄の眼は、もっとしたたかに射ったことだろう。

「よーし」

尾形はうなずくと猟銃を足元に置き、かわりに麻理子が脱ぎ捨てたパンティストッキングをつまみあげた。

「キミのことはもう信用できないからな。悪いが縛らせてもらうよ」

まだ女体のぬくもりの残った極薄のナイロンで、麻理子の両手を後ろ手に縛った。

それから、自分も服を脱いだ。ブルゾンにセーターにズボン……生まれて初めて覚えた殺意のおかげで、Tシャツは汗びっしょりだった。ブリーフまで脱いで隆々と勃起しきった男根を取りだすと、室内はさらに異様な雰囲気に包まれた。

修羅場の中に現われた裸の男女は、どちらも陰毛が生え揃っていなかった。臍《へそ》を叩《たた》きそうなほど反り返ったペニスはずきずきと熱い脈動を刻み、鈴口から涎《よだれ》じみた先走り液を大量に漏らしている。

尾形はチラと日出雄を見た。

鼻息を荒げ、眼球がこぼれおちそうなほど眼を剝《む》いて、日焼けした禿げ頭を湯気が立ちそうなくらい紅潮させていた。そんな男の前に勃起しきったイチモツをさらしていると、言いようのない全能感がこみあげてきた。抜き身の日本刀を振りかざしたときより、猟銃を構えて狙《ねら》いを定めたときより、ずっと鮮烈で生々しいエネルギーが五体をわななかせ、男根に力をみなぎらせていく。

麻理子を抱き寄せ、唇を重ねた。

いつもと違って、麻理子はなかなか口を開かなかった。全裸になってからはけっして日出雄のほうを見なかったけれど、意識していないわけがない。逆に意識しているからこそ、見ないようにしているのだろう。体中を硬くこわばらせ、唇を真一文字に引き結んで、口の中に舌を差しこむことが容易ではなかった。

それでも尾形は、辛抱強く唇の合わせ目を舌でなぞっていく。ふっくらした上下の唇がふやけるほどに舐《な》めまわし、ようやくのことで麻理子が口を開くと、ねちっこく舌をからめていった。ネチャネチャとことさら下品な音をたてながら、唾液を啜《すす》り、唇の裏側から歯や歯茎に至るまで、丹念に舌で愛撫《あいぶ》していく。

そうしつつ、左手で抱いた腰を強く引き寄せた。右手を胸に伸ばし、後ろ手に縛られていることで無防備に突きだされているふくらみを、裾野《すその》からそっとすくいあげてやる。

「うんんっ……うんんんっ……」

舌を吸いながら、やわやわと乳房を揉《も》みしだくと、麻理子の鼻息ははずみはじめた。運命を感じてしまうほど相性がいいうえに、この十日あまり毎晩まぐわっているこの体の性感帯を、尾形は隅々まで把握していた。乳房で言えば、麻理子はことのほか裾野が敏感なのだ。やわやわと揉むだけではなく、指の腹でそっとさすったり、時に爪を立てて、ツツーッ、ツツーッ、と裾野から頂点に迫《せ》りあがるカーブをなぞってやれば、腰がビクンと跳ねあがる。まだ触れてもいない乳首が、燃えあがる炎のような赤い色を誇示するように、むくむくと物欲しげに尖《とが》ってくる。

尾形は口づけを中断して、乳首に舌を伸ばしていった。

とはいえ、ここでも焦《あせ》らない。まずは周縁から、赤い乳暈《にゆううん》と白い素肌の境目からチロチロ、チロチロと舐めたてていく。

「くぅうっ！　んんんっ……」

麻理子がうめき声をあげ、体重を預けてくる。早くも立っていられないとばかりに、両膝《ひざ》をガクガクと震わせている。

「あああっ……」

尾形が乳首を口に含むと、麻理子の口からせつなげな声がもれた。しかし、すぐに歯を食いしばってこらえる。夫の眼の前で犯されようとしているのだ、と自分に言い聞かせるようにいやいやと首を振り、身をすくませる。

しかし彼女に、快楽の波状攻撃から逃れる術《すべ》はなかった。

尾形は乳首を吸いしゃぶりながら、右手を下肢へと伸ばしていった。まろやかな桃尻の丸みを吸いとるように撫でまわし、むっちりした太腿《ふともも》の感触を嚙《か》みしめるように揉みしだく。何度触っても、うっとりするような触り心地だ。

右手を体の前面にまわして、手指を股間に這わせていく。そこにもうっとりするようなカーブがある。こんもりと盛りあがったヴィーナスの丘だ。生えかけでチクチクする恥毛の感触もいやらしく、男の指を挑発してくる。

「んんんーっ！」

指先がきわどい部分に届きそうになると、麻理子は左右の太腿をぎゅっと閉じあわせた。無駄な抵抗だった。尾形の手指は強引に太腿の間に侵入していった。股間の奥から伝わってくる、むっと湿った妖《あや》しい熱気がそうさせた。

「あああっ……」

女の急所に指をあてがわれた麻理子は、眉根《まゆね》を寄せた悩ましい顔で、すくめた体をぶるっ、ぶるるっ、と震わせた。

「濡《ぬ》れてるじゃないか？」

尾形は勝ち誇った顔でささやいた。くにゃくにゃした花びらの表面が、たしかにじっとりと濡れていた。

「奥はもっとびっしょりなんじゃないか？　興奮してるのか？　ダンナの眼の前で犯されようっていうのに、こんなに濡らしていいものなのか？」

「も、もうやめてっ……」

麻理子はせつなげに眉根を寄せたまま、唇をわななかせた。

「こんなことしてなにになるっていうのよっ……ねえ、考え直してっ……わたし、やっぱりあなたと一緒に逃げたいっ……二度と裏切らないって約束するから……お願いだからっ……んんんっ！」

からっぽの哀願は、痛切な悶《もだ》え声に呑みこまれた。尾形が割れ目をいじりはじめたからだ。湿り気を帯びた花びらを掻《か》き分け、掻き分け、指を奥に侵入させていく。ぴちぴちした貝肉質の粘膜は、思ったとおりいやらしいほど濡れまみれている。

「やめてと言ってるわりには、ずいぶん濡れてるみたいだぞ。んん？」

ぬぷぬぷと浅瀬を指で穿《うが》ち、割れ目をなぞりたてていく、花びらをめくりあげ、奥からあふれた発情のエキスをまぶすように指を動かす。肉の合わせ目をまさぐって、クリトリスに小刻みなヴァイブレーションを送りこんでいく。

「ああっ、いやっ……いやあああっ……」

麻理子は涙まじりの声をあげ、両脚を縦長のダイヤ型に歪めていった。いやだいやだと言いつつも、体は指の刺激に翻弄《ほんろう》され、愛撫に必要なスペースをつくってくれる。

「ふふっ、それでいいんだよ……」

尾形は洪水状態の割れ目の上でひらひらと指を泳がせながら、淫《みだ》らに紅潮した麻理子の耳殻に熱っぽくささやいた。

「べつに特別なことをしようってわけじゃない。いつも通りでいいんだ。僕たちがいつもどんなふうに愛しあってるのか、キミのダンナに見てもらいたいだけなんだ」

「あああっ……はぁあああっ……」

悶える麻理子が両膝をがっくりと折ったので、尾形は女体を畳の上に横たえた。畳の上というより、ばら撒《ま》かれた札の上だった。汗ばんだ麻理子の体のあちこちに一万円札が貼《は》りつき、修羅場の様相がいちだんと異様さを増していく。

そう、それはたしかに異様な光景だった。いままでの尾形であれば、おぞましさに嘔吐感《おうとかん》すら覚えたかもしれない。しかしいまは逆に、興奮を煽《あお》りたててくる。さらなる異様さを求めて、麻理子の両脚をM字に割りひろげていく。

「ああっ、いやあああっ！　いやああああああっ……」

泣き叫ぶ麻理子の上に、尾形は馬乗りになった。上下を逆さまにした、男性上位のシックスナインの体勢だ。もちろん、女陰を舐めるところを、日出雄に見せつけるためだった。麻理子のM字開脚はしっかりと、畳に転がった日出雄のほうに向けられている。

「むぐっ……ぐぐっ……」

日出雄は激しく鼻息を荒げて、血走った眼を剥いている。日焼けした顔を熱い血潮の色に上気させ、ガムテープに巻かれた体を必死になってよじっている。

尾形は勝ち誇った顔でその様子を眺めてから、麻理子の女の部分に視線を移した。アーモンドピンクの花びらに人差し指と中指をあてがい、合わせ目をぱっくりと割りひろげた。薄桃色の肉ひだがつやつやと輝きながら、薔薇《ばら》の蕾《つぼみ》のように幾重にも折り重なって、びっしりと詰まっている。その様子を、戸籍上の夫の前にさらけだしてやる。

「ううっ、やめてっ……ひろげないでっ……」

背後で麻理子が絞りだすような悶え声をあげた。体のいちばん敏感な部分に、視線を感じているのだろう。それもひとりではなく、ふたりぶんの熱い視線を。

「ぼやぼやしてないでしゃぶってくれよ」

尾形は女の割れ目を閉じたり開いたりしながら、もう一方の手で麻理子の唇に猛《たけ》り勃《た》った男根をねじこんだ。そしてもう一度、日出雄を見た。視線と視線が火花を散らしてぶつかった。麻理子がうぐうぐと唇を収縮させるほどに、尾形は自分の顔が燃えるように熱くなっていくのを感じた。全身がたぎりきっていた。眼の前にさらけだされた薄桃色の粘膜を味わいたくて、口の中に唾液《だえき》があふれてくる。

「むうっ！」

尾形が獰猛《どうもう》に尖らせた唇を女の割れ目に押しつけると、

「うんぐぐーっ！」

ペニスを咥《くわ》えこんだ麻理子が、鼻奥で痛切な悲鳴をあげた。

復讐はまだ始まったばかりだった。

男性上位のシックスナインを、それから三十分以上続けた。

麻理子の上で四つん這《ば》いになった尾形の口のまわりは、彼女が漏らした獣じみた匂《にお》いのする粘液でベトベトに濡れまみれている。的確にツボをとらえたクンニリングスに、麻理子の蜜壺《みつつぼ》は嬉《うれ》し涙をあとからあとからあふれさせた。アヌスや内腿はびしょ濡れで、割れ目からしたたり落ちた粘液が、女体の下にある一万円札まで糸を引いて垂れ流れていた。

「うんぐっ……ぐぐぐっ……」

鼻奥で悶えながらフェラチオに勤《いそ》しむ麻理子は、股間だけではなく全身を汗にまみれさせていた。甘酸《あまず》っぱい匂いのする発情の汗で体中をねっとりとコーティングし、雪色の素肌を生々しいピンク色に染めあげている。

彼女は発情しきっていた。

それもそのはずだ。いつもなら、シックスナインはお互いを高めあう。シーソーで遊ぶように、どちらかの愛撫が熱っぽくなれば、どちらかは受けにまわって愛撫をクールダウンさせ、快感を受け手は返し、返しては受ける。

しかしいまは、尾形が一方的に責めつづけていた。舌の根が痺《しび》れるほど舌を動かして、クリトリスを転がした。肉ひだの一枚一枚をめくりあげては舐めしゃぶり、あふれる粘液を啜りあげた。割れ目に指を挿入し、Gスポットを中心に膣《ちつ》の内側を愛撫するときでさえ、舌や唇を休めなかった。クリトリスに吸いついて、恥丘の内側と外側から急所を挟み撃ちにして刺激しつづけた。

そうしつつ、決してオルガスムスは与えなかった。女体が恍惚《こうこつ》の予感にぎゅうっとこわばってくると、愛撫の手をとめて、麻理子の口唇を男根でずぶずぶと穿った。それはもはや、フェラチオの快楽を得るためではなく、女体を追いつめるための動き以外のなにものでもなかった。

実際、シックスナインの体勢を崩したときの麻理子の様子は、ほとんど意識朦朧《もうろう》としていた。眼が虚《うつ》ろに泳ぎ、ただ呼吸を整えることに腐心する肉の人形と化していた。ねちっこく執拗《しつよう》に責めたてたクンニに加え、呼吸さえろくに許してやらなかったのだから、頭の中が真っ白になっていることは間違いなかった。

これでもう、余計な抵抗や躊躇《ためら》いにわずらわされなくてすみそうだ。

「よーし、俺の上にまたがるんだ」

尾形はあぐらをかき、背面座位での結合を迫った。

「いやっ……こ、こんなのっ……」

麻理子の言葉は、ハアハアと高ぶる呼吸の間でかろうじて絞りだされたものであり、言葉に相応《ふさわ》しい抵抗などなにもできなかった。頭は真っ白、体は骨抜き、あまつさえ、両手を後ろに縛られたままなので、いささか難しい体位とはいえ、尾形が挿入の準備を整えるのに手間はかからなかった。麻理子をあぐらの上にまたがらせ、女の割れ目に隆々とそそり勃った男根をあてがった。

「ああっ、いやあっ……」

麻理子はうねうねと細首を振り、長い黒髪を振り乱した。蹲踞《そんきょ》の体勢でひろげられた股間《こかん》は、畳に転がった日出雄のほうに向けられていた。結合の有様をつぶさにさらけだしてやるためにこの体位を選んだのだから、当然のことだった。

「そら……腰を落としてくるんだ」

尾形は背後から麻理子の腰を両手でつかみ、くびれたカーブをさすり撫《な》でた。

「ううっ……くぅううっ……」

麻理子は首に筋を浮かべてうめいたが、中腰の体勢を長くは維持していられない。じりっと腰が落ち、女の割れ目にずぶりと男根が埋まりこむ。といっても、まだ亀頭《きとう》の半分ほどだ。麻理子はその状態で、しばらく耐えた。奥からあふれた発情のエキスが、熱で溶けた蠟《ろう》のように勃起《ぼっき》しきった肉竿《にくざお》にタラーリ、タラーリ、と垂れてくる。

「我慢するのは体に悪いぜ」

尾形は麻理子の腰を撫でさする。軽いタッチで、けっして無理強いはしない。挿入するために腰を落とすのは、あくまで彼女自身にさせるつもりだった。

「ダンナに見てもらえよ。俺のチ×ポを咥えこむところを……自分から咥えこんで、いやらしく乱れていくところを……」

「いやっ……いやようっ……」

麻理子は振り返って尾形を見た。

「ねえ、お願いっ……こんな格好、許してっ……せめて普通にっ……」

「ダメだ」

尾形はきっぱりと首を横に振った。正常位で繋《つな》がれば、男の体が女の体に覆《おお》い被《かぶ》さり、麻理子の乱れっぷりが隠されてしまう。日出雄の眼に、麻理子があられもなくよがり泣く姿を焼きつけるのに都合が悪い。

「まあ、覚悟が決まるまでゆっくりしていればいいさ……」

尾形はふっと苦笑をもらし、腰のくびれを撫でさすった、軽やかなフェザータッチで、乳房の裾野をくすぐってやった。畳の上で踏ん張っている麻理子の足指はきつく折れ曲がり、開いた太腿はぶるぶると震えている。背中にかいた汗の量もすごい。無理強いするまでもなく、みずから男根を咥えこむのは時間の問題だった。

「ああっ……はぁああっ……」

麻理子の腰が再びじりっと落ち、亀頭のほとんどを割れ目に埋めこんだ。尾形はいよいよ間近に迫った結合の瞬間に身震いし、生えかけの恥毛がチクチクするヴィーナスの丘を指で撫でまわした。まだ剃毛《ていもう》した草むらが生え揃《そろ》っていないので、日出雄の位置からはアーモンドピンクの花びらが内側に巻きこまれ、性器と性器が密着している様子がよく見えるはずだった。もしかすると、肉の合わせ目にあるクリトリスが、包皮を剝ききって真珠のように輝いているところまで見えるかもしれない。

やがて、陥落のときがやってきた。

「ああっ、見ないでっ！　あなた、見ないでぇええええっ……」

麻理子は痛切な声で叫ぶと、顔を日出雄からそむけて腰を落としてきた。はちきれんばかりにみなぎった男根をみずからずぶずぶと吞みこみ、喉《のど》を天に突きだした。

「はっ、はぁうううううううーっ！」

最奥の子宮を男根に押しあげられる衝撃に、甲高い悲鳴を放つ。瞬間、両脚を閉じようとしたが、尾形は許さなかった。両手で左右の内腿を押さえ、M字開脚を続けることを強要した。

「あああっ、いやああああっ……もういやあああああっ……」

さすがの性悪女も、夫の前で犯されるのは堪《こた》えるらしい。悲鳴がみるみる潤《うる》みきり、ぎゅっとつぶった瞼《まぶた》の下から熱い涙を流した。

「ククク ッ、泣くのはまだ早いんじゃないか？」

尾形は波打つように震えている麻理子の内腿を揉《も》みしだき、

「見ないでほしい状態になるのも、これからだ。なあ、そうだろう？」

柔らかい腿肉を揉んでいた右手を、そろりそろりと結合部に這わせていく。生えかけの恥毛を下から上に逆撫で、肉の合わせ目にある官能のスイッチボタンを探りだす。

「そら、本性を見せてみろ」

ねちり、とクリトリスを刺激すると、

「あぅううううーっ！」

麻理子はあぐらの上でのけぞった。背中を弓なりに反らせ、大股《おおまた》開きのままビクンと腰を跳ねあげた。その動きが淫《みだ》らな腰使いの呼び水になる。ねちねちとクリトリスを転がすリズムに合わせて、腰が前後に動きだし、開いた股間をしゃくりはじめる。

「ああっ、やめてっ……やめてえええええーっ！」

「なにがやめてだ。自分から動いてるんじゃないか」

尾形はたしかにクリトリスをいじっていたが、他にはなにもしていない。にもかかわらず、麻理子の腰の動きは一秒ごとに淫らになっていく。咥えこんだ男根を離そうとはせず、ずちゅっ、ぐちゅっ、と卑猥《ひわい》な肉ずれ音を撒き散らす。股間をしゃくるたびに潮まで撒き散らしそうな勢いで、性器と性器をこすりあわせる。

（体と体の赤い糸か……）

人妻を夫の前で凌辱《りょうじょく》する悪鬼を演じつつも、尾形は深く唸《うな》ってしまった。肉と肉がこすれあい、痺れるような快美感が訪れるたびに、狂おしいなにかが目覚めていった。

妻を寝取られた復讐《ふくしゅう》とか、日出雄の心を折るだとか、すべてをぶち壊してしまいたい破壊衝動とか、そんなものよりもはるかに強く、痛切なななにかだった。他のものには代え難い、まぶしいほどの生の悦《よろこ》びだった。

それを謳歌《おうか》するように、割れ目に咥えこまれている男根が限界を超えてみなぎっていく。よく濡れた女肉の層をむりむりとひろげて、奥の奥まで占拠していく。

「ああっ、いやああっ！　いやあああああっ……」

麻理子は夫の前で犯される恥辱に泣き叫びながらも腰を振り、したたかに股間をしゃくってはひいひいと喉を鳴らしてよがり泣いた。尾形はその体を後ろからきつく抱きしめた。下からぐいぐいと律動を送りこみ、大股開きの女体を深々と貫いた。

「あぁうううううーっ！　はぁうううううーっ！」

先ほどのシックスナインでオルガスムスを焦《じ》らし抜かれていた麻理子は、いまにも恍惚に駆けあがっていきそうだ。

「むうっ……」

尾形はもはや拘束の必要はないと判断し、麻理子の両手を縛っているストッキングをといた。繋がったまま背中を押し、背面座位から獣のようなバックスタイルになる。日出雄の心を折るためだけなら、体位を変える必要はなかった。自分の妻が男の上にまたがり、結合部も露《あら》わにみずから腰を使ってゆき果てていく姿こそが、もっともダメージを与えられる図に違いないからだ。

しかし、尾形は我慢できなくなってしまった。みずから自由に腰を振りたてて、麻理子を犯し抜きたかった。この十日あまり、毎日毎日、何度も何度もまぐわってなお、麻理子の体に対する欲望は色褪《いろあ》せない。性器と性器がこすれあうほどに新しい欲望が生まれ、すくすくと育《はぐく》まれて、挑みかからずにはいられなくなる。まったく恐ろしいほどに、戦慄《せんりつ》すべき体の相性だ。

四つん這いになった麻理子の腰をつかみ、いきなりフルピッチで突きあげた。パンパンッ、パンパンッ、と桃尻《ももじり》をはじいて、肉の悦びをむさぼった。

「はっ、はぁううううーっ！」

麻理子がひときわ甲高い悲鳴をあげて、背中を弓なりに反らせる。後ろから浴びせられる怒濤《どとう》の衝撃をこらえるために、手元にある一万円札を次々と握りつぶしていく。

「どうだっ！　どうだっ！　たまらないんだろう？」

ぬんちゃっ、ぬんちゃっ、と肉ずれ音を粘りつかせて、尾形は男根を抜き差しした。

「気持ちがいいなら、いいって言えよ。眼の前の男に言ってみろよ」

「いやっ！　いやようっ！」

麻理子はちぎれんばかりに首を振る。

「ああっ、もうやめてっ！　もう許してっ！」

全身の素肌を生々しいピンク色に染めあげ、歓喜の悲鳴をこらえられないくせに、言葉ではあくまで拒絶してみせた。もはや取り返しのつかないところに足を踏みこんでしまっているのに、夫の前でオルガスムスに達する恥だけはかきたくないらしい。

しかし、そんな態度が逆に、尾形の欲情を燃え狂わせた。

こうなったら、意地でも日出雄の前でイキまくらせてやらねば気がすまない。

手応《てごた》えはあった。

いやだいやだと言いつつも、男根を咥えこんだ蜜壺の食い締めは一打ごとに強まっていくばかりで、内側の肉ひだがざわめいている。アクメ欲しさにあとからあとからこんこんと発情のエキスを分泌《ぶんぴつ》し、玉袋の裏側まで垂れ流れてきている。再びフルピッチの連打を送りこんでやれば、一分ともたず恍惚の彼方《かなた》にゆき果てていくだろう。

（よーし……）

息を呑《の》み、怒濤の連打を開始しようして、考え直した。ただイカせるだけなら造作もなかった。造作もなさすぎた。畳の上に札が撒《ま》き散らされ、甲冑《かっちゅう》が倒れ、日本刀や猟銃までが転がっているこの修羅場の風景に、相応しいとはとても言えない。

尾形はもう一度息を呑むと、右手を振りあげて丸々と実った麻理子の桃尻をスパーンッと打ちのめした。

「ひいいーっ！」

麻理子が驚いて振り返る。

「な、なにをするの……」

「気持ちがいいなら気持ちがいいって言うんだ。ダンナに聞こえるようにはっきりと」

尾形は抜き差しのピッチをあげ、と同時に左右の尻丘に、スパーンッ、スパーンッ、と容赦ない平手打ちを打ちおろした。

「ひいいいいいーっ！」

泣き叫ぶ麻理子の尻をさらに叩《たた》く。叩きのめす。

なにか目論見《もくろみ》があったわけでも、効果を計算していたわけでもない。ただ欲望のままに行なったことだったが、尾形はすぐに夢中になった。スパーンッ！　スパーンッ！　と尻を叩く打擲音《ちょうちゃくおん》がサディスティックな興奮を駆りたて、それに続く阿鼻叫喚《あびきょうかん》の悲鳴が狂おしいほどに欲情を揺さぶりたてる。

しかも、平手がヒットするたびに、ただでさえ締まりのいい蜜壺が、ぎゅっと収縮して男根を絞りあげてきた。衝撃的な快美感が体の芯《しん》を走り抜け、眼も眩《くら》むような陶酔感を与えてくれた。尾形は欲望の修羅となった。むさぼるように腰を使い、平手を尻に打ちおろす。スパンキングの衝撃に引き締まった蜜壺に、渾身《こんしん》のストロークを送りこんでいく。

（まだ……まだこれほど鮮烈な快感が……）

もはや抱き尽くしたかもしれないと思っていたのに、麻理子の体にはいつも驚かされてしまう。いつだって新鮮な感動がある。

「ひいっ！　やめてっ！　ぶたないでえええええっ……」

麻理子は長い黒髪を振り乱して泣き叫んだ。しかし、彼女もしっかりと気づいているようだった。この責めの衝撃的な快感を。尻を叩かれるたびに性器と性器が密着してゆく一体感を。叩かれてなお尻を突きだし、結合を深めてきているのが、なによりの証拠だった。ぶるっ、ぶるるっ、と身震いしながら、痛みさえ快感に変えてよがり始めた。

「ああっ、いやあっ！　もういやあっ……」

スパーンッ！　スパパーンッ！　と尻を叩かれながら、切羽つまった声をあげる。

「イクイクイクッ……もうイクッ……イッちゃううううーっ！」

「おうっ！　おうっ！　ダンナを見て言うんだっ……」

尾形の限界も迫っていた。スパンキングをやめてくびれた腰を両手でつかみ、フィニッシュの連打を開始した。パンパンッ、パンパンッ、と尻を鳴らし、力のこもったつき、抜き差しで奥の奥まで犯し抜いていく。よく濡れた肉ひだがカリのくびれにまつわり抜き差しのたびに痺れるような快美感が訪れる。

「そら、言えっ！　ダンナを見てイクッて言えっ！」

尾形は火を噴くように叫んだ。

「ああっ、いやあっ……あなた見ないでっ……見ないでえええええっ……」

麻理子は最後の最後まで、日出雄の前で絶頂の恥をかくことを拒みきった。少なくとも言葉ではそうだった。性悪のくせに見上げた根性だと、尾形は感服した。

いや……。

もしかしたら麻理子は本当に、心の底から日出雄を愛していたのかもしれないという想念が、脳裏をよぎっていく。

金目当てに資産家の後妻に入った女だと誰もが認識していたし、尾形自身もそう思っていた。しかし、まわりの冷たい視線に耐えながら二十五歳年上の男を真剣に愛し、にもかかわらず体だけは別の男に引き寄せられ、その挙句、家に帰れなくなってしまったとしたら……ならば彼女こそが、この一連の出来事の真の被害者ではないだろうか。心と体を引き裂かれ、誹謗《ひぼう》と中傷にまみれて死んでいく、悲劇のヒロイン。

しかし、尾形がなにかを考えていられたのもそこまでだった。

身の底からこみあげてきた射精欲が、頭の中を真っ白にした。

「むううっ！」

腰をひねり、えぐりこむように最後の楔《くさび》を打ちこんだ。ドピュッ！と吐きだした。

蜜壺《みつつぼ》に深々と埋めこんだ男根が、発作の痙攣《けいれん》に暴れだし、

「イッ……イクッ……イクウウウウウウウウーッ！」

悲痛に歪《ゆが》んだ声をあげて、麻理子も果てた。夫の眼の前で四つん這いの身をよじり、煮えたぎる欲望のエキスを注ぎこまれながら、歓喜と恥辱に泣きじゃくっていた。

第十章　壊し屋

激しいオルガスムスで意識が飛んでしまったらしい。

麻理子は眼を覚ますと視線だけを動かしてあたりを見渡した。全裸の尾形が仰向けに倒れて息をはずませ、ガムテープでぐるぐる巻きにされた夫の日出雄が真っ赤な顔で鼻息を荒げていた。畳の上に赤備えの甲冑《かっちゅう》が倒れ、猟銃が転がり、茶棚には尾形の殺意の痕跡《こんせき》を留めるように日本刀が刺さっている。

すべてが夢ならよかったけれど、それほど都合のいい話がこの世にあるはずがない。夫の眼の前で犯され、五体の肉という肉を躍らせて恍惚《こうこつ》をむさぼってしまった――これが現実であることは、まだ体の芯《しん》に生々しく残っているオルガスムスの余韻によって嫌でも自覚せざるを得なかった。淫《みだ》らな汗で濡《ぬ》れた素肌に貼《は》りついた、あまたの一万円札が気持ち悪い。

「なあ……」

尾形が眼を向けてくる。いつも事後に見せる虚《うつ》ろな眼だ。麻理子はその眼が嫌いだった。後悔や罪悪感や気まずさに彩《いろど》られた、出すものを出してしまった男の眼……。

若いころから年上の男に惹《ひ》かれるタイプだった麻理子は、不倫の恋に溺《おぼ》れた経験が何度かある。妻子ある男たちは、むさぼるように麻理子の体を求めたあと、決まってそういう眼を向けてきた。抱き方が情熱的であればあるほど、落差が耐え難かった。

だが、いまこちらに向けられている眼は、ただ虚ろなだけではない。

「シャワーを浴びてこいよ。それに、自分の家なら着替えだってあるだろう？」

そう言った尾形の眼つきに、麻理子は戦慄《せんりつ》にも似た不吉な予感を覚え、

「もちろん逃げるためよね？　一緒に逃げてくれるのよね？　お金を集めて……」

声を震わせて訊《たず》ねた。

「ああ……」

尾形は相好《そうごう》を崩してうなずいた。

「タクシーを呼んでここから出ていこう。俺もようやく悟ったよ。やっぱりキミとは離れられない。キミなしじゃ生きられない……でも、そんな髪もぐしゃぐしゃで化粧もボロボロじゃ人前に出れないだろ。シャワーを浴びて着替えてきな。いつもみたいな綺麗《きれい》なスーツやワンピースがいいな。髪やメイクもしっかり直してさ」

やさしげに言いながらも、眼だけは笑っていなかった。虚ろなだけではなく、後悔や罪悪感や気まずさに彩られているだけではなく、もっと深く、もっとドス黒いもの

にその眼は支配されていた。

「じゃあ、待ってて。急いで戻ってくる……」

麻理子は体を起こして肌についた一万円札を払いのけると、逃げるように部屋から飛びだした。全裸であることを気にすることも、日出雄を一瞥《いちべつ》する余裕すらなかった。廊下を早足で歩きだすと、心臓が怖いくらいに早鐘を打ちはじめた。

尾形の眼つきから伝わってきたのは、憎しみであり殺意であり狂気であり虚無であり、ひと言で言えば絶望だった。彼の瞳《ひとみ》には未来に一条の光さえ見えていないようだった。打ち捨てられた古井戸にも似て、底の見えない暗黒だけに塗り潰《つぶ》されていた。

つまり……。

麻理子が命じられた通りに身繕いを整え、修羅場の部屋に戻ったそのとき、待ち受けているのは無理心中の大惨劇に違いない。

尾形はおそらく、妻の仇《かたき》である日出雄を殺し、裏切り者の麻理子を殺し、自分も死ぬという覚悟を決めている。直感だが、たぶん間違いない。

それにしても、その前にシャワー浴び、服を着替え、髪やメイクを直すよう命じてくるなんて、男というものはつくづくロマンチックな生き物だと思った。数えきれないほど恍惚を分かちあった女に対する思いやりのつもりかもしれないけれど、吐き気がするほどのロマンチズムだ。

（なにがキミなしじゃ生きられないよ……殺されるなんて冗談じゃない……）

麻理子はバスルームのある一階におりずに、寝室の扉を開けた。クローゼットから下着を出して着け、黒いワンピースに袖《そで》を通した。尾形が気に入ってくれそうなシックでドレッシーなワンピースだったが、ただ単にいちばん目につくところにあり、着るのが簡単だっただけだ。彼がこの服を着た麻理子の姿を眼にすることは金輪際ないだろう。

本当に尾形と手に手を取って逃げられるのなら、それでもよかった。

すべてを捨てて逃げだしたかった。

尾形と一緒であることが重要なのではなく、尾形とまぐわっているとき血の出るような眼つきでこちらを睨《にら》みつけていた、日出雄の視線から逃れたかった。視線が痛かった。睨まれるほどに、素肌をチリチリと焦《こ》がされるような気がした。

軽蔑《けいべつ》と失望の入り混じった日出雄の眼で見つめられながら、麻理子は自分が心の底から彼を愛していたことを理解した。ひとりの男に軽蔑され、失望されることが、肉体的な痛みを伴うなんて、愛している以外にどんな理由があるのだろう。

にもかかわず、体は恍惚を求めて淫らにくねり、腰を振りたてて他の男のペニスをしゃぶりあげてしまった。全身を欲情の汗で濡らし、涎《よだれ》じみた発情のエキスをしとどに漏らしながら、麻理子は夫婦の愛が燃え尽きていくのを感じていた。

だが、それでも死のうとは思わない。

死んですべてを無に帰すことに、意味があるとはとても思えない。

無理心中なんて、考えただけでぞっとする。

出すものを出してしまえば虚ろに眼を泳がす男と違って、気を失うほどのオルガスムスに果てた女は、生きる気力を新たにするものなのかもしれなかった。

まだ生きたい。生きつづけたい。

尾形の狂気じみた本意を悟ったことで、逆に自分の無限の可能性に気づかされた。

体と体で結ばれた赤い糸は、果たして一本だけなのだろうか？

もしかするとまだ何本も、結ばれている相手がこの世にはいるかもしれない。

それを探すためだけにだって、生き延びる価値は充分にある。

部屋に残してきた大金に後ろ髪を引かれつつも、麻理子は足音を殺して階段をおりていった。シャワーを浴びるためではなく、逃げるためだ。自分が逃げだせば、まず間違いなく日出雄は殺されてしまうだろう。それでも踵《きびす》を返す気にはなれなかった。

自分が戻ったところで日出雄を助けることなどできないし、無理心中のキャスティングが揃《そろ》ってしまうだけなのだから……。

ところが。

階段をおりきったところで、麻理子は何者かに背後からつかみかかられた。口を塞《ふさ》がれて声をあげられなくなり、腰に手をまわされて抱きあげられると、小柄な麻理子の両足はジタバタと宙に泳ぎ、身動きも封じられた。

「うんぐっ……ぐぐっ……」

鼻奥で悶《もだ》えながら、薄闇《うすやみ》に眼を凝らす。廊下を照らす灯は、端々に飾られた美術骨《こっ》董品《とうひん》にあてられた小さなダウンライトだけ。覚束《おぼつか》ない視界の中で、男たちが物陰からヌッと姿を現わした。坊主《ぼうず》頭や厳《いか》つい体のシルエットと、抜き身のナイフのように鋭い視線で、どういう種類の輩《やから》であるかはすぐに察せられた。前に三人、後ろにひとり。全部で四人の男たちに、麻理子は囲まれた。

「大丈夫ですか、奥さん？」

ささやきかけてきた顔色の悪い男には、見覚えがあった。二度ばかり、日出雄の会社の社長室ですれ違ったことがある。日出雄は麻理子に彼のことを紹介しなかったし、彼も小さく会釈《えしゃく》しただけですぐにその場から姿を消した。物腰は柔らかく、品のあるスーツに身を包んでいたが、極道であることは間違いなさそうだったので、麻理子もあえて正体を質《ただ》さなかった。

「上には、社長以外に何人いる？」

顔色の悪い男がささやく。

「社長からさっき電話があった。家に賊が侵入したってね。銃があるからひとりで片づけるつもりだが、念のため若い衆を連れてきてくれって……相手は何人なんだ？」

「うんぐぐっ……」

麻理子は日出雄の用心深さに舌を巻きながら、人差し指を立てた。

「ひとり？　つまり奥さんのコレだけかい？」

男は苦い顔で親指を突きだした。

麻理子は後ろの男に口を塞がれながら、顎《あご》を引いてうなずいた。顔がひきつりきっていた。

暴力のプロである彼らなら、無理心中に駆りたてられている、正気を失った男を取り押さえることも不可能ではないだろう。しかし、麻理子と尾形の関係が知られているなら、こちらの身も危ない。麻理子のことを、この家に侵入した「賊」のひとりと認識しているに違いない。

（どうしよう……どうすればいいの……）

いずれにしろ、日出雄が助けられれば終わりだ。眼の前で他の男に抱かれ、オルガスムスに達した妻を、彼が許すとは到底思えない。

「協力してもらいますよ」

顔色の悪い男がささやく。

「社長とはいろいろあったみたいだけど、命の恩人となれば情状酌量もあるかもしれない。うん、命くらいは助けてもらえるんじゃないか。囮《おとり》になって部屋の扉を開けて、やつが銃を持ってなかったらサインを送ってくれ。指を二本立てるだけでいい。ピースだ。そうしたら、私らが踏みこむ。すぐにゲームオーバーになる……できるね？」

麻理子はうなずいた。うなずくことしかできなかった。そもそも世の理《ことわり》から逸脱した粗暴な男たちに囲まれていては、身がすくんでまともに頭が動いてくれない。

拘束をとかれ、二階への階段をのぼっていった。

膝《ひざ》が震え、何度も立ちどまりそうになったけれど、そのたびに後ろから背中を押された。ごく軽い力だったが、絶対服従を求める屈強な意志が伝わってきた。

廊下を進み、扉の前に立った。

ドアノブをつかむ前にチラと横をうかがうと、四人の男たちは手に手に黒い拳銃《けんじゅう》を握りしめ、息を呑《の》んでいた。

凍《い》てつく恐怖に駆られながら、麻理子は扉を開けた。眼に飛びこんできたのは、しゃがんだ尾形の姿だった。すでに服を着け直し、畳に散らばった一万円札を集めては、丁寧に揃えてバッグに詰めこんでいた。

「ずいぶん早かったな。まだ全部集めきれてない……」

尾形は麻理子を見てまぶしげに眼を細めた。

「うん？　服はいいけど、髪やメイクが直ってないぜ。慌《あわ》てることないから、きちんとしてこいよ。せっかくだったら、綺麗なキミを連れて逃げたいし……」

「あああっ……」

麻理子は両手で顔を覆《おお》って、その場に泣き崩れた。自分はいったい、この男を何度裏切れば気がすむのだろう。どうして信じてやれなかったのだろう。先ほどの彼の言葉は、心からのものだったのだ。本気で「やっぱりキミとは離れられない。キミなしじゃ生きられない」と言ってくれたのだ。

麻理子はピースサインを出せなかった。

けれども修羅場慣れしている男たちは、麻理子の態度と尾形の口調で銃は持っていないと的確に判断したらしい。次の瞬間、麻理子を押しのけて部屋になだれこんでいき、すべては終わった。

二宮の家は、母屋《おもや》の裏に蔵がある。

日出雄の骨董趣味の一環だ。江戸時代から残っていたものをどこからか移築してきたらしく、往時を偲《しの》ばせる漆喰の壁と瓦《かわら》屋根が趣ある土蔵だった。

その蔵には地下室があった。麻理子もその存在を知らなかったから、隠し部屋のようなものに違いない。趣のある外観とは裏腹に、床も壁も天井もコンクリート打ちっ放しの殺風景な部屋だった。正妻が存在を知らなかった部屋なのに、顔色の悪い男たちは妙に場慣れしていて、初めて訪れた雰囲気ではなかった。

麻理子は、ガムテープによって後ろ手に縛られた状態で、部屋の真ん中に立ちすくんでいた。

眼の前で繰りひろげられているのは、尾形に対する四人がかりの凄惨《せいさん》なリンチだ。

麻理子は体の芯から恐怖に凍《い》てつき、悲鳴すらあげることができなかった。

肉と肉、骨と骨とがぶつかり合う鈍い音。噴きだした血の鮮明な赤。暴力のプロによるリンチは容赦なく、尾形の顔はみるみる紫色に腫《は》れあがり、服は破れて血に染まっていった。殴られた拍子に首がおかしな方向にねじれ、そのまま首の骨が折れて死んでしまうのではないかと何度も思った。

そして、足元から震えがこみあげてくる理由が、もうひとつあった。

部屋の隅に置かれた、二本のドラム缶だ。

剝《む》きだしのコンクリートに覆われているとはいえ、地下室はきわめて清潔で、絨《じゅう》毯《たん》を敷き、家財道具を運びこめば住むことさえできそうなのに、そのドラム缶だけは泥やペンキの残滓《ざんし》にまみれ、ひどく場違いな、不吉と言っていい存在感を示していた。

(もしかして……)

麻理子はそのドラム缶に死体が入っているのではないかと思った。

日出雄のまわりには、以前から行方不明者の噂《うわさ》があった。都市伝説ふうに言えば「消えた愛人」ということになるだろうか。新婚当時、いい年をした会社の運転手にまで「浮気だけはしないほうがいいですよ。消されちゃいますから」と真顔で忠告され、異様な感じを覚えたものだ。

噂の断片をつなぎ合わせていくと、どうやらこんな過去があったらしい。

日出雄は前妻を失ってから数年後、銀座の売れっ子ホステスと男女の関係になった。しかし、彼女の職業のせいで姑《しゅうとめ》や小姑《こじゅうと》に結婚を反対され、彼女にも結婚願望がなかったことから、月々の手当を与えて愛人として囲うようになった。

その愛人が浮気をした。日出雄からせしめた金をホストに貢《みつ》いでいたのだ。浮気が発覚してしばらく経《た》つと、彼女は友人知人との連絡をいっさい絶って行方不明になった。相手のホストもだ。日出雄は元来、自分を裏切った人間に対して執念深い報復をする男としてまわりに恐れられていた。加えて、浮気を知ったときの激昂《げきこう》ぶりが尋常でなかったことから、日出雄がふたりをこの世から葬《ほうむ》り去ったという噂がたったのである。

馬鹿馬鹿《ばかばか》しい、と当時の麻理子は一笑に付した。

水商売の女が行方不明になったくらいで殺人を疑うとは笑止千万だし、そもそも浮気をする気など毛頭なかったから、気にもとめずに忘れてしまった。

思いだしたのは、自分自身に浮気疑惑の火の粉がかかったときである。咄嗟《とっさ》の機転で日出雄の疑惑は晴らすことができたが、日出雄のいないところで、小姑の弥生に吐き捨てるようにこう言われた。

「あんたもチホみたいにコンクリート詰めにされちゃえばよかったのに」

チホというのは「消えた愛人」の名前だ。

「ちょっと！」

側にいた姑のトキがあわてて制したので弥生は口をつぐんだが、麻理子の顔を眺めては、いつまでも意味ありげにほくそ笑んでいたのである。

「もうそのへんでいいだろう」

日出雄が言い、ようやく尾形に対する暴力がおさまった。顔色の悪い男たちは、手際《てぎわ》よくボロ雑巾《ぞうきん》のようになった尾形をガムテープでぐるぐる巻きにした。口には巻かなかったが、歯が折れて大量の血を吐きだしていたので、口枷《くちかせ》をせずともしゃべることなど不可能のようだった。

「どうしましょうか？」

顔色の悪い男が日出雄に訊《たず》ね、

「とりあえずそのままでいい。そのまま転がしておいてくれ」

日出雄の顔は、禿《は》げあがった頭の頂点部まで憤《ふん》怒《ぬ》で真っ赤に上気しており、いままでに見たことがないような険しい眼つきをしていた。

「奥さんはどうします？」

「ああ……」

日出雄の眼が麻理子に向いた。怒りに燃え狂う瞳《ひとみ》に一瞬、軽蔑と失望が浮かび、

「この女はもうダメだ。売りものにする。そのための手配もすでにしてある」

まったく抑揚のない口調で言うと、背中を向けて出口に向かっていった。

「待ってっ！ 待ってください、あなたっ！」

麻理子は追いすがろうとしたが、日出雄の背中は極道たちによってすぐにガードされてしまった。顔色の悪い男が、哀《かな》しげな眼つきでふっと笑いかけてきた。諦《あきら》めるんだな、という心の声が聞こえてくる。

「ねえ、売りものってなんですか？　あなたはいったい、わたしをどうしようっていうのっ！」

涙声で叫ぶ麻理子を一瞥《いちべつ》もせずに、日出雄は地下室を出ていった。極道たちもそれに続き、麻理子は追いすがろうとしたけれど、新たに現われたふたりの男によって、地下室に押し戻された。

「あああっ……」

麻理子の顔は絶望に歪《ゆが》んだ。

男のひとりには見覚えがあった。少年のような顔に暴力の匂《にお》いを漂わせているその男は、翔という名の「壊し屋」だ。セックスによって、女を骨抜きにするプロである。

そして隣にいる男は、尋常ではない巨漢だった。百八十センチを超える相撲取りのような体軀《たいく》を、小柄な麻理子は小山を見上げるように仰いだ。スキンヘッドで、首が肩にめりこんでいた。こちらも翔同様に暴力の匂いがあからさまな風貌《ふうぼう》で、けれどもギョロリとしたふたつ眼と、分厚い唇がひどく好色そうだった。

「やあ、また会いましたね。二度と会うことはないと思ってましたが……」

翔は尾形に向かって言うと、パイソン柄の革靴をカツカツと鳴らし、紫色に腫れあがった顔の前に立った。

麻理子は反射的に出口に向かって走りだしたが、すぐに巨漢に捕まった。百キロを軽く超えそうな体つきなのに、身のこなしがひどく俊敏だった。

「いやっ、離してっ！」

麻理子は叫んだが、後ろ手に縛られているうえに相手が巨漢ではどうしようもない。

その様子を見て翔が笑い、

「ククク、竜夫は元力士だから、逆らわないほうがいいですよ。首でもひねられれば、一秒で即死だ」

竜夫と呼ばれた巨漢に目配せしてから、再び尾形を見下ろした。

「しかし、おたくも見上げた根性ですね。俺に女を寝取られたところを目撃すれば、たいていの野郎の心は折れるんですが……」

「ぐごっ……」

尾形はなにかを言おうとしたが、口から出たのは折れた歯と血反吐《ちへど》だけだった。

「二宮社長、怒り狂ってましたよ。最愛だった奥さんを、娼婦《しょうふ》に堕《お》とそうっていうくらいにね。一週間かかるか一カ月かかるかわかりませんが、これから彼女が色ボケになるまで、竜夫とふたりで犯《や》って犯って犯りまくります。おたくはそこで見ててください。彼女が人間から獣に堕ちていくところを……一秒たりともチ×ポなしじゃ生きていけない、淫獣《いんじゅう》になっていくところを……」

「……うぐおっ！」

なにかを言おうとした尾形の口を翔は革靴の踵《かかと》で踏みつけると、麻理子にゆっくりと眼を向けてきた。

「奥さん、あなたも覚悟を決めてくださいね。社長を裏切った代償は安くないです。まあ、二度と普通の生活には戻れないと思ってください。おそらく、ど田舎の売春宿で一生体を売りつづけることになる。それに耐えられるだけの心と体を、これからみっちりつくってあげますから……」

ささやく翔の眼はトカゲのようにぬめり、射すくめられた麻理子は悲鳴をあげた。阿鼻叫喚《あびきょうかん》と呼んでいいほどの悲鳴はしかし、分厚いコンクリートに跳ね返され、自分の耳にわんわんと反響するばかりだった。

翔と竜夫は、麻理子の口にガムテープを貼《は》り、足を縛って床に転がすと、地下室にベッドを運びこんできた。母屋の閨房《けいぼう》で日出雄と寝ていたベッドだ。麻理子が嫁に来たときに買い求めてくれたもので、広いベッドでゆっくり眠りたいという麻理子の希望と、年若い後妻との夫婦生活を伸びのび味わいたい日出雄の希望が一致し、大人が三人ゆうに横になれるキングサイズのベッドだった。

それを地下室に運びださせたということは、もはや麻理子への未練がいっさいないという日出雄のメッセージなのだろうか。どうやら本気らしい、と麻理子の体は恐怖に冷たくなっていった。本気で麻理子を壊し屋たちの餌食《えじき》にし、この世の果ての売春婦に堕とすつもりなのだ。

（嘘《うそ》でしょ……どうして、そんな惨《むご》たらしい目に遭わなくちゃいけないの……）

チホのように命を奪われ、コンクリート詰めにされてしまうよりは、まだマシなのだろうか。顔色の悪いやくざ者が言っていた「情状酌量」とは、このことなのか。

いや……。

きっとそうではない。日出雄の麻理子に対する怒りや憎悪《ぞうお》は、一瞬で命を奪いとってしまうことをよしとできないほどのレベルに達し、生き地獄で延々とのたうちまわらせなければ気がすまないということに違いない。

翔と竜夫はベッドの他にも、食糧やカセットコンロやミネラルウォーターや、籠《ろう》城《じょう》に必要なものを次々と地下室に運びこみ、鋼鉄製の頑丈な扉を閉めた。麻理子には彼らふたりが、地獄の門番に見えた。

「さあて……」

翔は麻理子の足枷をとき、立ちあがらせた。麻理子の膝がガクガクと震えているのを見て、竜夫が後ろから支えてくる。

「あんたにはもう逃げ場はないし、助けもこない。痛い目に遭いたくなければ、従順でいることだ。快楽の追求だけに集中するんだ。もし抵抗すればシャブを食わせる。セックスは涎《よだれ》がとまらなくなるほど最高になるけど、あっという間に廃人になるから、まあ、オススメはできない。ククッ、もしフェラのとき歯を立てたりしたら、歯を全部抜いてやるから、そのつもりでな。歯を抜いた口でフェラされるのは、男にとっては極楽なんだよ。でもその年から総入れ歯じゃ、やっぱり長生きはできないだろう……」

翔は眼力をこめて麻理子を睨《にら》むと、口のガムテープを剝《は》がした。背後で竜夫が腕の拘束をとく。

「ゆ、許してっ……」

麻理子は震える声を絞りだしたが、

「無駄口を叩《たた》くな」

　翔は麻理子の唇を乱暴につまんだ。

「同じことを二度と言わせないでくれよ。あんたが許される可能性はない。ゼロだ。従順になって気持ちよく色ボケになっていくか、抵抗して命を削られながら色ボケになっていくか、それはあんたの自由だけどね……」

　翔は唇から手を離すと、ベッドに腰かけて脚を組んだ。

「服を脱げよ」

　麻理子を睨みつけながら、冷たく吐き捨てる。

「あんただって外に男つくるくらいなんだから、セックスは嫌いじゃないんだろう？　いや、綺麗《きれい》な顔してかなりの好き者だな。俺にはわかる。ど田舎の売春宿でオマ×コガバガバになるまでセックス漬けで暮らすってのも、案外悪くないかもしれないぜ……」

　言いながら眼顔で「早く脱げ」と急《せ》かしてきたので、

「ううう っ……」

　麻理子はしかたなく両手を首の後ろにまわし、ワンピースのホックをはずした。抵抗と言っても愚図《ぐず》るくらいのことしかできないし、愚図れば愚図るほど壊し屋たちの機嫌が悪くなるのは火を見るよりも明らかだったからである。

黒いワンピースを脱いで、下着姿になった。外に逃げだすためにあわてて着けたので、黒いシンプルなブラとショーツだった。

「それもだ」

翔の言葉に体が突き動かされ、麻理子は女の恥部を隠す薄布を、上下とも脱ぎ去った。ブラをはずし、乳房を露《あら》わにした瞬間、心細さに泣きたくなり、ショーツまでおろすと体を起こしていられず、自分を抱えてその場にしゃがみこんでしまった。

「立つんだ」

翔が言い、竜夫が腕を取って立ちあがらせた。麻理子は乳房と股間《こかん》を手で隠そうとしたが、無駄な抵抗だった。すぐに竜夫によって引き剝がされ、バンザイをするように両手を持ちあげられた。

「ううう っ……」

顔を真っ赤にしてうつむく麻理子に、竜夫がヒューッと口笛を吹く。

「すごいね。小柄で細いのに出るところはしっかり出て、極上のボディじゃないか」

「まったくだな……」

翔は尾形を見やり、

「野郎がカミさんを裏切って、こっちの女に走っちまったのもうなずけるよ。これだけのスタイルだと、抱き心地にも期待を持たせるねえ」

立ちあがって麻理子に近づいてきた。

「言えっ！」

「あぐっ！」

双頰を乱暴につかまれ、麻理子は驚いて眼を見開いた。

「よろしくお願いしますって言え。頑張って一日も早く立派な肉便器になりますから、よろしくご指導ご鞭撻《べんたつ》くださいってな」

「ぐぐっ……ぐぐっ……」

双頰をつかんだまま持ちあげられ、爪先《つまさき》立ちになった麻理子は、言葉を継ぐことができなかった。ただ肉便器というおぞましい言葉だけが頭の中をぐるぐるまわり、恐怖のあまり背中に冷たい汗が噴きだす。

「まあ、いいや……」

翔が双頰から手を離した。ニヤリと笑った瞬間、口の中でなにかが光った。それまで、口数の割りには不思議なほど口を開かずにしゃべる男だと思っていたが、翔の舌には銀色に輝く丸いピアスが刺さっていた。

麻理子は三十一歳の女として、体を重ねた男の数が少ないほうだと思う。会ったその日にベッドインしたこともあるし、欲求が高まって自分から誘ったこともあるけれど、女性上位のいまの世の中、それくらいはごく普通と言っていいだろう。そしてどんなときも、相手に対してはそれなりの好意があった。レベルの高低はあるにしろ、嫌悪感を抱く相手と嫌々寝た経験はない。ましてや、ふたりの男を相手にしたことなど、あるはずがなかった。

だから、これは生まれて初めての経験だった。

翔と竜夫は麻理子をベッドにうながすと、それぞれブリーフ一枚になった。翔が足のほうに座り、竜夫があぐらに後頭部を載せる体勢で、麻理子をサンドウィッチにした。

翔の肌色はひどく白く、陽の当たる場所を避けて生きる爬虫類《はちゅうるい》の腹を彷彿《ほうふつ》とさせた。背中に背負った禍々《まがまが》しい刺青《いれずみ》が、なおさら爬虫類のイメージに拍車をかけた。

竜夫のほうはでっぷり太っているくせに筋肉質で、パンパンに張りつめた太腿《ふともも》は小柄な麻理子のウエストより太かった。肌が異様に浅黒いので、裸になっても分厚い鞣《なめ》し革に身を包んでいるように見える。

そんな男たちに、ふたりがかりで愛撫《あいぶ》されるのは、おぞましいばかりだった。

(とりあえず……我慢するしかない……耐えるしかない……いくらプロだって、出すもの出しちゃえば、逃げだすチャンスだってあるかもしれない……)

麻理子はそんなふうに自分を励ましながら、なすがままになった。仰向けにされ、両脚を無惨《むざん》にひろげられても、恥辱よりも恐怖が先に立ち、全身をこわばらせていることしかできなかった。

「ふふんっ、なかなか綺麗なオマ×コじゃないか」

翔がアーモンドピンクの花びらを割りひろげ、奥までのぞきこんでくる。

「ぴちぴちと新鮮そうで、見るからに気持ちよさそうなオマ×コだ。こりゃあ、仕込み次第でひと財産築けるね」

「肌のほうもたまんねえですよ」

竜夫が乳房をすくいあげる。

「手のひらに吸いついてくる、すげえ餅肌《もちはだ》。おっぱいも硬すぎず柔らかすぎず……男を狂わせる体だねえ」

言いながら鼻息を荒げ、せっせとふくらみを揉《も》みしだく。竜夫の手はグローブのように大きいが、手のひらにはしっとりと湿り気があった。揉み方もけっして乱暴ではなく、いやらしいくらいに繊細だ。

「さあて、それじゃあそろそろ、気分出してもらおうか」

翔が麻理子を見て、大きく笑った。先ほどまではほとんど口を開かずにしゃべっていたせいで気づかなかったが、異様に大きな口の持ち主だった。そのせいで、笑うと口が裂けたように見え、悪魔じみた顔になる。見せつけるように出された赤い舌も驚くほど長く、その中心では銀色のピアスが光っている。

「ククク。あれで舐《な》められると、女はたまらないんだってさ」

竜夫が乳房を揉みながら淫靡《いんび》に笑った。

「ローターやヴァイブなんて目じゃないくらい気持ちよくって、あっという間に我を忘れられるんだって。俺も一度舐められてみたいもんだよ」

「気持ちの悪いこと言うんじゃねえって」

翔が股間に顔を近づけてきて、麻理子は身構えた。女を骨抜きにするスペシャリストは、恥部にかかる吐息からして妙に湿り気を帯び、ひどく卑猥《ひわい》だった。

「俺の舌はな、女を悦《よろこ》ばせる専用なんだよ……」

生温い舌先で花びらをめくりあげられ、

「ああぁっ……」

麻理子は声をもらしてしまった。こんな輪姦《りんかん》じみた行為の最中で声などもらしたくなかったけれど、先ほど尾形とまぐわったばかりのその部分は、ひりひりするほど敏感になっていた。ねろり、ねろり、と舌先が躍りだすと、額にじっとり汗が滲《にじ》んだ。唾液《だえき》に濡《ぬ》れた舌の感触が、膣《ちつ》の奥まで染《し》みこんでくるようだった。

（やだっ、うまい……）

ほんの一分足らず舐められただけで、そう思わずにいられなかった。まだ舌先しか使っていないのに、翔のクンニリングスは性感のツボばかりを的確に捉《とら》えてきた。禍々しい刺青などを背負っているくせに、デリケートな舌使いで花びらをめくり、粘膜を軽やかにくすぐってくる。下から上になぞるように舐めあげては、肉の合わせ目にあるクリトリスのまわりでくるくると舌先をまわす。日出雄や尾形が下手というわけではないけれど、タッチのこなれ方が、素人《しろうと》の肩揉みと年季の入ったマッサージ師くらいに違った。

そしていよいよ、そのときがやってきた。

べろりと出した舌腹で、割れ目を舐めあげられたのだ。舌腹の中心には、刺青に負けず劣らず禍々しい、銀色のピアスが鎮座している。

「あぁううっ！」

麻理子は鋭い悲鳴を放ち、ビクンと腰を跳ねあげた。敏感な粘膜に冷たい金属の感触が襲いかかり、それがツツーッと這《は》いあがってきたのだ。いままで経験したことがない、舌の生温さと金属の冷たさのハーモニーが、戦慄《せんりつ》と裏腹の快美感を運んでくる。

ぶるっ、ぶるるっ、と体を震わせる麻理子に、翔はなおもしつこくピアスの舌で責めたててきた。粘膜にあたっているときは、まだよかった。しかし、それがクリトリスにあたると、もうダメだった。

「あぁあああっ！　あぁううう一っ！」

冷たい金属の感触が、小さな肉芽から体の芯《しん》まで響いてきた。こわばっていた五体を覚醒《かくせい》させ、淫《みだ》らにくねらせるのにあまりある刺激だった。ピアスがクリトリスにあたるたびに、体のいちばん深いところで熱い粘液があふれるのがはっきりとわかった。

おまけに、竜夫の愛撫も練達で、翔と呼吸が合っている。ねちっこく乳肉を揉みしだき、唾液で濡らした指でくすぐるように乳首を転がしてくる。頭は恐怖やおぞましさに支配されているのに、体は刺激に反応して、欲情に燃えあがっていく。

「むむっ、やっぱり……」

翔が不意に眉《まゆ》をひそめ、くんくんと鼻を鳴らした。

「あんた、野郎に抱かれたままオマ×コ洗ってないな。男の匂《にお》いがするぞ」

「ううっ……」

麻理子は恥辱に歪《ゆが》んだ顔をそむけた。それはその通りだ。シャワーも浴びずに逃げようとしていたのだから、洗ってなくて当然だった。

「まあ、いいや……」

怒りだすかと思った翔は、けれども楽しげにつぶやくと、

「こうすりゃあすぐに綺麗になる……」

人差し指と中指をするりと蜜壺《みつつぼ》に忍びこませてきた。本当に「するり」という感じだった。それほど濡れていたということなのかもしれないが、麻理子はほとんど抵抗感を覚えなかった。しかし次の瞬間、

「ひぃいいいいいーっ！」

眼を見開いて悲鳴をあげた。蜜壺の中で二本の指が折れ曲がり、Ｇスポットを押しあげられたのだ。ぐっ、ぐっ、ぐっ、と三度押され、四度目にはピュピューッと潮を吹いていた。羞《は》じらう暇さえなかった。Ｇスポットを押しあげられるたびに股間から潮が飛び散り、みるみるうちに翔の右手と股間の下のシーツをびしょ濡れにした。

「そーら、綺麗になった」

翔が濡れた二本指を蜜壺から抜き、勝ち誇った笑みを浮かべる。

「あああっ……あああっ……」

麻理子の体は、唐突に訪れたオルガスムスの余韻で、ガクガク、ブルブル、と震えていた。尾形にも潮を吹かされたことがあるが、技術のレベルが段違いだった。イカされることを頭で認識する前に、体はすでにイッていた。

このとき感じた恐怖を、どう表現すればいいのだろう？

裸で手術台に載せられた気分に近いのかもしれない。自分の体を完全に他人に委《ゆだ》ね、他人の意志で操られる恐怖……。しかし、医師の精巧かつ熟練の技術は病気を治すために使われるが、翔のほうはそうではなかった。

人を狂わせるために使うのである。

ふたりがかりのねちっこい愛撫は、それから小一時間ほども続いた。

「なあ、翔ちゃん。そろそろお口の具合を試してみようぜ」

竜夫が乳首を舌で舐め転がしながら言い、

「そうだな。彼女の体も温まってきたみたいだしな……」

翔は麻理子の股間から顔を離した。

「ククッ、上のお口も下のお口も、じっくりご賞味させていただこうか」

淫靡な笑みを交わすふたりを尻目《しりめ》に、麻理子はハアハアと息を荒げるばかりだった。体が温まってきたどころの話ではなかった。延々と続いた愛撫の間に、五、六度も潮を吹かされ、それ以上の回数をクリトリスでイカされていた。

まるで、押せば音を出す人形だった。もちろん、ペニスを挿入して達するアクメに比べれば、控えめな達し方だったけれど、腰から下は失禁したようにびしょ濡れで、女の割れ目からは潮とは違う獣じみた匂いのする粘液を怖いくらいに垂れ流していた。

息も絶えだえの麻理子に見せつけるように、男たちがブリーフを脱ぎ捨てる。長々と続いた愛撫のせいで朦朧《もうろう》としていた意識が、一瞬にして覚めた。

ふたりとも、恐ろしいほどの迫力に満ちた男根の持ち主だった。

翔のものは長さも太さも尾形よりひとまわり大きく、反り返る角度を誇示するように臍《へそ》に貼《は》りついていた。張りだしたエラの高さが戦慄を誘うほどだった。

竜夫のほうは長さで一歩翔に譲るものの、持ち主の体型に似て根元が異常に太い、ずんぐりむっくりした形をしていた。腹が出ているせいか真上には反り返っていなかったが、見るからにはちきれんばかりにみなぎっていて、戦艦に備えられた大砲のように麻理子に照準を定めていた。

「舐めてもらおうか」

立ったふたりに左右から挟まれ、麻理子はベッドの上で正座させられた。その鼻先に、二本の男根が突きだされる。近くで見ると、色の黒さが際立《きわだ》った。どちらのペニスも、長年にわたって磨きあげられた大黒柱のように、黒光りしていた。しかも匂いがすごい。ただ近づけられただけで、どちらからも獣の牡《おす》の匂いがむせるほどむんむんと漂ってきた。

「なに顔をしかめてるんだよ？　さっさと舐めろ」

翔が険しい顔で麻理子の髪をつかむと、

「まあ、いいじゃないか」

竜夫が下卑た笑いをもらした。

「どうせ二、三日もすれば、自分から咥《くわ》えこんできてさ、しゃぶりながらオマ×コ濡らすようになるんだから。嫌がってる顔を観賞できるのもいまのうちだぜ」

「まあな」

翔も下卑た笑いをもらし、脂《あぶら》ぎったふたりの男の顔が、麻理子を見下ろした。もはや逃れる術《すべ》はなさそうで、麻理子はおずおずと両手でそそり勃《た》った二本のペニスを握りしめた。どちらも硬くみなぎり、熱い脈動を刻んでいた。一本のペニスと相対するのがノーマルなセックスなら、二本であればアブノーマル。数が倍になっただけではなく、普通と異常のボーダーラインがそこにあった。ラインを超えてしまう生々しい実感を覚えながら、唇を開き、舌を差しだした。

「……うんあっ！」

翔のほうから、舐めていく。ともすれば縮みあがってしまいそうな舌を懸命に伸ばして、黒光りする亀頭《きとう》に唾液の光沢を纏《まと》わせていく。

「遠慮する必要はないぜ」

翔が髪をつかんで頭を揺さぶった。

「肉便器にとってフェラは最大の武器のひとつだからな。フェラがうまい女はすぐに人気が出る。こってり、ねちっこくやってくれよ」

「うんんっ！」

頭を押さえられて強引にペニスを咥えこまされ、麻理子は鼻奥でうめいた。物理的な大きさが、うめいた理由だ。顎《あご》を軋《きし》ませ、口内を隅々まで占領する、長大な肉棒だった。次第に大きさに慣れてくると、今度は心が軋んだ。嫌悪《けんお》の対象である男のものを頬張っていることに、切々と哀《かな》しみがこみあげてきた。

「そら、こっちもだ」

続いて竜夫が髪をつかみ、自分のペニスを咥えこませてきた。根元にいくほど野太くなっていく彼の男根は、翔のものを口に含むよりはるかにつらかった。鼻の下をだらしなく伸ばしたみじめな顔をしているのだろうと思うと、涙が出てきそうになったが、

「んんっ！」

上唇に違和感を感じてギョッとした。ペニスにあるはずのない硬い突起がふたつ、黒々と茂った陰毛に隠れていた。

「むふふっ、気づいてくれたかい？」

頭の上で、竜夫が不敵に笑った。

「俺のは舌じゃなくて、チ×ポについてるんだ。真珠だよ。ハメたときにちょうど、クリにあたる位置に埋めてある」

麻理子は卒倒しそうになった。女を悦ばせるために、ペニスに真珠を埋めこむ男がいるという話は聞いたことがある。舌に刺したピアスや素肌に彫った刺青同様、麻理子の日常生活からはかけ離れた、フィクショナルな耳障り《みみざわ》のする話だった。しかしそれは、都市伝説という名の作り話ではなかったらしい。拳銃《けんじゅう》や覚醒剤《かくせいざい》や死体の入っているドラム缶と同じく、この世に確実に存在するものだったのだ。

「そら、ちゃんと舐めてくれよ」

竜夫がグローブのような手で頭を押さえ、振りたててくる。みずからの腰も動かして、麻理子の唇をめくりあげては、喉《のど》のいちばん深いところまで亀頭を侵入させてくる。そのたびに硬い存在感を示す真珠がふたつ、上唇にあたった。

「うんぐっ！ うんぐぐっ……」

おぞましさと息苦しさが、麻理子を責め苛《さいな》んだ。それ以上に心が凍《い》てつき、ギシギシと軋みをあげる。だが、にもかかわらず、両脚の間が熱くなっていくのを感じた。度重なる潮吹きによって爛《ただ》れきっている女の部分が疼《うず》きだし、熱した蜂蜜《はちみつ》のような質感の分泌液《ぶんぴつえき》を垂れ流していた。

恐怖に駆られる心とは裏腹に、体は勝手に想像しているらしい。いま口に含んでいる野太いもので貫かれたときの衝撃を。貫かれながら上唇にあたっているふたつの突起がクリトリスにあたった瞬間のことを。肉や細胞のレベルで生々しく想像し、興奮しはじめているらしい。

体が心を裏切っていくのを感じた。

初めての経験ではなかった。尾形と体を重ねたとき、驚くほどの相性のよさに、体と体を結ぶ赤い糸などと、柄にもなくロマンチックなことを考えてしまったことがある。

しかし、尾形との関係には人間らしい手続きがあった。そこに愛はなかったかもしれないけれど、少なくとも情事の体裁をとっていたし、ダブル不倫の関係に、お互いが悩み、戸惑い、葛藤《かっとう》しながら、恍惚《こうこつ》に身をよじりあっていた。だが、いま行なわれているのは、娼婦《しょうふ》になるためのレッスンというおぞましいばかりのものであり、相手は嫌悪《けんお》感《かん》しか感じないやくざ者だ。

　それでも濡れてしまうのか？

　心は恐怖とおぞましさばかりに支配されきっているのに、体は淫らなエキスを垂れ流し、あまつさえ、二歩も三歩も先まで想像して、疼いてしまうのか？

「ぅんぐっ……ぅんぐっ……」

　口内を我が物顔で占拠する男根に悶《もだ》え泣きながら、麻理子は自分に絶望しそうになった。顔が燃えるように熱くなっているのは、息苦しさのためばかりではなかった。恥にまみれて、顔から火が出そうだった。

「むうっ、なかなか具合のいいロマ×コだぜ……」

　竜夫が熱っぽい息を吐きだす。

「なあ、翔ちゃん。お先に一発やらせてもらってもいいかい？　具合がよすぎて我慢できなくなっちまった」

「いきなり真珠マラの洗礼か。ククッ、少々荒っぽいが、まあいいや」

翔がうなずくと、竜夫はペニスを口唇から抜き去り、ベッドの上に仰向けになった。さながら倒れたトドだった。麻理子はその上にまたがされた。人が人である前に動物であることを高らかに謳《うた》いあげるように、竜夫の男根は天に向かって隆々とそそり勃っていた。

「自分で入れるんだ」

横に立った翔が、居丈高に言った。

「自分で入れて、自分で腰を使え。まあ、嫌でもぐいぐい使っちまうことになると思うがね……」

「ううう……」

麻理子は恥辱に顔を歪めながら、竜夫のペニスをつかみ、みずからの股間《こかん》に導いていった。もはや命じられるがままに体を動かすマリオネットのようなものだった。意識が朦朧としていて、考えることを頭が拒否している感じがした。

「んんんんっ……」

うめき声とともに腰を落とし、黒光りする男根を恥ずかしいほど濡れまみれた女の割れ目で呑《の》みこんでいく。ずぶずぶと奥まで咥えこんでいくと、根元にいくに従って野太さを増す肉棒に、入口をしたたかに割りひろげられた。

「むううっ、締まるっ……」

竜夫がたぎりきった顔で言い、大きな両手で麻理子のヒップをつかんだ。

「むふふふっ。まったく世の中は不公平だな。美人っていうのは、どうしてオマ×コの締まりまでいいもんなんだろう……」

「んんんっ……あああああっ……」

ヒップをぐいぐいと引き寄せられ、それが律動の呼び水になった。麻理子は左右の太腿《ふともも》で竜夫の腰を挟み、やや前屈《まえかが》みになった体勢で、体を前後に揺すりはじめた。両脚をM字に立てて結合部をさらしたり、上体を反らして乳房を誇示するより、そうしたほうが恥ずかしくないやり方だと思ったのだが、失敗だった。体重が前にかかりすぎた。

(な、なにこれ……)

竜夫のペニスの根元には、真珠が埋まっている。股間を前後にスライドさせるたびに、それがクリトリスにヒットした。ふたつの真珠で、女の官能を司《つかさど》る肉芽を挟まれた。その瞬間、痺《しび》れるような快美感が脳天まで響いてきて、ぎゅっと眼をつぶると瞼《まぶた》の裏で金と銀の火花が散った。続いて歓喜の熱い涙があふれてきた。根元が野太い男根に入口を割りひろげられる刺激と相俟《あいま》って、あっという間にわけがわからなくなった。

「はぁああぁっ……はぁああぁっ……はぁううううーっ！」

気がつけば獣じみた悲鳴を高らかに撒《ま》き散らしながら、むさぼるように腰を振りたてていた。ずちゅっ、ぐちゅっ、とあられもない肉ずれ音をたてて、憎むべき男のおぞましいペニスを、眉間《みけん》に縦皺《たてじわ》を寄せた悩ましい表情で一心不乱にしゃぶりあげていた。

「ククク。やっぱり奥さん、相当な好き者だったなあ……」

翔が卑猥《ひわい》に反った黒い男根を口唇に近づけてくる。

「そら、上の口も使うんだ。たまらないぜ。上から下から責められて、女冥利《みょうり》に尽きるってもんだ」

「うんぐっ！　うんぐぐっ……」

口唇《こうしん》にもペニスを咥えこんだ麻理子は、眉間に刻んだ縦皺をどこまでも深めつつ、きつく閉じた瞼の奥から熱い涙を流しつづけた。口内でねろねろと舌を動かし、股間をしゃくるように腰を振りたてた。

悔しいけれど、翔の言う通りだった。上の口まで男根で塞《ふさ》がれた瞬間、快楽に満ちた淫《いん》のエネルギーが体の内側にみるみる溜《たま》っていった。それが爆発したときのことを思うと、いまにも気が遠くなりそうな息苦しささえ心地よく、これが娼婦へ堕《お》ちる道であることも、相手が恐ろしいやくざ者であることも、どうでもいいことのように思われた。爆発によって身も心もバラバラに砕け散ってくれることだけが、生きる欲望と化していく。

（もう、ダメかもしれない……）

思考がやがて訪れるオルガスムスにだけ集中していくのを自覚しながら、麻理子は自分の認識が誤っていたことに気づいた。「壊し屋」とは、男女の仲を引き裂くプロフェショナルだと思っていた。女を寝取ることで、夫婦や恋人の関係を「壊す」ものだとばかり思っていたが、そうではなかった。

彼らは女を「壊す」のだ。女から恥も外聞もプライドも、人間らしい一切合切を剝《は》ぎとって、発情しつづける獣の牝《めす》へと堕とすのだ。

いや、違う。

獣の牝は一年中、四六時中、発情しているわけではない。彼らが舌に刺したピアスや、ペニスに埋めこんだ真珠まで使って麻理子に施そうとしているのは、セックス中毒をこじらせて、寝ても覚めても肉の悦《よろこ》びだけを希求する、ある種のフリークスへの変換手術なのかもしれなかった。

第十一章　花に嵐《あらし》の……

「ああっ、イクッ！　またイッちゃううううっ……」

麻理子が翔にまたがって腰を振っている。むさぼるような腰使いが切迫し、美貌《びぼう》は喜悦に歪《ゆが》みながら媚《こ》びるような上目遣いになっていく。

「ねえ、いい？　またイッちゃってもいい？」

「ククク、かまわないけど……」

翔は薄ら笑いを浮かべて、髪を振り乱してよがり泣く麻理子を見上げた。その眼つきには、精魂こめてつくりあげたみずからの作品を愛《め》でるような、ある種の満足感がくっきりと浮かんでいた。

「しかし、いいのかい？　今日は見学がたくさんいらっしゃるんだぜ」

「ああああっ……」

麻理子は部屋の隅に陣取った男たちを見て、いまにも泣きだしそうに眉根《まゆね》を寄せた。

パイプ椅子《いす》に、二宮日出雄が座っていた。ベッドで盛っている妻の姿をチラチラと見ては、不快感も露《あら》わに顔をしかめ、苛立《いらだ》たしげに貧乏揺すりを繰りかえしている。そのまわりには、ダークスーツに身を固めた顔色の悪い男たちがいた。尾形を痛めつけた男も、初めて見る顔もいる。

「ああっ、ごめんなさいっ、あなたっ……いやらしい女でごめんなさいっ……」

麻理子は淫《みだ》らな汗に濡《ぬ》れ光る肢体を、ぶるっ、ぶるるっ、と震わせて、懺悔《ざんげ》の言葉を継いだ。そうしつつも、腰の動きはとまらない。硬く勃起《ぼっき》した男根を咥《くわ》えこんだ股間《こ かん》をしゃくり、乳房をはずませてよがりによがる。燃えあがる炎のようになった乳首から汗の雫《しずく》を飛ばしながら、オルガスムスに向かって性急に駆けあがっていく。

「ああっ、イクッ……イクイクイクイクッ……はぁああああああーっ！」

剝《む》きだしのコンクリートに、獣の牝《めす》の悲鳴が響いた。

この地下室でこの声を聞くのはいったい何度目だろう、と尾形は思った。おそらく、百回じゃきかない。全身をガムテープでぐるぐる巻きにされ、コンクリートの床に転がされたまま、毎日毎日、麻理子が恍惚《こうこつ》をむさぼる声ばかりを聞かされている。

尾形と麻理子がここに監禁されてから、もう一週間は経過しているだろう。

正確な日数はわからないが、たったそれだけの時間で、壊し屋たちはきっちりと麻理子を破壊した。続けざまに与えられるオルガスムスによって、あるいは拷問《ごうもん》のようにそれを延々と焦《じ》らされることによって、四六時中、セックスのことしか頭にないような女に堕《お》とされてしまった。

むろん、他人の頭の中をのぞきこめるわけではない。だが、のぞきこめなくてもわかる。翔の上にまたがって果てた麻理子は、今度はすぐに竜夫のペニスを舐《な》めしゃぶりはじめた。

「ねえ、ちょうだい……この大きいの、麻理子にちょうだい……」

焦点の合わない眼で巨漢の竜夫を見上げ、顎《あご》から垂れる涎《よだれ》さえ拭《ぬぐ》わずに次の交接を求めるその姿は、禁断症状に震える麻薬中毒者そのものだった。いや、絶頂すれば絶頂するほど絶頂に飢えていくという意味においては、過食症患者に近いのかもしれない。いずれにしろ、普通の状態ではなくなっていた。完全なるセックス・アニマル、あるいはオルガスムス・マシーンだった。

「なかなかいい仕上がり具合じゃないですか」

顔色の悪い男が日出雄にささやいた。

「見てくれもいいし、これなら楽に一千や二千の値がつくんじゃないでしょうかね。早速、買い手の手配をしましょう」

「……花の命は短くて、か」

日出雄は長い溜息《ためいき》をつくように言った。

「儚《はかな》いねえ。受付嬢をしている彼女を見初《みそ》めたときは、それはそれは美しい大輪の花だったんだよ。しかし、散ってしまった花は、薄汚くて目の毒だ。存在自体が不愉快だ。なんだかもう、どうでもよくなってしまったよ」

「……とおっしゃいますと？」

「うむ……」

日出雄は口をつぐんで押し黙った。竜夫にバックから犯されはじめた麻理子と、床に転がっている尾形を交互に見た。それから視線は、吸い寄せられるように、場違いな異様さで地下室に置かれている、二本のドラム缶へと向かっていった。

「残念だったな……」

翔が神妙な顔でつぶやき、

「ああ、まったく……」

竜夫も痛恨を嚙《か》みしめるように溜息をついた。

「せっかくの苦労も水の泡っつーか、なんつーか……」

地下室にはすでに、日出雄の姿もやくざ者の姿もなかった。翔と竜夫、麻理子と尾形の四人だけである。といっても、ここに監禁されてからずっとそうであるように、ベッドにいる三人に対し、部屋の隅に転がされている尾形だけは蚊帳《かや》の外だ。

日出雄が地下室から出ていくとき、翔と竜夫は何事か耳打ちされていた。旺盛《おうせい》なエネルギーで麻理子を犯していたふたりが、妙に大人しくなったのはそれからだった。

「よし、引きあげよう」

「パアッと飲みにでも行きますか」

翔と竜夫が立ちあがり、服を着けはじめると、

「ねえ、どうしたの？」

麻理子が焦《あせ》った顔で言った。

「まだ今日は一回ずつしかしてないわよ。もう帰っちゃうの？ 麻理子のこと、可愛《かわい》がってくれないの？」

翔と竜夫は眼を見合わせ、

「どうやらゲームオーバーらしい」

翔が言った。

「もう二度と会うこともないだろう。お別れだ」

「どういう意味？」

麻理子はわけがわからないという顔でベッドをおり、翔にすがりついた。

「ゲームオーバーって……二度と会わないって……ねえ、わたしはこれからどうなっちゃうの？　売春宿に売り飛ばされるの？」

「俺たちはそのつもりだったんだよ」

竜夫が悔しげに吐き捨てた。

「そういうつもりであんたを仕込んでやったのに……ったく、もったいないことするぜ、こんないい女をよぉ……」

「おい」

翔は鋭い眼光で竜夫を制すると、麻理子を見て言った。

「とにかく、俺たちの仕事は終わったってこった。それだけのことさ」

「待ってよっ！」

麻理子は翔の腕をつかんだ。

「それって……それって……殺されるってこと？　わたし、殺されちゃうの？」

翔と竜夫はもう一度眼を見合わせたが、今度はなにも言わなかった。未練がましい、哀《かな》しげな眼つきをしつつも、断固とした態度で麻理子を押し返し、地下室から出ていった。鋼鉄製の扉が暗色の運命を告げるように、ドーンと重い音を響かせて閉まり、

「いやあああああーっ！」

麻理子はその場に崩れ落ちて泣きじゃくりはじめた。

（いよいよ殺されるのか……）

尾形は自分でも不思議なくらい、静かな気分だった。猟銃を持った日出雄に日本刀で襲いかかったときの、燃えあがるような生への執着はもうなかった。

ガムテープで拘束されたまま、一週間もコンクリートの床に転がされている体は、ただ息をしているだけで正気を失うほどの苦悶《くもん》を運んできた。手足の自由を奪われることが、これほど人間の気力を萎《な》えさせるものだとは思わなかった。肉体の痛みが精神までをも蝕《むしば》み、心が折れた状態に陥っていた。

解放されたかった。

そのためなら、冷たい死すら甘美に感じられた。

麻理子はまだ、扉の前で泣いている。

裸身のままだった。壊し屋のふたりが出ていったときは、喉《のど》が裂けるような勢いで泣きじゃくっていたが、やがてさめざめと泣きはじめた。

考えてみれば、この部屋に監禁されてからふたりきりになったのは初めてだった。

いつでも翔と竜夫がいたし、一方が出ていく場合でもかならずどちらかは残っていた。

「おい……」

尾形は声をあげた。さして大きな声ではなかったが、それだけで悲鳴をあげたくなるほどの痛みが胸と脇腹《わきばら》に走った。

「助けてくれ……テープを剝《は》がしてくれ……」

麻理子はハッと顔を向けてくると、慌《あわ》てて近づいてきた。必死の形相でガムテープを剝がしだしたのは、尾形を慮《おもんぱか》ってのことではない。尾形を自由にすれば、ここから脱出できるかもしれないと、一縷《いちる》の期待を寄せたのだろう。

「ううう……」

尾形は立ちあがった。久しぶりに自由になった手足は、けれどもコンクリート漬けにされたように固まっていた。一歩足を踏みだすたびに、全身が軋《きし》むように痛んだ。

最初にしたのは水分の補給だ。

部屋の隅に、壊し屋が持ちこんだ食糧が、段ボールに入れられて積まれていた。中からミネラルウォーターのペットボトルを出し、飲んだ。一日に一度、皿に入れた水を与えられていただけなので、喉が渇ききっていた。

段ボールの中には、カップラーメンやカップ焼きそばが入っていたが、とてもじゃないが食指は動かなかった。一週間も絶食を強いられた胃がそんなものを受けつけるはずがなかったし、空腹感自体は絶食が丸二日を過ぎたあたりから気にならなくなっていた。

「わたしたち、殺されるのよ……」

背後で麻理子が声を震わせる。

「ねえ、そのドラム缶見て。その中に死体が入ってるの。あの人を裏切った愛人と、その女をあの人から寝取ったホストが……」

麻理子は高貴な猫のような眼を凍りつかせ、頭を抱えて「きゃあああっ」と悲鳴をあげた。一瞬、発狂してしまったのかと思った。

「ねえねえねえ、わたしたちも同じようにされるのよ。ドドド、ドラム缶が四つになるの。わたしとあなたと、ドラム缶が四つになるのおおおおーっ！」

錯乱した麻理子がむしゃぶりついてきたが、尾形にそれを受けとめる体力は残っていなかった。棒のように、コンクリートの床に倒れた。麻理子の体は、獣の匂《にお》いがした。汗と性液にまみれ、もはや人間とは違う匂いを放っていた。

「ねえ、聞いて……聞いてちょうだい……」

麻理子は泣きじゃくりながら、日出雄と彼を裏切った愛人、愛人が貢《みつ》いでいたホストの話をした。日出雄のまわりでささやかれていた「消えた愛人」の噂《うわさ》、そして、妻の自分さえ知らなかったこの地下室の存在と、ふたつのドラム缶……。

半年前の尾形なら、安いドラマの筋書きだと一笑に付していただろう。

だが、いまは笑えなかった。

安いドラマも、道具立てが揃《そろ》い、生身の人間が血まなこで演じれば、リアルになる。猟銃に日本刀で立ち向かった修羅場も、札束が舞散る部屋も、女を犯しあい、それを見せつけあう鬼畜じみた所業も、すべて現実に起ったことだった。ならば、裏切り者が殺されたことくらいあり得そうな話に思えた。

(最期《さいご》は……コンクリートか……)

尾形は部屋の隅に並んだ二本のドラム缶を、ぼんやりと眺めた。拘束されていたときは静かだったはずの気持ちが急にざわめきだし、体が震えだした。震えはすぐに尋常ではない激しさとなって、床に転がっていられなくなった。

麻理子を突き飛ばし、地下室の中をうろうろと歩きまわった。脱出口を探すためだった。しかし、剝きだしのコンクリートに覆《おお》われた壁や天井には換気用のエアコンが設置されているだけで、脱出の手がかりになりそうなものはなにもない。あとはトイレとバスルーム。換気口が外まで繋《つな》がっていることを期待したが、そういう造りにはなっていなかった。もちろん、唯一《ゆいいつ》の出入り口である鋼鉄製の扉には強固な鍵《かぎ》がかけられ、押しても引いてもびくともしない。

「出してくれっ！　助けてくれええええーっ！」

尾形は、ドンドンッ、ドンドンッ、と扉を叩《たた》きながら、喉が切れるほどの大声をあげた。叫ぼうと思って叫んだわけではなかった。死への恐怖が思考を歪《ゆが》ませ、ほとんど錯乱状態に陥っていた。

「助けてくれええええっ……誰かっ……誰かあああああーっ！」

もちろん、いくら叫んでも誰かが助けに来てくれることはなかった。喉が切れるほどの大声をあげることで、かろうじて生の実感が味わえただけだった。

気がつけば、尾形は麻理子をベッドに押し倒していた。

「おまえのせいだっ！　おまえのせいだっ！」

長い黒髪をつかんで、めちゃくちゃにベッドに叩きつけた。

「おまえのせいでこんなことになったんだっ！　全部おまえのっ……」

もう一度鋼鉄製の扉が開けば、それがすなわち最期のときだ。死ぬときなのだ。尾形は怯《おび》えていた。怯えきっていた。死刑執行を待つ死刑囚のような恐怖を前に、じっとしていることができなかった。誰かに怒りの矛先を向けずにはいられず、向けるとすればすべての発端であるこの性悪女を置いてほかになかった。

「おまえのせいだっ！　おまえのせいでこんなことにっ……」

「やめてっ！　やめてよっ！」

麻理子がじたばたとあがく。水だけで床に転がされていた尾形と違い、きちんと食糧を与えられ、入浴も許されていた麻理子には、体力があった。体格の違いを差し引いても反撃されそうになり、尾形は麻理子の細首をつかんだ。

「ぐぐっ……」

喉元《のど》を渾身《こんしん》の力で絞めあげた。

殺してやろうと思った。

しかし、次の瞬間、体に異変が起った。

尾形は勃起《ぼっき》していた。自分でも信じられなかった。性欲が湧《わ》くはずもないほど体のダメージは深刻だったし、女に力負けしそうなほど弱りきっているのに、痛いくらいに勃起していた。まるで殺意がそこに流れこみ、男の肉体に備った凶器に力を与えているようだった。

（どうせ殺すなら……）

最後にもう一度抱いておくのも悪くない、などと悠長に考えたわけではない。眼の前の女に対する欲望がみるみる全身を支配していき、と同時に、ある邪悪な考えが閃《ひらめ》いて尾形は麻理子の喉をつかんでいた両手から力を抜いた。

「げほっ……ら、乱暴なことしないで……」

咳《せ》きこむ麻理子を眺めながら、尾形は思った。

どうせ絞め殺すなら、まぐわいの最中のほうがいいのではないか、と。

広い世間には、セックスの最中に首を絞めて愉《たの》しんでいる男女もいると聞く。力を入れすぎて事故死に至る例まであるという。それはつまり、相手を殺してしまうほど、快楽が高まったということだろう。性器を繋げている女を殺してしまえるほどの快楽とは、いったいどれほどのものなのか……。

味わってみたい、と胸底でつぶやいた尾形は、次の瞬間、不意に笑いだしてしまいそうになった。

体と体、肉欲だけで結ばれた麻理子との関係に相応《ふさわ》しいクライマックスが、ようやく見つかったからである。

麻理子と繋がり、絶頂に至るのと同時に、首を絞める。麻理子が命と引き替えに与えてくれる快楽を思う存分に味わってから、殺してやる。

「なによ……」

尾形が血まみれの服を脱いで身を寄せていくと、麻理子は呆《あき》れたように眼を丸くした。

「まさかこんな状況でしようっていうわけ？　頭おかしいんじゃない？　ちょっと、やめてっ！　いったいなに考えてるの……」

尾形の腕の中で、麻理子は激しく身をよじった。しかし、尾形の硬くなった股間《こかん》が太腿《ふともも》にあたると、抵抗は弱まった。乳房を揉《も》み、乳首を吸いたてると、身をくねらせてあえぎ始めた。

いつだってそうだった。

眼の前の恐怖から逃れようとするとき、ふたりには肉欲に溺《おぼ》れる以外に術《すべ》がなかった。

しかも、麻理子の性感はその道のプロによって開発し抜かれていた。軽く乳首を吸っただけで体の芯《しん》を震わせるほど快感を覚えているのが、手に取るようにわかった。

一方の尾形もひどく敏感になっていた。

一週間の絶食が、全身の神経を研ぎ澄ましたのかもしれない。素肌をこすりあわせただけで、気が遠くなるほど心地よかった。麻理子の雪色の柔肌は相変わらず、搗《つ》きたての餅《もち》のように手のひらに吸いついてきた。壊し屋たちに犯し抜かれたにもかかわらず、いや、むしろそのことによって磨きあげられたように、瑞々《みずみず》しさを増していた。

両手で乳房をすくいあげ、揉みしだきながら左右の乳首を交互に吸う。

「ああっ……はぁあああっ……」

愛撫《あいぶ》が進むほどに、麻理子の素肌は生々しいピンク色に染まっていった。まるで桜の花が満開になるような鮮やかさで、雪色の素肌を紅潮させていく。

さらに新鮮な汗が噴きだした。

尾形は、発情の汗が漂わせる甘酸《あまず》っぱいフェロモンを嗅《か》ぎながら、もじもじとこすりあわされている麻理子の太腿の間に、手指を忍びこませていった。

「あああっ……」

悶《もだ》える麻理子の股間は、内腿までぐっしょりだった。

「ああっ、してっ……してえええっ……」

麻理子は先ほどの抵抗が嘘《うそ》のようにみずから両脚をM字に割りひろげ、花びらへの刺激を求めた。監禁されていた時間の長さを示すように、かつて剃毛《ていもう》したヴィーナスの丘にはふっさりと繊毛が茂っていた。尾形は猫の毛のように柔らかい繊毛を、懐《なつ》かしい思いを噛《か》みしめながら撫《な》でまわし、女の割れ目に指をすべり落としていった。

「はぁあああっ……はぁあああっ……はぁううううっ……」

貝肉質の粘膜をいじると、すぐにひらひらと指が泳ぐほどに濡《ぬ》れまみれ、薔薇《ばら》の蕾《つぼみ》のように幾重にも重なった肉ひだが、淫《みだ》らがましい収縮を開始した。クリトリスを指先で撫で転がすと、ビクンビクンと腰が跳ねた。ちぎれんばかりに首を振り、ブリッジするように背中を反らせて、ひいひいと喉を絞って悶え泣いた。

尾形は圧倒された。畏怖《いふ》すら感じてしまった。

いったいこのエネルギーはどこから生まれ、育《はぐく》まれているのだろう。肉の悦《よろこ》びを欲する麻理子のエネルギーは常軌を逸し、尾形にもエネルギーを分け与えてくれた。麻理子がよがればよがるほど、もっとよがらせてやりたくなる。ダメージを負った体が欲望によって癒《いや》され、蘇《よみがえ》っていく。

「ああっ、わたしにもさせて……」

麻理子が体を入れ替えてきて、横向きのシックスナインの体勢になった。

「むうぅっ……」

尾形は唸《うな》った。ブリーフを脱がされ、男根を口に含まれると、生温かい舌と粘膜の感触が染《し》みこんでくるようだった。

尾形も麻理子の花を舐《な》めはじめた。壊し屋たちのおぞましい男根を何度となく咥《くわ》えこまされていた部分だが、少しも気にならなかった。舐めまわすほどに奥からこんこんと発情のエキスがあふれてきて、割れ目がすぐに新鮮な蜜《みつ》で満たされていったからだ。

日出雄が言っていたことを思いだす。

男は刀で、女は鞘《さや》。刀の汚れは簡単に拭《ぬぐ》えるが、鞘のほうはそうはいかない。ゆえに男の浮気は許されても、女の浮気は絶対に許されない……。

たしかに、そういう一面もあるかもしれない。だが、ならばこの、乾くことを知らない麻理子の花はどうだろうか。命のない鞘とは違い、あとからあとから蜜を流して疼《うず》く様は、浄化装置でも内に秘めているみたいではないか。

「ねえ、もう欲しい……」

麻理子がせつなげに眉根《まゆね》を寄せ、潤《うる》みきった瞳《ひとみ》を向けてくる。

「この硬いもの、もうちょうだい……ああっ、お願い……」

尾形はうなずいて結合の体勢を整えた。両脚の間に腰をすべりこませ、軋《きし》みをあげて反り返った男根を濡れた花びらにあてがった。ぐっと前に送りだした。肉ひだがぴたぴたと吸いついてくるの感じながら、奥に向かって突き進んでいった。

「あぁっ、きてっ……もっときてっ……」

麻理子が両手を伸ばしてしがみついてくる。尾形は抱擁で応《こた》えた。小柄な体をきつく抱きしめ、みなぎる男根を根元まで深々と埋めこんで、ずんっと子宮口を突きあげた。

「あああああっ……」

麻理子は結合の衝撃を噛《か》みしめるように身をよじると、

「やっぱり……やっぱり尾形さんのは違うっ……全然違うっ……あああああっ……」

いまにも泣きだしそうな顔で言い、唇を重ねてきた。

「うんんっ……うんんんっ……」

舌をからませあいながら、尾形は腰を使いはじめた。麻理子の蜜壺《みつつぼ》は初めて結合したときと少しも変わらず、新鮮な快感をペニスに伝えてきた。突けば突くほど、奥へ奥へと引きずりこもうとした。肉ひだがカリのくびれにまつわりつき、ざわめきながら吸着してきて、たとえようもない摩擦の刺激を与えてくれる。

「むううっ……むううっ……」

尾形の鼻息はみるみる荒くなり、腰振りのピッチもあがっていった。痛烈な連打を放つほどに、肉と肉との一体感がいや増していき、腰の動きに力を与えてくれた。ずちゅっ、ぐちゅっ、と鳴り響く卑猥《ひわい》な肉ずれ音が、耳からではなく、体の内側から聞こえてきた。ペニスを伝って体の芯まで響き、痺《しび》れるような快美感で五体をしたたかに震わせた。

　たまらなかった。

　自分はこの女を抱くために、ただそれだけのために、この世に生まれてきたのではないかと思った。そうでなければ、殺したいほど憎んでいる女を抱いて、これほどの快感を得られる意味がわからない。眼前に迫った死への恐怖さえ凌駕《りょうが》するほどの、肉の悦びが理解できない。

「ああっ、いいっ……いいよっ、尾形さん……」

　麻理子が眉根を寄せて見つめてくる。瞳は欲情に潤みきり、閉じることのできなくなった唇から白い歯列をのぞかせて、いまにも感極まってしまいそうだ。

「いいっ……すごくいいよっ……わたし、もう怖い思いもみじめな思いもしたくない……このまま……このまま死んじゃいたい……」

　尾形の手を取り、自分の喉元に導いた。

「絞めて……イキそうになったら……死んじゃうくらい強く絞めて……」

「……いいのか？」

　尾形は息を呑《の》んだ。彼女が自分と同じ考えに囚《とら》われていたことに衝撃を受け、みずから細首を差しだしてきたことに戦慄《せんりつ》を覚えた。

「あぁっ、して……」

麻理子はいやらしく腰を揺らしながら、焦点の合わない眼を向けてきた。

「そうすれば、もう……あなたを裏切らなくてすむ……わたしはひどい女だから、殺されそうになったら、またあなたを裏切るかもしれない……そういうのは、もういい……」

眼尻《めじり》から真珠のような涙がこぼれた。

「ずっとこうしていられたらいいのにね……そうすれば、わたしにとって男の人はあなたひとりだけなのに……だからこのまま……このまま殺して……」

「麻理子……」

尾形は麻理子の手を取り、自分の喉元に導いた。

「俺の首も絞めてくれ……」

「えっ……」

麻理子は一瞬、眼を丸くしたが、すぐにうっとりと眼を細めた。

「一緒に死んでくれるの？」

「どうせひとりで残ったって……殺されるだけさ」

尾形もまぶしげに眼を細めて麻理子を見た。

「俺だって、怖い思いも痛い思いも、もうたくさんだ……一緒に死のう……」

「ああっ……あああっ……嬉《うれ》しいっ……」

「こうしてるときは……いつもな……」

視線を合わせたまま、腰の動きに力をこめた。

「くぅううっ！」

麻理子は眼を閉じずにあえいだ。眉根をきつく寄せながら、眼だけは見開いて尾形を見つめてきた。

「むううっ……むううっ……」

尾形も眼を見開いたまま、みなぎる男根を抜き差しした。

視線と視線がからまりあい、溶けあっていく。

陶酔の時が訪れる。

死へのカウントダウンを嚙みしめるように、ゆっくりと腰を振りあった。

それでも男根は一打ごとにみなぎりを増し、蜜壺は締めつけを強くして、肉と肉の密着感はどこまでも高まっていく。

ペニスとヴァギナが別々の独立した性器ではなく、合致したひとつの生命体へと生まれ変わって、ふたりの体をたしかな手応えで結んでくれる。

「おおおっ……おおおおっ……」

尾形はこみあげる快感に耐えきれなくなって、律動のピッチをあげた。

絶頂の先に待ち受けているのは音も色彩もない死の世界とわかっていても、麻理子を貫かずにはいられない。

射精に向かってピッチをあげずにはいられない。

迫りくる死が、途轍《とてつ》もなく甘美なものに感じられ、一刻も早く死にたいとすら思う。

「もうっ……もう出そうだっ……」

快感の強まりが、細首をつかんだ指に力をこめさせた。

「あああっ……はぁあああっ……」

麻理子も首を絞め返してくる。

「おおおおおっ……あああああーっ！」

「あああああーっ！　あああああーっ！」

お互いに眼を見開いて見つめあい、声をあげた。麻理子の悲鳴は、セックスのときにあげる艶《つや》やかな、喜悦に満ちた悲鳴ではなく、次第に断末魔の叫び声になっていった。尾形もそうだった。喉が裂けるほどの声量で、断末魔の叫びを浴びせあった。見つめあう眼が血走っていった。顔が血を噴きそうなほど真っ赤に染まったときには、お互いにもう、呼吸をしていなかった。

尾形はフルピッチで突きあげた。

お互いの指に力がこもり、息苦しさに気が遠くなっていく。

朦朧《もうろう》とする意識の中で、すべてのエネルギーが男根に集中していった。芯から鋼鉄のように硬くなり、蜜壺を突き破らんばかりにみなぎっていった。

麻理子も負けじと締めつけてくる。

ぐいぐいと細首に指を食いこませるほどに、尋常ではない収縮力でペニスを食い締め、奥へ奥へと引きずりこもうとする。

「うぐっ……イグッ……もうイグッ……」

麻理子が舌を伸しながら言った。

「絞めでっ……もっど絞めでっ……ぐぐっ……」

尾形は殺意をもって麻理子の首を絞めた。

「ぐおおおっ……」

麻理子も絞め返してくる。女の力とも思えない力で、喉に指を食いこませてくる。

「殺しでっ……殺しで、尾形さんっ……イグウウウウウーッ！」

「ぐおおおーっ！」

尾形は、濡れた柔肉がみっちりと詰まった薄桃色の蜜壺に、最後の楔《くさび》を打ちこんだ。尻の肉がビクンと跳ねた。ペニスそのものではなく、アヌスのあたりから稲妻が打ちこまれたような衝撃的な快美感が訪れ、それが欲望のエキスとなって噴射した。想像を絶する一体感の中で果たした射精は、マグマの噴出にも似た爆発力があり、全身の肉という肉が激しく痙攣《けいれん》しすぎて、五体がバラバラにちぎれてしまいそうだった。

「ぐおおっ……おおおっ……」

あまりの快感に耐えきれず、眼を閉じた。眼尻から、歓喜の熱い涙が流れていく。最後に見た麻理子の顔は、喜悦にくしゃくしゃに歪《ゆが》みきりながらも、どこか祈るような表情をしていた。その表情に尾形は安堵《あんど》し、救われた。心置きなく死ねると思った。

さようなら、美しくも淫《みだ》らな性悪女。

お互い安らかな眠りに就こう。

半年後、四月――。

尾形は関東と東北の境にある、静かな田舎町にいた。他になにもないところだが、町の中心をゆるやかに流れる川沿いにある、桜並木だけは実に見事だった。開花以来、毎日飽きもせずその下を散歩していた。

その日は平日だったので花見客の姿もなく、あたりは尾形ただひとり。満開に咲き誇る染井吉野が、眼にしみる青空に桜吹雪を舞わせている光景は、豪快なのに繊細で、ほとんど浮き世離れしていた。何度も立ちどまりながら、吸いこまれるように見とれてしまった。髪にかかる花びらを払いながら歩いていると、見覚えのある女が向こうからやってきた。

麻理子だった。

真珠色のタイトスーツに、クリーム色のハイヒール。艶やかに輝く長い黒髪と、雪のように白い素肌を誇る彼女には、そういう清楚《せいそ》な装《よそお》いが本当によく似合う。

「どうしたんだ、こんなところに……」

尾形は動揺を隠しきれなかった。麻理子に会うのは半年ぶりだった。

「あなたこそどうしたの？　こんなところでなにしてるの？」

麻理子はツンと鼻をもちあげ、質問を質問で返してきた。

「俺か？　俺はここで静養中さ」

「まだ元気にならないんだ？」

「そろそろ社会復帰の準備をしようと思ってるが……なかなかね」

「社会復帰って、ＷＥＢ関係のお仕事？　ホームページつくったり」

「ああ、他に能もないからな」

尾形は苦笑した。

「それに自宅のパソコンで仕事ができれば、人に会わずにすみそうじゃないか」

「そうね」

麻理子も苦笑する。片頰だけを持ちあげた皮肉っぽい笑顔だ。

「人に会うのは、わたしも嫌。あれ以来、人目《ひとめ》につくところには出られないもの」

話は半年前に遡《さかのぼ》る。

お互いの首を絞めあいながら恍惚《こうこつ》を分かちあった尾形と麻理子は、けれども結局、死にきれなかった。そして、性器を繫《つな》げたまま気絶していたふたりを発見したのは、二宮日出雄でも顔色の悪いやくざ者でもなかった。

警察だ。

日出雄の愛人だった銀座のホステス、および彼女が貢《みつ》いでいたホストの失踪《しっそう》事件について、かねてから内偵を重ねていた警視庁捜査一課が、二宮邸に踏みこんだのである。尾形と麻理子にとっては、九死に一生を得た格好だった。地下室から被害者がコンクリート詰めにされたドラム缶二本と、監禁中の尾形と麻理子が見つかり、あまつさえふたりを殺すための準備を整えていた日出雄と関係者らは、その場で一斉検挙された。

しかし、事件の発覚は尾形と麻理子を救っただけではなく、深く傷つけもした。首都圏二十あまりの居酒屋チェーンを展開する実業家による殺人、死体遺棄、あるいは暗黒街とのパイプといった事象はマスコミの餌食《えじき》になり、尾形と麻理子も騒ぎから無縁ではいられなかった。

当初、被害者であったことからテレビ、新聞、雑誌に顔写真が大々的に使われ、その後、ふたりのW不倫の顛末《てんまつ》と「壊し屋」がらみのセックス・スキャンダルを報じられたのだから、たまったものではない。

ふたりはそれぞれに、マスコミから身を隠さなければならなかった。

尾形が警察関係者から伝え聞いたところによると、麻理子は地方にある、実家の親《しん》戚《せき》筋の病院で静養しているということだった。その後、連絡を取りあうことも、こうして顔を合わせたこともない。

「最後のセックス……ものすごく興奮したね？」

麻理子が言う。遠い目をしている。頭上から舞い落ちる薄桃色の花びらが、ただでさえ美しい彼女をなお美しく、いっそ幽玄とさえ言いたくなるような存在にしている。

「ああ」

尾形はうなずいた。

たしかに、ものすごく興奮した。あのときはオルガスムスが死のメタファーではなく、死そのものだった。興奮という言葉ではとても表わしきれないような、命を懸けた至上の快楽を味わえた。いまでも思いだすだけで全身に鳥肌がたつほどだ。

「また、したいな」

麻理子は不意に少女じみた上目遣いになると、親指の爪《つめ》を嚙《か》んだ。

「またしたい、あんなセックス」

尾形は首を横に振った。苦笑しようとしたが、頰がひきつってうまく笑えなかった。

麻理子は一瞬、哀《かな》しげに眉根《まゆね》を寄せたが、すぐに笑い、

「冗談よ」

くるりと背中を向けて歩きだした。

「わたし、新しい男を見つけることにする。今度はね、心も体も赤い糸に結ばれている人がいい。心も体も、どっちも満たしてくれる人が……」

左手を高く掲げ、薬指にリングのない手をひらひらと振った。

「見つかるよっ！」

尾形は遠ざかっていく麻理子の背中に向かって叫んだ。

「きっと見つかるっ！　きっとだっ……」

麻理子に声は届かなかった。

浮き世離れした桜吹雪だけが眼の前にあった。


まぼろしだったのだ。

彼女はもうこの世にいないから、まぼろし以外であるはずがなかった。

事件後、マスコミの注目が殺人・監禁からセックス・スキャンダルに移っていく中で、麻理子はみずからの命を絶っていた。誇り高き彼女の魂は、世間に生き恥をさらしつづけることに、耐えられなかったらしい。


花が舞う。

嵐《あらし》のように舞い乱れる。

（花に嵐のたとえもあるさ、か……）

さよならだけが人生なのだろうか、と尾形は胸底でつぶやいた。

麻理子は美しい花だった。

壊し屋たちに凌辱《りょうじょく》され、恥辱の極みに堕《お》とされていく様までも、禍々《まがまが》しいほど美しかった。一糸纏《まと》わぬ丸裸で、獣の牝《めす》のようにオルガスムスをむさぼっているときでさえ、輝くようなオーラに包まれていた。

「あなた……」

後ろから声をかけられ、尾形は振り返った。

サンダル履きの美里が、こちらに向かって駆けてくる。

「やっぱりここだったの。お昼の準備、もうできたわよ」

「……じゃあ戻ろう」

尾形は、息をはずませている美里と肩を並べて歩きだした。

美里の支えがなければ、尾形自身もどうなっていたかわからない。

警察によって地下室から救いだされ、搬送された病院の窓から、何度も飛びおりようとした。九死に一生を得たとはいえ、帰るところも、生きていく術《すべ》もなく、おぞましいスキャンダル報道によって汚名にまみれてしまった。未来は絶望だけに塗りつぶされ、いっそあのまま、麻理子と恍惚を分かちあいながらあの世に飛翔《ひしょう》したかったと、痛恨の涙ばかりに暮れていた。

そんなとき、美里が病室に姿を現わした。

まだ籍を抜いていなかったので、警察が彼女の実家に連絡したらしい。

事件以来、極度の放心状態に陥っていた尾形の身のまわりの世話を、美里は黙ってしてくれた。肉体の傷が癒《い》えると、スキャンダル報道の影響の少ない片田舎に家を探し、尾形の静養のために借りてくれた。

最近になってようやく、昔のように普通の会話ができるようになった。天気の話や、庭でつくっている野菜のことや、食事の献立など、他愛もない話題ばかりだが、それでも大きな前進だった。この町でふたりで暮らしはじめてからも、しばらくは返事すらまともにできなかったのだ。この調子なら、胸に温めている社会復帰の青写真を、美里に相談する日もそう遠くないだろう。

事件について、美里はなにも訊《たず》ねてこなかった。尾形もなにも言わなかったので、彼女を手込めにした壊し屋と、その黒幕の正体について、彼女が知っているのかどうかわからない。

事件の報道は執拗《しつよう》をきわめたから、おそらく知っているのだろう。

それでも美里はなにも言わず、ただ「前を見て生きましょう」と言った。「振り返って傷だらけになる過去なら、わたしは振り返りたくない」と。

尾形も最近、そう思うようになってきた。

倒れたら、起きあがればいい、と。やり直す機会が与えられるのなら、何度でもやり直せばいいではないか、と。

美里の手を握った。強く握りしめた。

美里は驚いて眼を丸くし、すぐに頬をピンク色に染めてうつむいた。恋人同士のときでさえ、野外で手を握ったことなどめったになかったからだ。それでも手を離さず、ぎゅっと握り返してくれる。

花が舞う。

嵐のように舞い乱れる。

花に嵐のたとえはあるが、さよならだけが人生ではない。

本書は、綜合図書刊「特選小説」に平成二十一年八月号から
同二十二年六月号まで連載された文庫オリジナル作品である。

「小説新潮」編集部編

七つの甘い吐息

身体の芯が疼き、快楽に蕩けていく。思わず洩れる甘美な吐息――。あらゆる欲望を解き放つ、官能小説の傑作七編。文庫オリジナル。

「週刊新潮」編集部編

黒い報告書

いつの世も男女を惑わすのは色と欲。城山三郎、水上勉、重松清、岩井志麻子ら著名作家が描いてきた「週刊新潮」の名物連載傑作選。

杉本彩著

インモラル

女優・杉本彩が自らの性体験を赤裸々に告白。谷崎潤一郎描く耽美世界をも彷彿とさせる、禁断のエロティシズムに満ちた官能世界。

神崎京介著

化粧の素顔

言葉より赤裸々に、からだは本音をさらけだす――。理想の相手を求める男が、六人の女との経験で知る性愛の機微。新感覚恋愛小説。

亀山早苗著

不倫の恋で苦しむ男たち

不倫という名の「本気の恋」。そこには愛の歓びと惑い、そして悲哀を抱えて佇む男の姿がある。彼らの心に迫ったドキュメント。

内藤みか著

いじわるペニス

由紀哉は、今夜もイかなかった――。勃たないウリセンボーイとのリアルで切ない恋を描いた「新潮ケータイ文庫」大ヒット作！

夜《よる》の私《わたし》は昼《ひる》の私《わたし》をいつも裏切《うらぎ》る

新潮文庫　く－37－1

平成二十二年九月一日発行
平成二十二年九月十五日二刷

著者　草《くさ》凪《なぎ》優《ゆう》

発行者　佐藤隆信
発行所　株式会社新潮社
郵便番号　一六二―八七一一
東京都新宿区矢来町七一
電話　編集部(〇三)三二六六―五四四〇
読者係(〇三)三二六六―五一一一
http://www.shinchosha.co.jp

価格はカバーに表示してあります。

乱丁・落丁本は、ご面倒ですが小社読者係宛ご送付ください。送料小社負担にてお取替えいたします。

印刷・東洋印刷株式会社　製本・株式会社大進堂

ISBN978-4-10-133541-4 C0193